Il contesto

68

DELLA STESSA AUTRICE

La figlia

Clara Usón

Valori

Traduzione di
Silvia Sichel

Sellerio editore

Questo volume è stato stampato su carta Palatina prodotta dalle Cartiere di Fabriano con materie prime provenienti da gestione forestale sostenibile.

Usón, Clara

Valori / Clara Usón ; traduzione dallo spagnolo di Silvia Sichel. - Palermo : Sellerio, 2016.
(Il contesto ; 68)
Tit. orig.: Valor.
EAN 978-88-389-3518-3
I. Sichel, Silvia.
863.7 CDD-23 SBN Pal0288961

CIP - *Biblioteca centrale della Regione siciliana «Alberto Bombace»*

Titolo originale: *Valor*

Valori

A mio padre, Luis Usón Duch;
in ricordo di Luis Duch Lacasa

Clara Usón

Valori

Sellerio

«Una volta gli eroi erano persone che dimostravano il loro valore, o la loro dignità. Oggi gli eroi sono i calciatori, non altro che mercenari, oppure gli imprenditori come Steve Jobs. Adesso che il lavoro è scarso ammiriamo i ricchi, i milionari. Siamo diventati schiavi consapevoli, rassegnati e vili». In queste parole di Clara Usón è la traccia di un romanzo di sorprendenti corrispondenze e simmetrie, in cui il destino dei personaggi diventa materia di riflessione e di passione civile.
Nei nostri giorni una direttrice di banca vende ai suoi clienti azioni privilegiate ma di nessuna consistenza economica. Nel 1930 un giovane militare, fedele agli ideali repubblicani, insorge con una rivolta armata contro l'oppressione della monarchia. Durante la seconda guerra mondiale un prete rivela il suo fanatismo nel campo di concentramento di Jasenovac, in Croazia. Un legame profondo, un comune dilemma morale, accomuna queste vicende distanti solo in apparenza. Nel mettere alla prova il proprio sistema di valori, che sia l'idealismo politico, la fede religiosa o il culto della ricchezza, i tre personaggi cercano di assicurarsi un futuro, di realizzare la propria vita. Nella loro sorte si incarnano la venerazione del denaro, il prezzo della libertà, la violenza della religione che diventa dogma, e la divergenza delle loro scelte li mette di fronte alla felicità o a un baratro di disperazione, a un segno esemplare di libertà e coraggio o allo stigma della più infame colpevolezza.
Clara Usón intreccia magistralmente i piani temporali e narrativi, e ispirandosi a fatti reali racconta l'integrità e la spregevolezza morale, i paradossi dell'audacia

In copertina:
Ritratto di Antonia di Loretta Lux, 2007.

I

«Prendete bene la mira, non fatemi soffrire» chiede Fermín Galán ai soldati del plotone. Un cappellano cerca di riconciliarlo con Dio, e Galán gli dice che non è disposto a calpestare all'ultimo minuto gli ideali di un'intera vita; vuole essere sepolto nel cimitero civile. In piedi, di schiena al muro, a fianco del suo commilitone, il capitano García Hernández, rifiuta il fazzoletto che gli offre il sacerdote; vuole morire a occhi aperti. In posa marziale, dirige il plotone:

«Plotone, attenti! Quattro passi avanti! Caricare! Puntare!».

E poi:

«Fuoco! Viva la Repubblica!».

García Hernández morì subito. Fermín Galán dovettero finirlo con due colpi di grazia.

«*Justin Bieber sucks*» stava digitando sul suo iPhone la bambina, quando la madre entrò nella cameretta.

«È così che studi? Dammi quell'aggeggio. Te lo confisco finché non hai finito i compiti».

La bambina si strinse il cellulare al petto, per proteggerlo. Si giustificò dicendo che non davano compiti in periodo d'esami. «Sono ore che studio come una matta» protestò, «penso di meritarmi almeno dieci minuti di pausa». A sua madre cadde l'occhio sul libro aperto sopra il tavolo: sulla pagina di destra spiccava il ritratto di un uomo dall'aria scialba, con la fronte ampia, i capelli radi, dei baffetti tristi e uno sguardo sereno, autoritario. Portava una giubba militare e un mantello con il collo d'astrakan; aveva le labbra dipinte di fucsia.

«Si vede come studi; i tuoi libri non me li regalano, e tu, con quello che li pago, li pasticci! Dai, rispondi: chi era Franco?».

La bambina la guardò stupita.

«Sì, Francisco Franco, il signore a cui hai colorato la bocca. Facciamo finta che sono la tua professoressa, ripetimi la lezione».

«Non funziona così» si difese la bambina. «È un esame scritto, con le domande. E poi Franco è per il prossimo trimestre».

«Ma lo sai o no chi era Francisco Franco?».

«E tu lo sai o no chi sono Galán e García Hernández?».

«Come faccio a saperlo! Cantanti o comici, m'immagino, gente famosa, le celebrità che piacciono a te... Io non sto tutto il giorno incollata alla tv o al cellulare, io sgobbo, qualcuno qua dentro deve pur farlo...».

«Mamma...».

«Cosa?».

«Posso uscire stasera?».

«E hai anche il coraggio di chiedermelo? Sei in castigo fino al mese prossimo, non puoi uscire, te l'ho già detto. E poi domattina viene tuo padre a prenderti».

La bambina protestò. Ricordò a sua madre che aveva preso un sette nell'ultima verifica di scienze sociali e un cinque e mezzo in matematica, che era venerdì e il venerdì sera escono tutti, che le sue amiche l'aspettavano, che... La madre, Mati Oliván, fu inflessibile. La figlia la guardò con odio e una punta di disprezzo. Sua madre non sapeva truccarsi, la riga sotto l'occhio le veniva storta, il fard, quella specie di poltiglia rossa sugli zigomi, la faceva sembrare un pagliaccio, e le labbra... lasciamo perdere; sua madre sbagliava sempre la gradazione del rossetto, purtroppo aveva una passione per i colori accesi. «Mia madre è patetica», avrebbe scritto in un tweet non appena fosse rimasta sola. La imbarazzava vedere sua madre che andava in giro con quella minigonna che non le si addiceva e una camicetta nera e trasparente, aperta fino all'attaccatura del seno. Tutta Sagunto le conosceva, sua madre non aveva né il senso dell'età né quello del ridicolo. E poi lei sarebbe uscita. La vita era davvero ingiusta. «Spero che studierai sul serio e non chiuderai il libro non appena mi giro, per scaricare un video di quel Galán o come si chiama», fu l'ammonizione con cui Mati si congedò dalla figlia.

Sua madre, oltre che patetica, era ignorante. Galán e García Hernández non erano cantanti né comici; famosi, invece sì, almeno un po': comparivano nei libri di storia e la bambina ignorava ancora il perché, ma lo avrebbe scoperto presto. Sapeva da fonte sicura che l'avrebbero interrogata su quei due. Gli avevano dedicato solo un paio di paragrafi a pagina 107, senza foto; non erano paragonabili per importanza ad Alfonso XIII, al generale Primo de Rivera, o a quel Francisco Franco: lo aveva già sentito, ma non le veniva in mente chi era.

E la vita è ingiusta, aveva tutte le ragioni la bambina, Fermín Galán era un bell'uomo, al contrario di Primo de Rivera o Franco, e aveva rischiato più di loro per passare alla storia e mietere la gloria postuma di poche righe con il suo nome in neretto sulle pagine dei libri di testo. «A Jaca o dovunque. Io, dovunque mi trovi, insorgo» aveva detto Fermín Galán e aveva tenuto fede alla parola data.

La madre della bambina, Mati, aveva un'amica del cuore, Florencia Gómez (nota come Flor), che la volta in cui Mati era andata da lei in cerca di conforto, le aveva rivelato una cosa, ma Mati non le aveva dato retta, presa com'era dai propri dispiaceri. «Mati, capisco che tu sia alterata per la storia di Paco con quella, è pur sempre tuo marito, il padre di tua figlia... Ma dovresti sapere che non ha nessuna importanza» le disse quella volta Flor, con il tono dolce, suadente che ostentava da quando aveva lasciato la banca, aveva scoperto la Luce e le cure alternative, e aveva aperto il negozio di prodotti naturali dove teneva i suoi corsi e vendeva i più svariati tipi di erbe, unguenti, pietre magiche, calamite, resine aromatiche, ambra, canfora, mastice, benzoino, copale, sandalo, Elemi Manila, incenso di Gerusalemme, incenso di Giove o l'incenso Magico che stava bruciando a beneficio della sua amica per il suo effetto calmante. «Spegni quella roba» protestò allora Mati, «il fumo mi fa girare la testa». Flor, paziente, comprensiva, le rinfacciò la sua acredine. «Sei tesa» osservò, «emetti vibrazioni negative, non so se te ne sei accorta. Buttale fuori, lasciale andare» la esortò, «senti l'amore e la pace che hai nel cuore, niente è importante e tutto è relativo, ciò che è, è, le cose accadono perché devono accadere ed è necessario per l'evoluzione dell'universo e il ritorno all'unità e all'armonia del divino. Tu sei sacra, Paco è sacro, questa ciotola è sacra (per favore, non buttarci la cenere, è in vendita, scrollala nel posacenere), tutto è sacro e Uno, la dualità è apparente ed è causa di strazio e sofferenza, ma in altre dimensioni (ci sono, anche se non le vediamo, non me lo sto inventando io, lo dice la fisica quantistica, è una verità scientifica), in altre dimensioni tu e Paco vi siete riconciliati e vi amate di vero amore. Quello di quaggiù è fallace ed è un esperimento. Come spiegartelo?... Io e te siamo morte ma contestualmente non siamo ancora nate, il tempo è un'impostura, tutto avviene in modo simultaneo, su piani diversi, in altre dimensioni che io e te non percepiamo, ma gli Esseri di Luce sì, la Divinità sì, e cerca di abituarti all'idea che per lei, la Divinità, Paco in questo stesso istante sta andando a letto con quella ragazza e sta anche facendo la comunione, vestito alla marinara, e contemporaneamente è steso su una barella nella stanza fredda di un obitorio e lo stanno avvolgendo nel sudario, perché il futuro non esiste, Mati, il futuro, il presente, il passato sono, come dire, ingarbugliati...». Mati, furente, spazientita, non le permise di continuare, di spiegarle, come invece Flor avrebbe desiderato, che gli Esseri di Luce sono entità pure, evolute, antiche anime che hanno completato con successo il processo di trasmigrazione, come per esempio Gesù Cristo, Gandhi, il Budda, Mandela (Mandela non è morto!, sarebbe scattata Mati; sì invece, in un'altra dimensione, sto cercando di spiegartelo, avrebbe ribattuto Flor), Einstein, Nikola Tesla, tutti gli uomini saggi, tutti gli uomini buoni, i quali, liberi dal giogo della reincarnazione, ci circondano in ispirito (o meglio, volano sulle nostre teste, agitando le ali con foga a una velocità superiore a quella della luce, è per questo motivo che non riusciamo a vederli e che si chiamano Esseri di Luce) e vegliano su di noi, vogliono impartirci i loro ammaestramenti, offrirci consiglio, ma per entrare in contatto con loro è necessario praticare la meditazione ed essere ricettivi, aperti, «e tu sei chiusa a riccio, Mati, ossessionata dai tuoi problemucci, le corna che ti mette tuo marito, lo stress del lavoro, i soldi, tua figlia...», ecco cosa le avrebbe detto, suppergiù, ma visto che Mati le ingiunse: «Flor, piantala di menarmela con le tue storie mistiche, sto dicendo sul serio, lascio Paco e non so come dirlo alla bambina», Flor dovette rinunciare, per il momento, a condividere con l'amica quella preziosa fetta di sapienza.

«Esco a cena» dice Mati alla figlia, come se non si vedesse dalla minigonna, il profumo e i capelli vaporosi. «Nel frigorifero ci sono della pasta di ieri e delle polpette avanzate, scaldatele e poi sparecchia, non voglio vedere piatti sporchi quando torno. E, Mar...».

La bambina, a braccia incrociate, la mano destra stretta intorno all'iPhone, la schiena rigida contro la spalliera della sedia, lo sguardo, tra l'oltraggiato e il triste, fisso sul poster di Justin Bieber appeso alla parete di fronte alla scrivania, sembra che non la senta, che non le presti attenzione, ma non è questo a preoccupare Mati, se esita è perché sta per dire una cosa che la fa arrossire, quasi vergognare.

«Mar... Domani, quando verrà tuo padre... io non ci sarò, devo andare in ufficio molto presto... Quando viene, gli dici... gli chiedi... se ha portato la busta con i soldi che mi deve degli ultimi mesi, altrimenti...».

«Altrimenti...».

«Niente... Figuriamoci se non la porta! Quel grandissimo... Bene, ora vado, se no faccio tardi. Come sto? Sono bella?».

«No».

«Grazie».

«Mamma...».

«So già cosa stai per chiedermi e la risposta è no, rompi quanto ti pare ma non ti lascerò uscire. Se questo trimestre prendi dei bei voti, allora la musica cambia. Non ti dimenticare di sparecchiare e... Faccio tardi! Ciao».

La bambina apre la mano che strizza l'iPhone e dà un'occhiata a Twitter. Durante l'intromissione della madre sono successe delle cose: «*Are you stupid, extremely stupid, totally stupid or literally stupid?*» l'aggredisce un'ammiratrice di Justin Bieber. La bambina insiste. «*Justin Bieber is ugly* e anche gay». «*OMG what a bitch!*», viene subito insultata dal cyberspazio. La bambina si morde il labbro e pensa a un'altra ingiuria da aggiungere, si diverte a scandalizzare le Beliebers. Nel frattempo, gli Esseri di Luce si affannano intorno a lei, cercando di orientarla, indirizzarla, riportarla sulla buona strada; Pace, Amore e Armonia, si raccomandano gli Esseri di Luce, forse anche lo stesso Gandhi o Cristoforo Colombo. Impermeabile alle loro preghiere, la bambina twitta: «Odio mia madre».

Fermín Galán odiava la guerra. «*Bestie quelli che la causano! Bestie quelli che la fanno!*» scrisse. E inoltre: «*Il pensiero civilizzato è quello che permette all'esercito di compiere i crimini che gli ordina lo Stato dentro e fuori le nazioni. E i nemici della Spagna sono sempre stati i suoi generali*». Lui era un militare. Si era distinto per il coraggio e l'entusiasmo nella guerra di Marocco ed era stato insignito della Croce Laureata di San Fernando (a titolo postumo). Disprezzava le donne che «*portavano orecchini e andavano in giro truccate come mascheroni che le sfiguravano*», come Mati Oliván o sua figlia Mar, la quale, dopo aver twittato «Sputerei in faccia a mia madre e ci godrei molto» e «Sarebbe il caso che mi alzassi, sono ore che ho il culo incollato alla sedia» e «Ciao! C'è qualcuno? Chi parla con me? Sono molto sola...», riesce a staccare il culo dalla sedia per avventurarsi, come al solito, in camera di sua madre, che è tutta in disordine, mutandine aggrovigliate ai collant che penzolano dal letto, la gonna castigata che Mati aveva al lavoro buttata in qualche maniera ai piedi del comò, le scarpe ribaltate sul tappeto nuovo. Chi l'avrebbe mai detto che era madre e direttrice di banca, ed era intollerabile che, essendo tanto trasandata, pretendesse da lei ordine e pulizia nella sua cameretta. Aprì il cassetto superiore del comodino dove Mati teneva le sigarette e vide, contrariata, che l'unico pacchetto rimasto non era ancora iniziato. Rimase di stucco quando scoprì che la scatola di condom che la madre nascondeva in mezzo alla biancheria intima non era più intatta: mancavano un paio di preservativi. Per abitudine, e quasi per dovere, sgraffignò qualche spicciolo dal vassoio di metallo argentato su cui sua madre gettava le chiavi e le monete. Si sdraiò sul letto matrimoniale. Accarezzò l'idea di masturbarsi ma non ne aveva voglia.

Luis Duch si masturbava energicamente, stava per venire, gli mancava pochissimo, quando un toc-toc insistente lo interruppe.

«Cosa stai facendo, Luisito? È tanto che sei lì dentro».

«Recito il rosario, mamma».

«In bagno?».

Mati si era accesa un'altra sigaretta (per coprire l'odore di incenso, sembra di essere in chiesa, protestò), aveva guardato l'amica e le aveva detto che era un peccato che non si tingesse i capelli, «anche solo con una di quelle tinte naturali che vendi, dimostreresti dieci anni di meno. Come ti sei lasciata andare da quando sei diventata mistica! E non sei per niente brutta, e lo sai, sembra che ti trascuri apposta. Buffo che proprio tu mi venga a dire che la storia di Paco non ha importanza. A te, quella con Manu, ti ha sconvolta». Flor fece di no con la testa senza perdere il sorriso, quel sorriso idiota che doveva avere anche mentre dormiva. Mati le ricordò i mesi di terapia con uno psicologo dopo che Manu l'aveva abbandonata, le fobie, l'ansia, la perdita del lavoro, «e tu sei una brava commerciale, Flor, più brava di me, una ragazza con un futuro, lo dicevamo tutti, avevi un lavoro serio e adesso, cosa vendi?, pietre miracolose e corsi esoterici!». Mati tese davanti a sé l'opuscolo stropicciato con cui si stava facendo vento e lesse con sarcasmo: *Ciclo di due incontri. Sintonizzazione della benedizione dell'utero. Corso di Luce Animale: Riequilibrio energetico del tuo amico a quattro zampe. Sostegno in caso di lutto per la tua bestiola (tutto il gruppo con te!). Fiori di bach per cani. Incontro pratico di Ho'oponopono (lavora sul bambino che hai dentro). Lettura dell'Anima o il Libro della Vita... Reiki Angelico!* Non ti vergogni ad abbindolare la gente con queste idiozie? Mentre Mati e Flor discutono (l'una con passione e l'altra con prudenza) sui pro e i contro delle discipline esoteriche, sul perché sia più serio vendere titoli di Stato che fiori di bach, o più sensato credere nella Santissima Trinità che negli Esseri di Luce, in un'altra dimensione contigua e parallela ma impercettibile (fatta eccezione per l'arcangelo Gabriele e il maestro Saint Germain, gli Esseri di Luce che oggi sono di guardia), Fermín Galán si passa il pettine tra i capelli crespi e si guarda allo specchio. Se la bambina lo conoscesse non le dispiacerebbe, con un taglio di capelli diverso e un look moderno potrebbe passare per un cantante pop, ma Fermín Galán finisce di sistemarsi, abbottonando fino al collo la sua giubba militare, stringendo meglio la fibbia della bandoliera, ravviandosi i capelli una volta di più, in un'altra dimensione, in cui nessuno ha sentito parlare della musica pop e l'anno è il 1930 e non il 2011. Mar avrebbe fatto carte false per essere popolare quanto Fermín Galán, con tutto che era un uomo adusto, imbevuto di un ferreo senso della morale, del dovere, dell'onore e della patria, parole di cui la bambina non sospetta nemmeno l'esistenza. Galán fu un militare coscienzioso e liberale. Chiese di essere destinato in Marocco a soli diciannove anni, malgrado disapprovasse la guerra coloniale che vi si combatteva. Nel 1921, fresco tenente, arriva a Ceuta e, a differenza della maggior parte dei suoi compagni d'arme, anziché frequentare bordelli, ubriacarsi e arrotondare lo stipendio con qualche incarico illecito, si dedica a esplorare l'ambiente, a familiarizzare con gli usi autoctoni e a far conoscenza con i capi locali, di cui ben presto farfuglia la lingua. Abbozza una proposta di pace che espone al re, Alfonso XIII, che non ci capisce niente e a cui la pace non interessa, ci sono in ballo affari succulenti in Marocco. Deluso, Fermín Galán entra nella Legione, al comando del tenente colonnello Francisco Franco Baamonde (che, dopo aver ottenuto il grado di Generalissimo per grazia di Dio, ritenne opportuno inserire un'acca nel suo secondo cognome per conferirgli un'aurea di signorilità). La guerra in Marocco è una lunga ritirata. A tratti, le truppe spagnole riguadagnano una posizione accerchiata dai rifani, con le trincee a ridosso delle casematte in cui si rintanano i soldati spagnoli. Corpo a corpo, a colpi di baionetta, Galán e i suoi legionari si aprono la strada: entrano nella casamatta, ci trovano gli assediati «famelici, con le barbe lunghe, malfermi. Mentre apriamo la porta, ne esce uno che grida frasi incoerenti, chiede acqua... Dentro, l'odore è insopportabile. Ci sono quattro cadaveri in decomposizione. Arriva il dottore e subito dopo esce di corsa, urlando. Sembra impazzito» scriverà Galán.

Nel settembre del 1924, Fermín Galán, alla testa di un reparto, si decise a riconquistare la postazione di Solano, nella battaglia per la liberazione di Kobba Darsa. Era necessario addentrarsi in un varco presidiato dai marocchini, chiamato Il Signorino. Galán non si tirò indietro. I suoi uomini attraversarono uno a uno e a passo spedito la strettoia, sotto una pioggia di mitraglia. Galán passò per primo e incitò i suoi uomini a imitarlo. Un tenente e un sergente scattarono insieme e un proiettile penetrò nella fronte dell'ufficiale, abbattendolo. Il sergente, che si chiamava Arias, scavalcò maldestramente il caduto e corse a mettersi in salvo. Galán, che aveva visto tutto, rimproverò il sergente per aver abbandonato il compagno ferito, «nessun soldato lo fa». Il sergente Arias si sarebbe congedato dopo pochi giorni, gli sembrava insensato tornare sui suoi passi per soccorrere l'ufficiale, rischiando la vita, ma Galán, prendendolo per il braccio, pistola in pugno, gli disse: «Vieni! Gli intrepidi non abbandonano i fratelli», e lo costrinse a tornare insieme a lui al passo maledetto. Insieme, sollevarono il cadavere del tenente e, quando stavano per rimettersi in marcia, due proiettili raggiunsero lo sfortunato sergente, uno al ventre e l'altro alla spalla. Galán si destreggiò per trascinare fuori dalla strettoia i due corpi, quello del defunto e quello del ferito. Non si pentì mai dell'ordine dato, e non si sentì in colpa per l'infortunio del tenente (gli eroi non hanno dubbi), però gli andò a far visita ogni giorno all'ospedale da campo, lo lavò lui stesso, gli cambiò la biancheria, gli medicò con unguenti la carne ulcerata... Il povero sergente Arias accoglieva le sue cure con amara gratitudine, non poteva fare a meno di ammirare quel capitano integerrimo e al tempo stesso, in segreto, gli dava del figlio di buona madre.

Quanto alla bambina, sua madre la incuriosiva, e la preoccupava anche un po'. A cosa le servivano i condom, non aveva l'età per quel tipo di avventure, erano fuori luogo, una cosa scandalosa. E con chi avrebbe cenato, quella sera. Il suo look audace, provocante, le fa temere il peggio. Qualcosa le dice che sua madre è con un uomo. E se sua madre si fa il fidanzato o si risposa... Cosa ne sarà di Mar, dove, come s'incastrerà. Non ci sarà più posto per lei in quel nuovo panorama familiare, sarà di troppo, ovunque. Sole, la fidanzata di suo padre, le fa senso. A volte ha l'impressione che sia finta, una bambola gonfiabile, e sospetta che, se avesse il coraggio di darle dei colpetti indagatori sul torace, suonerebbe cavo, come il rumore di un sasso che cade in fondo a un pozzo. Tutto in Sole è impostato: quei capelli biondi e lisci, le labbra gonfie, l'abbronzatura, quasi marrone, come se avesse la pelle dipinta, le ciglia lunghissime, ripiegate all'insù... E il suo profumo dolciastro che l'avvolge come una nube tossica e la voce nasale e quel suo modo di prendere le patatine fritte con due dita a pinza... Il brutto è quando cerca di fare l'amica, le passa intorno al collo un braccio magro, tintinnante di braccialetti, le sussurra (o le urla) nell'orecchio qualche stupido segreto e dice a suo padre con una smorfia ridicola: «Paco, tu non ascoltare, io e Mar stiamo parlando di cose da donne». Cerca di conquistarla con dei regalini, un nastro per i capelli, un portacellulare, trucchi... E si permette di criticare sua madre. Mar detesta sua madre, la odia di un odio implacabile, ma quando è con suo padre e con Sole la vede con occhi diversi e non sopporta che l'usurpatrice le sparli alle spalle. Questo è quanto.

«Questo è quanto» dice Mati, «io naturalmente voglio divorziare, non ho intenzione di stare con un uomo che è innamorato di un'altra, ma se anche fosse... Paco mi ha detto che va a vivere con lei. Sembra impazzito, come un adolescente, mi farebbe ridere se non mi facesse pena. Dice che non aveva mai provato una cosa simile, una passione tanto forte, e che io devo capire senza creargli problemi. Lo dice così, con tanta franchezza!».

E come se schiacciasse il marito infedele, Mati spiaccica e avvita il mozzicone sul fondo della ciotola che è in vendita. Flor la guarda con rancore ma si corregge subito, restituendo dolcezza al proprio sguardo, e alle labbra l'ostinato sorriso. Lei è a favore dell'amore, incondizionatamente, e sta cercando il modo di farlo capire all'amica. Le spiega che quando ha rotto con Manu (quando Manu ti ha lasciata, l'interrompe Mati), «quando Manu mi ha lasciata, sì» rettifica Flor, «volevo morire, mi sentivo... svuotata! Nella mia vita niente aveva più senso, il lavoro, la palestra, le amiche...». Era stato un processo lento, doloroso, non poteva essere diversamente; aveva indagato a fondo dentro di sé e alla fine si era resa conto che non era Manu la causa della prostrazione, ma la vita che faceva, una vita artificiosa, frivola, poco autentica. «Fin da piccolina avevo altre velleità, sapevo di essere speciale, non migliore degli altri, non fraintendermi, e però... più sensibile? Ho sempre pensato che doveva esserci qualcosa di più oltre a questo» e Flor tracciò un cerchio nell'aria con le mani, «l'apparenza delle cose, non poteva essere tutto. Perché sono venuta al mondo? E, soprattutto, per fare cosa?, mi chiedevo sempre mentre rispettavo docilmente le regole, facevo quel che ci si aspettava da me, andavo a scuola, uscivo con i ragazzi, mi ubriacavo, avevo delle amiche, ho cominciato a lavorare in banca... E con tutta quell'attività frenetica, in realtà cercavo, ora lo so, ora me ne accorgo, di non pensare, di non accorgermi di quanto fossi infelice, sempre a girare in tondo, come tutti. Da bambina volevo farmi suora, non te l'ho mai detto?, sognavo di dedicare la vita agli altri, ai poveri, agli orfani, ai negretti dell'Africa, ma ho conosciuto un prete che mi ha tolto queste fantasie, mi ha fatto detestare la Chiesa cattolica. Ma questa è un'altra storia. La crisi in cui mi ha buttato la delusione con Manu mi ha fatta crescere (e capiterà lo stesso a te, con la storia di Paco, anche se non te ne rendi ancora conto) e ritrovare me stessa e accettare la missione che mi è stata affidata. Non guardarmi così, con quello scetticismo: io ho una missione, tu hai una missione e il nostro compito è scoprirla».

Fermín Galán aveva una missione, o almeno così credeva (ai suoi tempi non era raro, in Russia era scoppiata una rivoluzione, le vie di Barcellona pullulavano di anarchici, il comunismo, il socialismo, i sindacati operai lottavano per trasformare un mondo che ritenevano ingiusto; non uno ma molti fantasmi si aggiravano per l'Europa e correvano all'impazzata lungo le sue strade, intralciandosi tra loro, facendosi lo sgambetto; qualche volta, di rado, si prendevano per mano). La guerra del Marocco l'ha confuso. *Non riesco a capire le ragioni dei nostri atti*, scrive, *ci trovo una contraddizione che non so spiegarmi. La civiltà cerca di portare i suoi progressi a questo popolo arretrato e lo fa distruggendo, incendiando, abbattendo, versando sangue ovunque...* Mentre, in ospedale, si rimette da una ferita, riflette che «il popolo non governa da sé, lo governano. Gli uomini muoiono cristianamente di fame per strada, come cani, vanno in guerra ad ammazzarsi come bestie, sempre molto cristianamente». Lo scandalizza la crudeltà dei potenti, la loro indifferenza verso il dolore dei più sfortunati. Legge Marx, Bakunin, Saint-Simon, Jaurès, Ortega y Gasset. Partecipa a un tentativo di sommossa contro la dittatura di Primo de Rivera. Alla vigilia della data prevista, il governo arresta diversi congiurati, e il 24 giugno 1928 decreta la legge marziale. La polizia lo segue, Galán lo sa, ma non se ne preoccupa, ci è abituato. Arriva a Madrid e dichiara: «Sono qua per fare quel che va fatto. Con cento uomini armati scendo in piazza». Manovra in segreto, include nel suo progetto un comandante, due capitani, due sergenti... e un generale! Galán non si fida dei generali e il suo istinto non lo inganna: quel generale lo deluderà. Decide che, d'ora in poi, farà la rivoluzione senza generali e, uomo dedito alla causa, si presenta di sua volontà nel carcere militare, il luogo più idoneo per fare proselitismo e reclutare adepti; a questo si dedica, indefessamente, nei dieci mesi che sconta nel penitenziario di San Francisco a causa della sua partecipazione alla Sanjuanada, in attesa del processo in cui sarà condannato a sei anni di reclusione nel castello di Montjuïc, condanna che accoglierà con entusiasmo; Barcellona era una meta agognata per un rivoluzionario. Lì entra in contatto con gli anarchici che militano nella Confederazione nazionale dei lavoratori e nella Federazione anarchica iberica e scrive un libro, la summa delle sue idee, *Nuova Creazione* (sottotitolo: *La politica non è più solo arte ma anche scienza*). La sua dottrina non è né anarchica, né socialista, né comunista, è del tutto originale e anche una rimasticatura dei libri che ha letto: propugna la proprietà collettiva (ma non dello Stato), l'istruzione uguale per tutti, pari diritti per le donne e gli uomini e la libertà sessuale «su base scientifica». È a favore della soppressione dell'esercito e della Chiesa. Difende il federalismo, non solo entro i confini spagnoli, ma anche in ambito europeo: non ci saranno più nazioni, solo giurisdizioni. Come tanti autori neofiti, nutre la speranza di cambiare il mondo con il suo libro. «Vedrete» dice ai suoi compagni rivoluzionari, «è un saggio di dottrina sociale che cancella il bisogno di ricorrere alla violenza per trasformare il paese» e aggiunge, modestamente: «il Vangelo del proletariato».

«Non voglio raccontarti storie» dice Mati, «io il Vangelo non l'ho letto, e nemmeno la Bibbia, non ho tempo per le letture amene, leggo solo cose di banca, economia, libri sulla leadership e via dicendo, libri seri, ma so di cosa parla, ovviamente, ho frequentato il catechismo, ho fatto la comunione, ho ricevuto un'educazione religiosa. E sono cattolica, non praticante, ma cristiana sì, credo che qualcos'altro ci sia, non può essere tutto qui» e ora è Mati a fare un gesto con le mani, aprendole, come i maghi prima di alzare il cilindro, come Gesù Cristo nei santini, «non è concepibile che veniamo al mondo per lavorare come muli e poi morire, sarebbe una beffa, una beffa molto triste, l'anima esiste, è chiaro, e dopo la morte deve andare da qualche parte, ma questo non significa che io mi beva tutto quello che dicono i preti, la storia di Adamo ed Eva e che Dio ha fatto il mondo in sette giorni, una favoletta a cui non crede nessuno, nemmeno il papa, per intenderci, ed è questo che mi stupisce della tua religione, Flor: tu credi a tutto!».

Sua madre credeva che le piacesse ancora Justin Bieber. In piedi nella sua cameretta osserva con disprezzo il poster di quel finocchio con la faccia da bambina, i capelli castani a caschetto, che le sorride come uno scemo e fa la V di vittoria con l'indice e il medio della destra. Gli lancia uno sputo e osserva soddisfatta il filo di saliva che scende dall'occhio destro del cantante e, come una lunghissima lacrima, cola verso la sua bocca aperta in un eterno sorriso e prosegue, con minor forza, lungo il collo adolescente per fermarsi sull'orlo della maglietta. Mar ha appena compiuto quindici anni e ha già due vite, due account Twitter e molti segreti. Il guaio dei segreti è che non si possono condividere. La bambina vede, desolata, che nessuno dei suoi contatti ha risposto al suo tweet di richiesta d'aiuto. Insiste: «Possibile che nessuno capisca che non voglio che vendano la casa? Che non voglio traslocare?». «Qualcuno mi vuole adottare? Odio mia madre!». Decide di trattenersi, per cinque minuti d'orologio non guarderà l'iPhone, darà una possibilità alle amiche (ma ne ha ancora?) di dimostrarle solidarietà, di dare un segnale, di rispondere. Prima di spegnerlo, condivide un ultimo tweet: «Sono grassa come una palla».

La bambina non è grassa, Luisito Duch invece sì. Dicono di lui che è un «bravo ragazzo». Nella sua dimensione (la stessa di Fermín Galán) l'abbondanza di carni non è un difetto bensì un pregio, sono tanti gli affamati, i magri non per scelta, l'eccesso di grasso è sinonimo di buoni natali e sua madre, donna Eulalia Lacasa, vedova di Prudencio Duch, quando non è in chiesa e non recita il rosario, dedica tutte le sue energie a ingozzare il figlio. «È un viziato, un fannullone», dicono di Luisito lo zio e i cugini, sbigottiti per la presenza, in una famiglia di uomini austeri e lavoratori, retti e amanti dell'ordine, di questo poltrone dai costumi rilassati. «Eulalia, tuo figlio t'imbroglia. Non ha passato neanche un esame e sta ripetendo il primo anno di Legge. Non frequenta, non studia, passa il tempo nei caffè e in posti anche peggiori, con certe compagnie...! Poco raccomandabili. E tu, anziché sgridarlo e punirlo, gli permetti qualsiasi cosa. Gli hai comprato la macchina! Non ha ancora vent'anni e va in giro per Jaca con la sua Citroën». Lo zio Juan scuote la testa. «Quel ragazzo finirà male», vuole dire, non osa dirlo e spera che la sua faccia preoccupata metta in allarme quella madre permissiva, che la spinga a rinsavire e mettere in riga suo figlio, ma è tutto inutile, l'amore è cieco e l'amore di una madre è anche sordo. «Luisito è un bravissimo figlio, attento e affettuoso» lo loda Eulalia Lacasa, «mi accompagna in chiesa tutte le mattine, recita le novene con me, è molto devoto alla Santissima Trinità e a santa Orosia. Quanto agli studi... È ancora giovane, c'è tempo per pensare alla carriera».

Fermín Galán ha deciso di lasciare la carriera militare per dedicarsi appieno alla rivoluzione pacifica; persuaderà con argomenti e parole, non imporrà il suo nuovo credo a colpi di pistola. È di nuovo un uomo libero, amnistiato dal decreto governativo del 5 febbraio 1930. Resterà a Barcellona, collaborerà con la stampa progressista e con le organizzazioni sindacali. La sua *Nuova Creazione* avrà più eco che *Il capitale* di Marx, un'opera ormai obsoleta, prodotto della mente di un intellettuale borghese, troppo teorica e lontana dalla realtà, quella realtà che lui, Fermín Galán, uomo di pensiero ma anche d'azione, conosce a fondo: ha provato la guerra, la fame, i pidocchi, e vuole eliminarli, sa come fare. Pubblica il suo libro pieno di speranza; passano i giorni, le settimane, i mesi, e la tiepida accoglienza, l'eco flebile della sua dottrina lo coglie di sorpresa. I critici non capiscono la sua opera, gli amici l'accolgono con alcune riserve. Come tanti autori spagnoli, Galán giunge alla conclusione che questo popolo ignaro e indolente, non intende ragioni, linguaggio fiorito o frasi eleganti, lo stolido spagnolo capisce una sola lingua; da bravo militare, lui la sa usare. Parlerà con le pallottole, persuaderà con la sciabola, seguirà la tradizione, tutta spagnola, dell'insurrezione militare. Chiede di essere destinato all'esercito. Aspira a un posto a Barcellona, la capitale più rivoluzionaria della Spagna, ma lo mandano a Jaca, una città piccola, di solo seimila abitanti, ai piedi dei Pirenei, vicino al confine con la Francia, una città bigotta, con vescovo e seminario, con chiese in abbondanza e anche soldati, destinazione punitiva dove di solito inviano i militari delinquenti o indisciplinati.

«A Jaca?» gli chiedono i suoi amici. «E cosa ci va a fare lei laggiù? Non crederà di far qualcosa!».

«A Jaca o dovunque! Dovunque mi trovi, io insorgo!» ribatte Fermín Galán.

Ed eccolo lì, alloggiato in una stanza al secondo piano dell'Hotel Mur, con vista sulla cittadella, a cui lancia un'occhiata fugace prima di mettersi il berretto e andare alla sede del Reggimento di Fanteria Galicia 19, a cospirare. Ha una teoria, *la teoria della tovaglia*, secondo la quale basterebbe che un gruppo di uomini risoluti prendesse per un angolo la tovaglia e la tirasse per far volare tutto in terra, e nella sua fertile e ottimistica immaginazione vede già re Alfonso XIII, il pusillanime Berenguer, capo del governo, gli aristocratici parassiti, i cortigiani leccaculo, i borghesi sfruttatori, i latifondisti, i cardinali, i vescovi, i preti, le suore, i novizi, rotolarsi per terra in fraterno disordine. Nella sua dimensione sono molti gli uomini (poche le donne) che accarezzano progetti simili, che si credono titani capaci di trasformare il mondo con un pugno di pistole, una manciata di idee e coraggio a fiumi. Nella dimensione in cui la bambina si sta annoiando, senza però decidersi a studiare per l'esame di storia (è l'ultima opzione), i giovani uomini sono di media dieci centimetri più alti che in quella di

Galán, sono meglio nutriti e coltivano speranze ben diverse: essere belli, ricchi e famosi, soprattutto questo: famosissimi!

Quando suo padre le chiede cosa vorrebbe fare da grande, la bambina scrolla le spalle e risponde non lo so!, e invece lo sa, eccome se lo sa: sarà famosa. «Non ti piace studiare» le dice suo padre, «anche se tua madre si ostina a volerti mandare all'università, non prenderai la laurea, sei come me, non hai voglia di sgobbare sui libri. Perché non entri in politica?» le propone, «io ti posso dare una mano, ho delle conoscenze nel partito, mi devono molti favori. E ci sono poche donne, scarseggiano, e ne hanno bisogno per via dell'immagine, delle quote... Tu sei bella, fai la tua figura, che è la cosa più importante. Non si guadagna male, per niente, in politica, tra lo stipendio, le indennità, i consigli e gli incarichi che ti accaparri, e altri soldini che ti entrano in tasca se sei nel posto giusto, si può vivere bene, molto meglio che facendo la professoressa o il medico». Suo padre è fuori. A Mar non interessa niente la politica, lei vuole diventare famosa in altro modo. «Giornalista?» le chiede il padre con una faccia sbigottita. «Giornalista? Adesso ti sei messa in testa di fare la giornalista? Non hai letto un solo giornale in tutta la tua vita!». Suo padre è un credulone, Mar non ha nessuna intenzione di studiare giornalismo per lavorare in un quotidiano. Lo sforzo, se lo farà, sarà teso a un fine più alto: diventare presentatrice televisiva. Ci si vede, riesce a vedersi seduta su una poltroncina girevole (probabilmente bianca), al centro di uno studio televisivo, sopportando disinvolta il caldo dei riflettori (perché farà un gran caldo), le lunghe gambe (le cresceranno, spera) inguainate in collant neri che finiscono in un paio di stivaletti di vernice stupendi con il tacco a spillo, e il corpo fasciato in un abitino provocante, la faccia stratruccata, i suoi grandi occhi neri che guardano in camera senza strizzare le palpebre, un sorriso malevolo sulle labbra, pregustando la domanda che sta per fare alla sua ospite intimorita (una *celeb*):

«Come si spiega che l'intera Spagna sa che tuo marito ti mette le corna e tu sei dovuta venire fin qui per fartelo raccontare da me?».

«Fammi raccontare, non mi lasci parlare, Mati» protesta Flor. «Guarda come hai ridotto la ciotola con le tue cicche, finisce che me la devi pagare!».

Sta perdendo la pazienza, e non se lo può permettere, calma e pazienza prima di tutto, fa un bel respiro, chiude gli occhi, inspira, espira, li riapre e rivolge all'amica uno sguardo pieno di serenità e pace, una pace amorevole. «Non è affatto una fantasia, lascia che te lo dica, è la Verità, io l'ho provato, ho vissuto una regressione, una e mezzo, a essere precisi. Ero una principessa» le confida con un timido sorriso, «nel XIII o XIV secolo, o giù di lì, molto giovane, praticamente una bambina. Stavo andando in Francia, perché ero destinata al figlio del re, un quarantenne butterato che non avevo mai visto. Venivano con me la mia nutrice, le mie dame di compagnia (ne avevo diverse), una scorta di soldati del re e un paio di paggi... Ah, i paggi...! Mi sono innamorata di un paggio, un ragazzo quindicenne, così bello, così tenero... Lui mi ricambiava, è stato il mio primo amore, ero talmente ingenua! Non immagini come ci educavano a noi principesse allora, sapevo suonare l'arpa e il clavicordo, cucire, cavalcare (all'amazzone, scomodissimo!, non te lo consiglio), parlare un po' di francese e latino, leggere con difficoltà e scrivere a fatica, ma delle cose della vita, dei segreti del sesso, non avevo idea, non ce lo insegnavano perché non sollevassimo obiezioni ai matrimoni di convenienza. Non ho scopato con il paggio (Recaredo si chiamava), abbiamo fatto tutto tranne quello... Un giorno la mia nutrice ci ha scoperti e ha messo fine alla storia. Ha ordinato che Recaredo fosse allontanato dal mio seguito e facesse ritorno in Spagna. La notte prima di partire, il mio paggio è riuscito in qualche modo ad arrampicarsi fino alla mia finestra con una scala di corda, come in *Romeo e Giulietta*. Mi ha chiesto in ginocchio di fuggire con lui, suo padre era un conte aragonese molto potente, nelle sue terre avremmo trovato asilo e protezione. Mi sono tirata indietro, Mati, non ne ho avuto il coraggio, gli ho detto di no. Temevo l'ira di mio padre, il re di Castiglia, Sancho... VI, o Sancho VII (ora non ricordo), temevo soprattutto per lui, il mio paggio, per la sua vita. Ho rinunciato a lui, alla nostra felicità, e ho pagato cara la mia vigliaccheria: il mio marito francese mi violentava tutti i giorni, sono morta di parto prima di compiere quindici anni, Recaredo, l'amor mio, si è ritirato in convento... Mi viene da piangere! come una maddalena, mi capita sempre, ogni volta che rivivo quell'episodio mi sciolgo in lacrime, passami un kleenex da quella scatola, per favore. Il terapeuta che mi ha seguito nella regressione (Francisco Sánchez, un uomo molto in gamba) mi ha detto che non aveva mai visto niente del genere, sono crollata, Mati, quando ho ricordato tutto, mi sono messa a tremare in maniera irrefrenabile, guarda il mio braccio, guarda che pelle d'oca... Era stato un amore talmente intenso... Non proverò mai più una cosa così, lo so, e me lo merito, quel che sto penando adesso, quel trauma tremendo, perciò le mie storie d'amore finiscono male, non sono capace di lasciarmi andare fino in fondo, sono inibita, bloccata, perciò non ha funzionato con Manu, io non gli davo quel che mi chiedeva, amore, amore incondizionato, senza riserve, senza paure... Io non sono più in grado! Dall'episodio di Recaredo. E ho capito che per evolvere e guarire dal trauma della mia vita passata devo dare amore, spargerlo a piene mani, con generosità, su tutti quelli che mi circondano, su di te, per esempio».

Per esempio, di faccia e con il fuoco negli occhi, è così che la bambina cerca di sorprendersi nello specchio. L'angoscia pensare che la cosa più importante che ha, il suo aspetto quando gesticola o parla, quando è triste o arrabbiata, o quando ride e si arrotola una ciocca di capelli intorno a un dito, in quel suo tic istintivo, sfugge al suo controllo. Non sa che impressione fa sugli altri, fino a che punto è diversa dall'immagine che si sforza di trasmettere. Molto più di quanto desideri, sospetta. Deve coordinare l'intenzione con l'effetto, controllare i movimenti, le palpebre quando si abbassano, l'intensità dello sguardo, evitare che, per esempio, quando vuole apparire sexy e insieme vulnerabile non le succeda come quella volta che Óscar le aveva chiesto, cos'hai, perché ti sei incazzata, adesso. Tutto a un tratto, la consapevolezza di vivere come se fosse rinchiusa nel suo corpo, proprio come i giganti e i nani nelle feste di Sagunto, nascosti dentro un'armatura di fil di ferro rivestita di cartone, con due sole fessure per guardar fuori, le dà il capogiro. A differenza dei pupazzi delle feste, lei non si barrica dietro una maschera inespressiva; quel che Mar mostra al mondo, quello che sottopone all'implacabile giudizio degli altri, è il suo vero volto. Si stupisce di essere riuscita a vivere tanto esposta fino adesso. Che ci riescano gli altri... Per esempio, sua madre, se sapesse che faccia da scema le viene quando controlla le fatture, seduta al tavolo del tinello, la bocca socchiusa, la lingua mezza fuori, la fronte aggrottata, l'espressione perplessa di una che non ci capisce niente! (La bambina decide che la prossima volta che sorprenderà sua madre in quell'atteggiamento le scatterà una foto e la caricherà su Facebook). Non serve granché guardarsi allo specchio, perché finiamo inevitabilmente per atteggiarci, adottare la posa che secondo noi ci dona di più e che è tutto tranne naturale, come, per esempio, i presentatori alla tv, che fingono sempre, i loro gesti sono caricati, con smorfie di sorpresa o deliziate per fare scena e si muovono rigidi, con una disinvoltura studiata, un po' come lei quando si confronta con il suo riflesso. In realtà, Mar cerca tutto il contrario, vuole scoprire che faccia fa quando non è attenta, quando si distrae o pensa ad altro, non alla cosa fondamentale che è il suo aspetto, come se fosse un'attrice, che recita come se non recitasse e, tornata in camera sua, guarda verso la parete fingendo che, al posto del tramezzo tappezzato di rosa (un rosa scolorito e sporcato dal tempo e dalle manate), del poster di Justin Bieber, del calendario della banca e della mensola con i peluche dell'infanzia che non l'aiutano a dimenticare, ci sia il mare, il mare di Porto Sagunto in un tardo pomeriggio di maggio, quando il sole basso illumina l'orizzonte come da dentro e l'acqua tremola e l'aria sa di sale e si sente una pace, una calma e, anche, una solitudine... Lei è lì, in piedi sulla sabbia vicino a una palma, gli occhi persi nell'Immensità, pensando al suo Amore (chiunque sia, uno qualunque), all'Uomo che le ruba i pensieri, e prova un'inquietudine, un anelito impossibile, una tristezza struggente... Flash! Mar si fa la prima foto con l'iPhone cercando di non voltare d'istinto gli occhi e guarda subito il risultato. Uno schifo! Nella foto, i capelli le nascondono mezza faccia, non le si vede il naso, per non dire dell'espressione da innamorata... Ci riproverà, avendo cura di scostarsi i capelli dal viso, o magari si fotograferà l'altro profilo, il sinistro, anche se non è quello buono, ma prima darà una sbirciata a Twitter, il quarto d'ora è passato da un pezzo.

«Sveglia, Luisito! Ti sei addormentato».

«Un quarto d'ora, madre, non di più, un sonnellino. Questo trattato di diritto canonico è un maledetto... Da dove venite? Da messa?».

«Oggi sono andata nella cattedrale, con Pilarín Leante. Abbiamo fatto tutto il chiostro in ginocchio. Guarda come ho ridotto la tonaca!».

Luis Duch smette di fregarsi gli occhi per osservare sua madre. La tonaca marrone che non si è più tolta da quando è rimasta vedova è stropicciata; all'altezza delle ginocchia, due solchi scuri attestano la sua devozione, la tela grezza impregnata di polvere, laniccio e pagliuzze del sudicio lastricato su cui si è trascinata. Sua madre, il volto acceso, gli occhi luccicanti, lo guarda compiaciuta, ha l'espressione di una contadina che sta per cantare una *jota* un po' spinta durante le feste di Jaca, manca solo che si metta le mani sui fianchi, persino i capelli che donna Eulalia porta sempre impeccabilmente raccolti in una crocchia tirata, mostrano un certo disordine, i ciuffi grigi che spuntano ribelli da dietro le orecchie.

«Quella Pilarín, esagerata, come al solito, vi spinge a eccessi di fede che non vi si addicono, madre, non avete più l'età per camminare in ginocchio, ricordatevi dei reumatismi... Volevo dirvi una cosa... Sì, lo so! Dov'è la mia lampada da tavolo, quella che tengo sulla scrivania? Mi serviva».

Eulalia Lacasa arrossisce, abbassa la testa, la mano destra giocherella nervosa con il cordoncino dorato della tonaca.

«Sono state qui le zingare?» domanda Luis Duch in tono severo.

Sua madre ammette, contrita, che Remedios Vargas le ha fatto visita il giorno prima, le ha portato la bimba appena nata per mostrargliela e chiederle il favore di farle da madrina, «vuole che la neonata sia cristiana, Luisito, la battezzerà in chiesa e questa per me è una grandissima soddisfazione; la prima volta che Remedios è venuta da noi, era pagana. Non credo che si sia portata via la lampada, non è entrata nel tuo studio, solo in cucina, le ho dato da mangiare, qualche vestito vecchio, qualche moneta... Naturalmente... Le parlerò, è un vizio che deve correggere. Non preoccuparti, figliolo, domani andrò dal ferramenta e ti comprerò un'altra lampada». Luis Duch sospira, scuote la testa in segno di scontento, fa schioccare la lingua, una scena che si ripete identica tutte le settimane. Si alza, l'espressione del viso ancora solenne, preoccupata, si liscia il gilet, si drizza la cravatta, si tasta le tasche dei pantaloni... Sua madre legge i suoi gesti, li interpreta.

«Esci? Dove vai così tardi? Stanno per suonare le sette».

«In chiesa a recitare i vespri, madre».

Eulalia preferirebbe che il figlio restasse a pregare con lei, ma Luisito è giovane, e la giovinezza, irrequieta.

«Dì per me due Avemaria all'Immacolata e accendi una candela nella cappella della Santissima Trinità per l'eterno riposo dell'anima di tuo padre. Hai qualche soldo con te?».

Luis Duch di soldi non ne ha mai, o gli durano poco, è prodigo, scialacquatore, ha le mani bucate, o almeno è quel che gli rimproverano lo zio e i cugini. Donna Eulalia, con inutile discrezione, con estrema delicatezza, gli fa scivolare qualche banconota nella mano destra, che stringe con affetto, con amore (con gran giubilo di san Francesco d'Assisi, che è lì accanto a loro, in mezzo a loro, vibrando frenetico, a velocità superluminale); quella del figlio è l'unica mano maschile che donna Eulalia accarezza e stringe da quando è morto Prudencio, la sua condizione di serva di Maria, la sua castità inattaccabile la spingono a rifuggire anche il più lieve contatto fisico con rappresentanti dell'altro sesso, esce sempre armata di ombrello, persino in pieno agosto, sotto un sole implacabile, allo scopo di avere un pretesto quando incontra un conoscente e di poter accampare, senza bisogno di mentire, «scusi se non le do la mano, è occupata». (Santa Teresa del Gesù approva e plaude la sua pia arguzia. Sigmund Freud sospetta che donna Eulalia soffra di un'acuta invidia del pene e se potesse, se lei glielo permettesse e, anziché stordirsi di preghiere e salmi, lo ascoltasse, le consiglierebbe qualche seduta di regressione per superare il trauma. Santa Teresa e Freud non si parlano).

Con i soldi che gli ha dato sua madre, Luis Duch potrebbe illuminare la cattedrale e tutte le cappelle, forse per questo, per risparmiarsi una fatica improba, passa davanti al sacro tempio senza fermarsi; lo sbattere dei tacchi delle sue scarpe costose sui ciottoli delle vie di Jaca tradisce una certa aspettativa, la sua allegria in questa calda sera di giugno, i bar mettono di buon umore Luis Duch, come le chiese sua madre.

La compagnia del bar Laín è tumultuosa, il tavolino rotondo intorno al quale siedono Luis Duch e i suoi amici barcolla pericolosamente ogni volta che Mariano

Used batte un pugno enfatico sul ripiano, facendo traballare i bicchieri di vino e birra, scuotendo i mozziconi nel posacenere stracolmo.

«Ti dico di no, Joaquín!» grida Mariano, «Gesù Cristo non si è suicidato, è stato ucciso. E sai da chi? Da suo Padre».

L'affermazione è tanto straordinaria che non richiede nessun colpo iroso tra la birra e il posacenere. I suoi amici tacciono, in attesa, e Mariano non li delude.

«È evidente» dice, «che se Dio Padre è onnipotente poteva impedire il sacrificio di suo Figlio. Perché non l'ha fatto? Perché gli occorreva un martire. E san Pietro non ha rinnegato Gesù, ha ubbidito agli ordini di Dio, e Giuda non era un traditore, ma solo il fedele strumento della volontà divina. È evidente che l'ultima cena, la prigione, il giudizio di Ponzio Pilato, la corona di spine e la crocifissione non sono che una semplice *mise en scène*» Mariano Used si compiace di esibire in pubblico la sua conoscenza del francese, non per niente ha vissuto qualche tempo a Parigi, «una farsa. È evidente...».

«Evidente una sega! Per te, basta dire "è evidente"... Gesù non lo ha ucciso Dio, quel che dici è sacrilego, lo hanno ucciso gli ebrei» dichiara Fernando Mayor, con la sacrosanta ira dell'ex seminarista.

Luis Duch fuma con aria annoiata, il corpaccione che deborda dall'esigua sedia. «Chi è quello sbruffone in divisa che è appena entrato?» chiede a José María Lacruz, seduto alla sua destra. Questi alza gli occhi dalla pagina di necrologi del *Pireneo Aragonés*, dà un'occhiata al nuovo venuto e bisbiglia all'amico: «Non sai chi è? Non ti è giunta voce che a Jaca abbiamo un rivoluzionario? È Fermín Galán, un capitano che è stato in carcere a Barcellona a causa della Sanjuanada, uno famoso». La notizia desta la curiosità di Luisito Duch, che si agita sulla sedia, beve un ultimo sorso di birra (che è sempre il primo a scolare) e decide di intervenire nella discussione:

«Dite solo idiozie. In realtà, è andata così: Cristo era un povero diavolo, un illuminato, di padre ignoto. Soffriva di turbe mentali, e si convinse di essere un profeta, figlio di Dio, redentore del genere umano... Girovagava, in groppa a un asino, predicando scempiaggini: "Gli ultimi saranno i primi nel regno dei cieli"... E perché mai, poi? "Beati i miti perché erediteranno la terra...". E come no! E atrocità anche, non si mordeva la lingua: "Non crediate che sia venuto a portare pace sulla terra; non sono venuto a portare pace, ma una spada. Sono venuto infatti a separare il figlio dal padre, la figlia dalla madre, la nuora dalla suocera: e i nemici dell'uomo saranno quelli della sua casa". Un energumeno! Ma aveva dei seguaci, e come poteva essere altrimenti visto che gli offriva in premio la vita eterna? E quando lo arrestarono i romani e lo giudicò Ponzio Pilato e il popolo ebraico lo condannò a morte, il povero infelice si aspettava che suo Padre, Dio, lo cavasse dai guai. Sopportò le frustate, la corona di spine, il calvario, come se fosse un gioco, ancora fiducioso. Ma quando si vide sulla croce, trafitto dai chiodi, cominciò ad avere dei dubbi, a preoccuparsi. Finché non comprese di essere perduto, che era una faccenda seria, che né Dio né nessun altro lo avrebbe salvato e allora gridò il famoso: "Padre, Padre, perché mi hai abbandonato?"».

Luis Duch ha una bella voce, quando parla si ascolta e guarda con la coda dell'occhio gli astanti: gli dà soddisfazione notare che il capitano sbruffone, Fermín Galán, segue il suo sproloquio con interesse; prova una certa avversione nei confronti dei militari, damerini che vanno in giro per Jaca pavoneggiandosi con il loro galloni e i mantelli in bella mostra, e seducono le ragazze, ma su questo ufficiale, un rivoluzionario, desidera far colpo, mettere in chiaro che lui, Luis Duch Lacasa, non è certo un tipo mite.

«Non dia ascolto alle chiacchiere, non sono feroce come dicono, nel profondo del cuore, Carmen, sono un uomo mite» dice Fermín Galán portandosi la mano destra sul cuore e strabuzzando gli occhi. Si è innamorato. La fortunata si chiama Carmen Monreal ed è figlia di un professore che insegna francese nei corsi estivi dell'Università di Jaca, una città che trema per i rigori della neve e della tramontana durante il lungo e penoso inverno, ma sboccia e si veste di verde, fiori e turisti non appena spunta il timido sole di luglio: le giornate si allungano e si organizzano feste, ricevimenti, concerti, spettacoli teatrali, conferenze ed eventi di ogni genere propizi agli incontri informali tra giovani dei due sessi, come questa gita campestre in cui il caso (con una spintarella del calcolo e la reciproca simpatia) ha portato Fermín Galán a sedere su una cornice rocciosa vicino alla bella che turba il suo sonno e che lo sta ascoltando rapita. Fermín le racconta della guerra in Marocco (non tutto, ovviamente, solo quello che non può arrecare offesa alle caste orecchie femminili), della penosa situazione del paese, mal governato, alla deriva, sotto il tallone di un monarca arbitrario e corrotto (anche puttaniere, molto, ma non lo dice), in cui la stragrande maggioranza della popolazione vive di stenti, e i prodotti alimentari, l'istruzione, l'igiene scarseggiano, e sono più i bambini che muoiono durante il parto che quelli che sopravvivono... Fermín Galán vorrebbe accarezzare almeno con la punta di un dito la manina bianca e aggraziata posata sul ginocchio della sua interlocutrice, e se potesse, se l'onore, il decoro e l'inopportuna presenza di altri escursionisti non lo frenassero, spingerebbe quel dito indagatore fino all'avambraccio e anche più su...! Ah, l'estate, stagione in cui le ragazze scoprono le braccia, e alcune anche i polpacci...!

Carmen Monreal pende dalle sue labbra, accoglie le sue parole con colpevole eccitazione, con un certo turbamento assai delizioso (eccola, seduta su un masso, a scambiarsi confidenze con un rivoluzionario, se sua madre la vedesse!), ma non dice niente; nella sua dimensione le ragazze per bene non parlano di cose serie, dimostrare di aver giudizio non sarebbe ben visto. Fermín Galán fa onore al proprio cognome e parla con un fil di voce per costringere Carmen a piegare verso di lui la testolina, coperta con un fazzoletto colorato da cui sfuggono, allegri, alcuni ricci.

«Ehi, voi due! Cosa vi state dicendo così in segreto? Dobbiamo mandare qualcuno a reggervi il moccolo, non vi si può lasciar soli» grida, gioviale, uno dei loro amici, e l'aria si riempie di risate e battute e sottintesi che confondono Carmen e imbarazzano il suo ammiratore.

«Come si sbagliano!» dice Carmen al militare. «Se sapessero di cosa stiamo parlando...!».

Le sue amiche smetterebbero di invidiarla, pensa Carmen, se sapessero che ciò che le sta confidando Galán in tono accalorato non sono parole d'amore, ma arringhe rivoluzionarie e a lei, beninteso, interessa (non è che esuli dai suoi interessi perché è donna, ha fatto sapere al suo interlocutore, non vuole che la prenda per frivola, bigotta o ignorante) la terribile condizione del proletariato in Spagna, ma in quel mattino torrido di luglio, in cui tutto (il ronzio frenetico delle mosche, l'elegante corteggiamento delle farfalle, il febbrile affaccendarsi delle api, l'eco di un campanaccio, i profumi del bosco, l'odore penetrante dell'erba) congiura per evocare altre atmosfere, altre scene, altri sentimenti del tutto estranei alle ristrettezze della classe contadina, all'analfabetismo, alla lebbra, non potrebbe Fermín Galán, magari con uno sguardo tenero o una velata allusione, parlare un pochino, solo un pochino, d'amore...

E come se le avesse letto nel pensiero, con quella magica affinità che riempie di meraviglia gli innamorati da quando il dio Cupido crea scompiglio sulla terra, Fermín Galán s'interruppe a metà di una frase che aveva appena cominciato, prese tra le sue la mano destra della giovane, la strinse con tenerezza e sussurrò, sussurrò appena: «Carmen, se voi... se tu sapessi...!».

La Vergine del Carmine avrebbe preferito non sapere, non accorgersene, non vedere una scena così scandalosa, oh se potesse tapparsi gli occhi con le mani!, ma gli Esseri di Luce sono trasparenti, vedono tutto, che gli piaccia o no, vogliano o non vogliano, e la Vergine del Carmine non vuole vedere, assolutamente no!, l'enorme pene eretto del giovane muscoloso mentre penetra impaziente la vulva depilata della ragazza bionda dai grandi seni, si fa largo con foga tra le labbra violacee, affonda nella vagina, e la giovane di dubbia reputazione (la Vergine del Carmine è clemente definendola così) chiude gli occhi, arriccia la boccuccia ed emette un dolce gemito, le mani con le unghie rosse che stringono forte la schiena del giovane, come per trattenerlo o esortarlo a spingere ancora... Come se lo stallone avesse bisogno di stimoli o incoraggiamento!: il suo cazzo entra ed esce con uno schiocco umido e un ritmo invidiabile; ora la telecamera offre un primo piano del glande color porpora, dell'asta del pene, dura, con le vene gonfie, e dei testicoli rasati. La bambina ferma l'immagine. Si depilano addirittura le palle! E le donne anche, hanno le parti basse rasate. Non sa decidersi se è un bene o un male; le sembra strano, a dir la verità, ma se va di moda, meglio saperlo. La preoccupa la dimensione del pene, è molto, molto grande. Dubita che un coso così riesca a penetrarla. È ben vero che il ragazzo è un attore porno, e quelli di solito sono dotati di cazzi smisurati, e anche la bionda è una professionista, la sua vagina ci è abituata... Infilza tre rigatoni con la forchetta, se li mette in bocca senza staccare gli occhi dallo schermo e mastica svogliata, quella pasta troppo riscaldata non sa di niente, sembra plastica, se aggiungesse del ketchup sarebbero più buoni, ma non ha voglia di andare in cucina e, d'altronde, meno mangia meglio è: più magra. Posa il piatto sul pavimento per far spazio sul tavolo al suo blocchetto, vuole imparare, prendere appunti. I maschi guardano i porno su internet, no?, e poi quando vanno a letto con una tipa normale, come te o me, pretendono di fare le stesse cose di quei film ma noi non sappiamo un accidente e facciamo pietà, ed è un problema, perché quelli si rompono e vanno con un'altra, la bambina lo sta dicendo mentalmente alla sua amica Alba, ed è quel che le dirà quando la vedrà e le spiegherà che ha guardato film porno al computer, fanno certe porcherie...! Lo prendono nel culo (confiderà ad Alba sottovoce con la bocca incollata al suo orecchio), come i finocchi, ma un uomo a una donna... La bambina giura a se stessa che lei non lo farà mai, nemmeno se l'amore della sua vita glielo chiedesse in ginocchio: è sporco e disgustoso e deve essere molto doloroso. Dubita che le donne normali facciano certe cose, non riesce a immaginare sua madre, la direttrice di una banca!, mentre viene sodomizzata dal padre o da chiunque altro. La grandezza del cazzo dell'attore è la cosa che la preoccupa di più. Quando Óscar l'aveva baciata, quando le aveva dato il primo bacio della sua vita, lei aveva sentito il suo cazzo (no, il suo pene, i fidanzati hanno il pene) ritto e duro contro la coscia, nonostante i jeans, come se stesse lottando contro la stoffa e gli slip, e lei si era molto stupita, era come se la stesse chiamando o come se il pene di Óscar volesse dirle qualcosa, ed era stata tentata di sciogliersi dall'abbraccio e di toccarlo con la mano, sembrava morbido e duro insieme, tiepido e vibrante, era difficile descrivere la sensazione e non l'avrebbe raccontata a nessuno neanche morta, nemmeno ad Alba, era una cosa molto intima e quella curiosità per... Ma aveva fatto bene a non dirlo, Óscar avrebbe potuto pensare che la bambina era una troietta e ci mancava solo questa! Ricorda il lunedì in cui Olga Martínez a scuola era tutta agitata, si dava delle arie e faceva la misteriosa, e durante la ricreazione intorno a lei si era formato un capannello di ragazze.

«Lo hai fatto?».

Olga non aveva risposto, per lei avevano parlato la sua faccia, il suo sguardo trionfante, il sorriso soddisfatto.

«Lo hai fatto?».

«Sì» aveva ammesso alla fine.

E com'è stato? Cos'hai provato? Ti ha fatto male? Ti ha detto che ti ama?

Olga aveva raccontato tutto, per filo e per segno, Mar si sarebbe vergognata a essere tanto esplicita, «all'inizio fa un po' male e fa fatica a entrare per via della verginità eccetera, ma ho resistito e ho detto a Cristian, mettimelo dentro tutto, e lui mi ha detto, sei sicura?, e io ho detto sì, ti amo, sei l'uomo della mia vita, e lui mi ha detto, anch'io ti amo, piccola, e ha spinto fino in fondo e allora sì che ho visto le stelle ma poco a poco ha cominciato a entrare più dolcemente e a farmi piacere e lui mi dava dei baci sul collo e mi ha mordicchiato sulla spalla (nascondetemi, ve lo mostro, mi ha lasciato il segno dei denti, visto?, e ho il collo pieno di succhiotti, per questo lo copro con un fazzoletto), Cristian mi diceva delle cose, sì, insomma, cose romantiche, è stato molto bello, e poi...».

«E poi? E poi cosa?». Tutte, compresa la bambina, volevano sapere.

«Super... super... super bello. Ho stragoduto».

Per una settimana tutte avevano invidiato a Olga il suo nuovo status: non era più una bambina, ora era una donna, si era lasciata alle spalle la masturbazione per godere di nuove esperienze, recondite, misteriose; la vedevano come investita di un sapere superiore, di una sapienza antica che le conferiva una specie di aura, una sicurezza nuova, un'autorità che, umili, le riconoscevano, chiedendole consiglio («usciamo ormai da due mesi, lui insiste, io la tiro per le lunghe, ma non so... Ho paura che si stanchi di aspettare, tu cosa dici?»), piegandosi ai suoi voleri («due mesi sono pochi, magari ti viene dietro solo per quello e quando l'ottiene ti lascia; tienilo a stecchetto ancora un mese»), quando all'improvviso era accaduto l'inimmaginabile: Cristian si era messo con una di seconda superiore, la tipa più figa e *cool* dell'istituto, un anno più vecchia di lui, e aveva piantato Olga. E allora erano cominciate le chiacchiere, le maldicenze, Olga era una troietta che andava con tutti, «dicono che l'hanno vista sulla spiaggia di Almarda, lo succhiava a uno sfigato dietro a una duna...».

Quello era il rischio, il destino a cui andavi incontro concedendo a un uomo la tua verginità. Se era uno a posto, avevi il rispetto e la stima di tutti, ma se era un trombatore, come diceva Alba, uno che se le faceva tutte e, dopo averti usata, ti mollava, diventavi, ipso facto, una troietta. Com'era tutto complicato!

«Se ci pensi bene, non è affatto complicato» aveva detto Flor: «se l'eternità non esiste, allora il tempo ha una fine e un principio, e dimmi, Mati, cosa c'era prima?».

«Prima di cosa?».

«Prima dell'inizio del tempo».

Mati è molto stanca e ha il mal di testa. Si è messa in macchina ed è venuta a Valencia direttamente dal lavoro, a trovare la sua amica Flor in cerca di affetto, simpatia, un po' di compassione, e quel che ottiene sono disquisizioni filosofiche in cui si perde e che non le interessano. «Cosa ci può essere prima che inizi il tempo, se non altro tempo? È più che logico; dunque, il tempo è eterno, mi segui, Mati?, e se non finisce e non inizia mai ed è un eterno fluire, non ci sono né futuro né passato, tutto è presente e niente ha conseguenze, non ci sono causa o effetto che valgano. Immaginati una gomma da masticare che si allunga e allunga, o meglio un cerchio che si allarga all'infinito... Così è l'eternità! E in un cerchio non c'è né prima né dopo: dipende da come lo guardi, l'effetto viene prima della causa, il fulmine cade quando non si sono ancora formate le nuvole che porteranno il temporale, la casualità non esiste e tutto ciò che accade è fatale, inevitabile, anche se noi ci illudiamo di essere liberi e di poter decidere, di influire su qualcosa. Non siamo niente, Mati! Non siamo nessuno! Un puro caso, un mero esperimento, del tutto irrilevante... E quando capisci questo, come ho fatto io, ti togli un gran peso di dosso, perché qualunque cosa tu faccia, succede sempre quel che deve succedere e, inoltre, fa lo stesso.

Mi sono spiegata?». «No, non ti sei spiegata per niente. Come fa l'effetto a precedere la causa? Come fa mia figlia a nascere prima di me?», le direbbe Mati se di colpo non fosse assalita da un'immensa tristezza che la lascia senza parole e come priva di forze.

«E a cosa serve la reincarnazione se non ti ricordi niente?» chiede per irritarla. «Cosa cambia se ti reincarni o no; se nella tua anima si sono cancellati i ricordi delle sue vite precedenti, non ci vedo il senso, sinceramente».

Eppure, c'è qualcosa di allettante, qualcosa che la seduce nel discorso di Flor, se solo potesse, premendo un pulsante, tornare indietro nel tempo, scalare di un decennio, come se scendesse al piano di sotto in ascensore! E Mar avrebbe tre anni e l'adorerebbe, e andrebbero insieme alla spiaggia di Ponente a Benidorm (a Paco la spiaggia non piace, gli fa senso la sabbia), trasportando l'ombrellone, la sacca con i giocattoli della bambina, la borsa frigo con i panini, e sua figlia passerebbe la mattinata su e giù dalla sabbia alla riva, sempre di corsa, come se avesse una gran fretta, portandosi appresso il secchiello e la paletta, riempiendo il secchiello d'acqua, rovesciandola sulla sabbia asciutta, spianando la mistura con la paletta... E poi s'immergerebbero tutte e due nel mare, che fa paura a entrambe, ma se lei la dissimula, la bambina no: chiude gli occhi, le nasconde la testa nel collo, e l'abbraccia atterrita...

Ora lei e la figlia sono nemiche, non sa perché, come sia potuto accadere, ma è così e a volte coglie in Mar sguardi d'odio, o di disprezzo o antipatia che la disarmano, la sconcertano, le fanno desiderare di non aver mai avuto una figlia.

«Ma senti un po', Flor» dice con rabbia. «Se non c'è un Dio, se siamo tutti Dio, che è come dire che nessuno lo è, tutto questo viavai di anime che passano da un corpo all'altro, chi lo stabilisce? Chi organizza questa gincana?».

«Non lo organizzeremo solo noi militari» dice Fermín Galán, «niente proclami! L'esercito deve andare a braccetto con il popolo, servire il popolo. È l'unico modo di scrollarsi di dosso il giogo in cui viviamo da quando c'è stata la restaurazione».

Il tenente Mendoza, i capitani Sediles, García Hernández, Piaya e Gallo, il tenente Marín, annuiscono convinti. Bisogna trovare dei civili! Dobbiamo coinvolgerli nella *cosa*. «Presto, da questo covo di gladiatori usciremo come un manipolo di valorosi ferventi di ideali e ci dirigeremo a Barcellona per realizzare il nostro piano», comunica entusiasta Fermín Galán a uno scrittore suo amico che è andato a fargli visita. La *cosa* è il piano. Galán trova talmente favorevole l'ambiente di Jaca che non aspetta più il trasferimento a Barcellona: la rivoluzione comincerà a Jaca, «perché qui a Jaca sta andando da sogno», ma è chiaro che l'obbiettivo sarà arrivare a Barcellona, è impensabile fare la rivoluzione in Spagna senza approdare nella città rivoluzionaria per antonomasia. Secondo Galán, la *cosa* è matura: il popolo anela alla rivoluzione, i soldati lo appoggiano e il comando (il pavido tenente colonnello Quiroga) sarà incapace di soffocare la rivolta. Il 17 agosto i politici antimonarchici spagnoli più eminenti (Casares Quiroga, Lerroux, Azaña, Alcalá-Zamora, Preto, Carrasco Formiguera...), riunitisi a San Sebastián, firmano il patto con cui concordano di detronizzare il re. Galán è al corrente di tutto; non disdegna i politici, proprio per niente, ma sa che con i soli politici non s'innesca una rivoluzione, bensì una lunga catena di riunioni e manifesti; una riunione sfocia nella convocazione della successiva, un manifesto si ricollega al precedente... e così all'infinito, i politici hanno una gran parlantina ma nessuna attitudine all'azione.

«Manca lo strumento rivoluzionario» afferma Galán, e conclude, con la modestia che lo caratterizza: «dobbiamo crearlo noi. In Spagna, oltre a noi, non c'è nessuno che possa mettere fine a tutto ciò».

L'unica cosa di cui hanno bisogno sono i soldi, non manca di essere una contraddizione, un triste paradosso, che per scatenare una rivoluzione che ponga fine al capitalismo si debba disporre, per cominciare, di un capitale. E in Spagna dove si trovano i soldi? Nella capitale. E Galán va a Madrid, s'incontra con Lerroux, con Graco Marsá, con Marcelino Domingo, con Alcalá-Zamora, che ha il telefono sotto controllo... Una cospirazione che si rispetti richiede riunioni segrete, parole d'ordine, viaggi, un gran andirivieni e un gran deliberare con i membri del Comitato Rivoluzionario Nazionale. La *cosa* si profila: Galán partirà da Jaca con la guarnigione della città e un gruppo di civili madrileni che vi si trasferiranno, e che sostituiranno gli operai barcellonesi su cui faceva conto in un primo tempo Galán; gli operai non potrebbero occupare i posti di funzionari rivoluzionari che dovranno essere creati e coperti non appena scoppierà la rivolta (i militari non fanno caso a questi importanti dettagli che i politici non trascurano mai, non appena c'è un movimento e si tocca con mano il potere, bisogna assegnare incarichi, nominare commissari, vicecommissari, delegati, vicedelegati, segretari... Altrimenti, al posto di una rivoluzione come Dio comanda, sopraggiungono il caos e l'anarchia, tanto cara agli operai barcellonesi e tanto invisa ai politici).

I gladiatori lasceranno il covo prima che arrivi il maltempo, e la neve e il ghiaccio rendano impraticabili le strade. La guarnigione di Jaca si dirigerà a Huesca, dove si unirà con altre divisioni e, passando da Lérida, avanzerà fino a Barcellona, la Mecca rivoluzionaria. Nel frattempo, uno sciopero generale avrà paralizzato la Spagna.

Galán ritorna a Jaca con un incarico: Delegato del Comitato Rivoluzionario Nazionale dell'Aragona. La *cosa* è stata avviata.

«Guarda chi c'è! Luisito! Anche tu qui!».

«Sono contento di vederti, cugino! Come stanno i tuoi fratelli e i miei zii?».

Luis Duch e suo cugino Juan Lacasa si congratulano per l'ottima salute dei rispettivi cari, Luisito Duch, tuttavia, racconta al parente che «la mamma soffre sempre di quei benedetti reumatismi, sai», e il cugino si acciglia e si mostra debitamente afflitto, senza mancare di osservare, con la coda dell'occhio, i compagni di Luisito, delle facce, per così dire, note: il sedizioso capitano Galán, un altro ufficiale (che Juan Lacasa non conosce, ma che dev'essere fatto della stessa pasta), Antonio Beltrán *l'Esquinazau* (che fu rivoluzionario in Messico con Pancho Villa), Julián Borderas, il sarto, e Alfonso Rodríguez *l'Orologiaio*, entrambi di idee socialiste. «Questo Luisito è irrecuperabile», pensa Juan Lacasa figlio, e si ritiene in dovere di fare la morale al cugino.

«Senti, Luis» gli dice prendendolo in disparte, «mio padre, i miei fratelli e anch'io, siamo molto preoccupati per te. Non sei sulla buona strada, ti hanno fuorviato. Non studi, ciondoli tutto il giorno e perdi tempo nei caffè e nelle osterie in compagnia di soggetti che un uomo per bene non dovrebbe frequentare, ti fai vedere in calle Mayor con *El Socialista* sotto braccio, senza darti pensiero della reputazione della famiglia, spendi con leggerezza... E tua madre è anche peggio! Ammetto che mia zia Eulalia ha un gran cuore, è una donna buona e generosa... Ma una cosa è fare la carità, fare l'elemosina ai poveri o sferruzzargli un paio di mezziguanti, e ben altra, regalargli i mobili, dargli soldi a profusione, scialacquare il patrimonio, insomma!».

«Juan, ti sono grato dei consigli e prometto di riflettere su ciò che mi hai detto, ma giudica da te, ti sembra il posto opportuno per parlarne?» ribatte Luisito Duch, cercando di levarselo di torno. E come mandata dalla provvidenza, una signorina molto attraente fa il suo ingresso nella civettuola sala. Vedendola entrare, Juan Lacasa si affretta a lasciare il braccio del cugino, si rasserena e stira le labbra in un gran sorriso. «Mia cara Marguerite, finalmente qua! Non vedevo l'ora. Ti sei dimenticata di me?», rimprovera la ragazza con galanteria e lei, svenevole, gli porge le sue scuse e un calice di anice o di assenzio, ma Juan Lacasa ha fretta, declina l'offerta e, prendendola per mano, la conduce verso la porta in fondo, nascosta da una gualcita tenda di velours rosso cremisi.

Cauti, prudenti, i cospiratori di Jaca evitano di riunirsi nello stesso posto e cambiano indirizzo a ogni appuntamento, vedendosi alternativamente nella camera di Galán all'Hotel Mur, nel retro dell'orologeria di Alfonso *l'Orologiaio*, nel bar del repubblicano Laín, nella tenuta *No te fíes* di Pío Díaz, nella locanda Esculabolsas, o nel bordello, come oggi.

La bambina non sa cos'è un bordello. Ha appena letto un tweet che la intriga: «Justin Bieber arrestato all'uscita di un bordello». Cerca su Google e colma l'ignoranza con un clic. La colpisce che Justin Bieber e suo padre abbiano qualcosa in comune, non l'avrebbe mai detto.

Anche suo padre frequenta (o frequentava) le case d'appuntamento, ma nel suo caso per zelo professionale, costretto dalle circostanze. Se la bambina premesse il tasto che sposta su e giù l'ascensore del tempo, verrebbe di colpo trasportata nella dimensione in cui aveva undici anni, i suoi vivevano ancora insieme e in casa c'erano liti quasi tutti i giorni (o meglio, quasi tutte le notti, quando si credeva che la bambina dormisse e i suoi genitori si sfogavano urlando senza trattenersi). La bambina sta leggendo un libro di Harry Potter (in quella dimensione la bambina legge), deve fare un vero sforzo per concentrarsi sulle peripezie del maghetto, le voci dei genitori la distraggono. Sembra che sua madre sia furibonda perché ha preso i funghi. La bambina non capisce fin in fondo la rabbia di sua madre, anche lei, Mar, aveva preso i funghi l'estate prima e sua madre non aveva fatto nessuna scenata: l'aveva portata in farmacia, le aveva comprato delle pomate, gliele aveva spalmate sui piedi, proibendole di andare in spiaggia per una settimana, ecco tutto.

«Me li hai attaccati tu» urla sua madre a suo padre. «Non può essere stato nessun altro. Dove li hai beccati? Rispondimi, Paco!» insiste sua madre. «Con chi sei stato? Che bagascia ti sei portato a letto?».

La bambina perde ogni interesse per le disavventure del maghetto. Sbarra gli occhi per sentire meglio. Suo padre sussurra qualcosa che non riesce a capire. Di sua madre si capisce tutto perché grida.

«E quella scatola di fiammiferi che ho trovato nella tasca della tua giacca? È di un night!».

La bambina si avvicina in punta di piedi alla porta della loro camera da letto e, con un coraggio che ignorava di avere, la apre qualche centimetro, uno spiraglio; quella lite tra i suoi genitori è molto importante, ha l'impressione, forse decisiva. Accoglie con sollievo la spiegazione dell'accusato, suo padre: c'era dovuto andare per forza in quel posto, controvoglia, perché avevano insistito i clienti e l'architetto, erano arrivati alla fine dei lavori e lui non poteva rifiutare, nel settore («lo sai bene anche tu, Mati») si usa festeggiare la felice conclusione di un affare o la chiusura di un contratto in un night, la gente che lavora nell'edilizia è molto rozza («lo dici sempre anche tu, Mati, voi dell'edilizia siete delle bestie!»), per cui non gli era rimasta altra scelta che andare con loro per non fare il guastafeste e, soprattutto, per non perdere un buon cliente. Una volta lì, nel Divina Tentación, Luis Miguel Ferrer, con un paio di bicchieri in corpo, aveva cominciato a menargliela: Va di sopra con quella che ti piace di più, quella che ti stuzzica di più, offro io, mi offendi, Paco, guarda che mi arrabbio, e per non offenderlo e non farlo arrabbiare, era successo quel che era successo.

«Io non volevo, Mati, te lo giuro sulla bambina, ma il cliente si è impuntato... Sarei stato molto meglio qui a casa, con voi due, a guardare la televisione!».

Suo padre era capace di tutto pur di firmare un contratto. Ora la bambina ha dieci anni e mezzo, ci sono le feste di Sagunto, fa un caldo pazzesco, lei suda e succhia un ghiacciolo azzurro a forma di piede e con un sapore strano, vicino alla madre e alle amiche di lei, seduta sugli spalti del circolo El Asilo, al secondo piano della plaza de toros provvisoria che hanno eretto tra i padiglioni delle fiere di Puerto Ocio. Suo padre è di sotto, con un cliente di Murcia che vuole omaggiare. Sua madre chiacchiera con le amiche e non fa attenzione alla bambina, che si annoia in attesa che portino il toro e, quando quello arriva, assiste senza particolare interesse al suo ingresso, un torello giovane a macchie bianche e nere che gli inservienti trascinano per una corda che legano al palo eretto nell'arena. Osserva con indifferenza come inseriscono nelle corna del toro i ferri con le palle di stoppa e, subito dopo, l'inserviente più esperto o più coraggioso gli appicca il fuoco, con un coltello taglia la corda che lega l'animale e scappa via impaurito. Il toro è troppo occupato nel vano tentativo di liberarsi delle palle di fuoco, sgroppa disperato, girando su se stesso, come per mettersi a inseguire l'aggressore. E mentre sua madre si accende una sigaretta e sorseggia la birra nel bicchiere di plastica parlottando ininterrottamente con le amiche, e la bambina dà un'ultima leccata al ghiacciolo sciolto ed è contenta che faccia buio e sua madre non possa notare l'enorme macchia azzurra che deturpa la gonna del suo vestito, il toro *embolao* colpisce l'arena con le zampe, mugghia, si rivolta arrabbiato e poi si mette a correre all'impazzata da un angolo all'altro del recinto, come pentendosi ogni volta della direzione presa poco dopo averla imboccata (una macchia di luce e calore che oscilla ed esita e che le ricorda stranamente i penitenti della Settimana Santa con le loro fiaccole) e, ogni tanto, infila la collottola tra le sbarre della struttura metallica, facendo prendere un bello spavento agli inservienti, che ci si sono riparati dietro. Un ragazzo con tutti (o quasi) gli attributi rompe la monotonia dello spettacolo, avventurandosi per qualche metro sulla sabbia e sfidando il toro con un grido e sventolando un giubbotto, per tornare alla sicurezza della gradinata non appena la bestia si lancia al suo inseguimento, ma, in generale, non succede granché e «che corrida insulsa stasera, speriamo che ci sia un po' più di animazione», dice sua madre e proprio in quel momento un uomo salta nell'arena sbandierando un maglione rosso e un lungo bastone e chiama il toro, «ehi, ehi, torello, toro!», come se fosse un torero (e forse ne è convinto, di essere un torero) e dato che il toro non lo sente o non si accorge di lui, visto che si sta accanendo a rovesciare una delle barriere di legno, l'uomo corre verso l'animale brandendo il bastone e agitando il maglione, continuando a incitarlo, finché finalmente il toro lo nota e lo carica e la bambina urla e con lei tutto il pubblico, e sua madre, che non stava guardando l'arena, immersa in confidenze intime con Flor, la sua migliore amica, volta la testa e chiede, «cosa sta succedendo?». La bambina non risponde, non può, si è tappata la bocca con una mano e trema tutta; con l'altra mano indica il fagotto inerme che giace sulla sabbia e il toro che lo incorna con il suo palco di fuoco e lo solleva in alto e lo sbatte in terra e di nuovo infierisce su di lui, scalciando, e la bambina si copre la faccia con le mani e adesso sì, strilla: «PAPÀ, PAPÀÀ!», e sua madre con lei: «Paaaco! Paaacoo! Aiuto, lo uccide! Me lo ha ucciso!». Braccia, mani amiche, s'impadroniscono delle due, le avvolgono, le coprono, impedendogli di vedere per non farle soffrire e l'intera arena trattiene il fiato. La bambina si libera dall'abbraccio di Flor, se accadrà il peggio, vuole vederlo, deve vederlo: in che modo gli inservienti si lanciano invano sul toro, lo tirano per la coda, rischiando una cornata o una bruciatura, lo afferrano per le punte allo scopo di staccarlo dalla sua vittima, di distoglierlo dall'accanimento...

Suo padre non morì, ma gli diedero sette punti in faccia e cinque sul collo. Sua madre lo sgridava, «ma sei matto o cosa? Come ti è venuto in mente di affrontare un toro? Neanche avessi vent'anni!».

La bambina, passato lo spavento, provò una specie di gioia, di soddisfazione insana: gli stava bene, a suo padre, che lo avesse centrato il toro, così imparava a dire le bugie. Suo padre le aveva promesso, le aveva giurato!, che quell'anno l'avrebbero nominata Fallera Mayor Infantil, la miss bambina delle feste di Sagunto, l'intero comune era in debito con lui, «basta che lo chieda». Mar e la madre avevano passato un pomeriggio atroce aspettando una telefonata dal comune, che non era mai arrivata.

Il cliente murciano, che le accompagnò al poliambulatorio, ebbe un mancamento, alla vista di tutto quel sangue, ma suo padre ottenne il contratto: dodici villette a schiera. In quella dimensione suo padre era sempre pieno di lavoro, non ce la faceva più, «vendo tutto ancora sulla carta», si lamentava, «me le strappano di mano!». Guadagnava così tanto che cercò di convincere la moglie a lasciare il suo impiego in banca, ma lei rifiutò, l'avevano appena nominata direttrice di filiale. Mar gli chiese un pony e il padre glielo avrebbe comprato se sua madre non si fosse opposta, come faceva sempre con tutto quel che chiedeva o desiderava la bambina, solo per romperle le scatole. «E dove lo teniamo? E chi baderà a lui? Mi vedo già a dare da mangiare al pony come ho dovuto fare con quel povero criceto perché non morisse di fame!», protestò sua madre, al che, per consolarla, suo padre portò Mar a Eurodisney, a Parigi in Francia. In quella dimensione, a suo padre, mezza Sagunto doveva soldi o favori; in quest'altra, in cui Mar si rende conto di non ricevere né tweet né nuovi messaggi sul cellulare, il padre scappa dai creditori e ha bidonato anche lei, centocinquanta euro. La bambina lancia un tweet disperato: «È mai possibile che mio padre mi debba 200 euro?».

«Certo che Paco ha il diritto di innamorarsi di un'altra donna, non dico che non sia possibile, Flor, ma Paco non è innamorato di Sole, è infoiato, che non è lo stesso. Se non lo so io! Si è comprato una macchina, un macchinone, si sta facendo la villa a Canet de Berenguer, con piscina e campo da tennis, quando mai ha giocato a tennis!, e ora, è ovvio, deve comprarsi una donna nuova, una ragazza di trent'anni senza neanche gli occhi per piangere, dice che fa la pierre, una pierre a Sagunto, dimmi tu! E me mi butta via come uno straccio vecchio, dopo tutto quello che abbiamo passato, dopo esserci impegnati tanto per farci una posizione...».

«Ma, tu sei innamorata di lui?».

Questa domanda di Flor la sconcerta. Cosa c'entra! Lei e Paco stanno insieme da vent'anni, cinque di fidanzamento, quindici di matrimonio, hanno una figlia e un appartamento (un bell'appartamento) in comune a Sagunto, il bilocale di Benidorm, la villetta in costruzione a Canet de Berenguer (e cosa ne sarà ora della villetta?), il loro rapporto è molto profondo, va molto al di là di un semplice rapporto amoroso. Mati era stata innamorata di Paco («Paco è stato l'amore della mia vita», confessa a Flor), quando lui aveva vent'anni e una selva di capelli da fare invidia, era magro, spiritoso, belloccio e la portava in palmo di mano. L'uomo che divide il letto con lei tutte le notti è diverso, un signore ben messo, con quattro peli sul cocuzzolo che porta lunghi come se fosse un artista, denti gialli per il fumo, il caffè e il vino, che riserva le battute e il buon umore ai rapporti di lavoro e da un pezzo non gli interessa più sedurla o sembrarle attraente. È da due anni che non scopano, ma questo a Flor non lo confessa perché crede che indebolirebbe il suo ragionamento. Sono come fratelli, precisamente, e anche soci, hanno un patrimonio, un'attività a mezzo, dividerla sarebbe complicato. «Metà di quello che guadagna Paco è in nero» spiega a Flor, «io sarei ridotta sul lastrico, capisci? E non è per me, se sto male e sono preoccupata è per mia figlia», mente, infatti restare da sola a questo punto la manda in crisi, non è innamorata di Paco, ben peggio: ci ha fatto il callo, è rassegnata all'idea di continuare a vederlo tutti i giorni, di, più in là, invecchiare insieme; conosce le sue fisime, le tollera, le sopporta, è suo marito, è abituata ad avere un marito, una casa, una figlia, una famiglia, e perdere questa sicurezza senza nessuna colpa da parte sua, vedersi scaraventata verso l'ignoto, le fa paura.

«Non è per me, Flor» ripete (si ripete), «io non ho affatto bisogno di Paco, sono una donna indipendente, posso arrangiarmi, è per la bambina. È nell'età ingrata, non studia, non ubbidisce, mi risponde male, mi insulta!, mi dice cose che non posso ripetere, che non avrei mai osato dire a mia madre, la sua cameretta sembra un porcile... Non so cosa le sta succedendo, ha sempre il muso lungo, si chiude nella sua stanza e non lascia entrare nessuno, qualcosa le frulla in testa, ma a me non lo racconta, e una volta mi raccontava tutto: i litigi con le amiche, i ragazzini che le piacevano, tutto... Mar non si confida più con me».

Il generale Queipo de Llano guida un comitato militare segreto a Madrid, il cui scopo è riuscire a ottenere l'appoggio all'interno dell'esercito per l'iniziativa del Comitato Rivoluzionario e di cui è membro il comandante Ramón Franco, l'intrepido aviatore, a cui è stato affidato un incarico di ufficiale di collegamento con Lérida; prima di raggiungere quella città, Ramón Franco fa una sosta a Saragozza, dove risiede suo fratello Francisco (il superiore di Galán in Marocco, l'omarino con le labbra dipinte di fucsia nel libro di storia sulla scrivania della bambina), il quale ricopre la posizione di direttore dell'Accademia Generale Militare. Ramón confida i propri piani sediziosi al fratello e questi lo denuncia subito alla polizia; il generale Mola, direttore generale della Sicurezza, ne ordina l'arresto. A causa di questa denuncia, in una *mise en scène* della teoria della tovaglia di Fermín Galán, vengono arrestati altri cospiratori, tra cui l'avvocato repubblicano Lluís Companys e il sindacalista Ángel Pestaña. La *cosa* si blocca.

Fermín Galán è impaziente e triste, l'autunno avanza mentre la *cosa* no, tra qualche settimana cadranno le prime nevi, che seppelliranno i prati sotto il loro sudario bianco, e insieme ai prati, i suoi sogni rivoluzionari; gli altri, i sogni di innamorato sono già stati frustrati. La famiglia di Carmen Monreal disapprova la relazione della ragazza con un pericoloso repubblicano, la sventurata (e obbediente) giovane è tornata a Saragozza, lasciando a Jaca un cuore ferito, «*You're beautiful, you're beautiful*» canta Fermín Galán, «*There must be an angel with a smile on her face / When she thought up that I should be with you / But it's time to face the truth / I will never be with you!*», la bambina si emoziona ascoltando questa canzone di James Blunt, è un'emozione segreta, colpevole; ufficialmente (su Twitter, su Facebook, durante la ricreazione) la definisce insulsa e melensa, ma nell'intimità della sua cameretta si prende la libertà di ascoltarla, stesa sul letto, con gli occhi chiusi, e piange per il suo amore, come sta facendo ora, anche se non è innamorata né lo è mai stata; in realtà, più che innamorarsi, avrebbe voglia di essere lasciata e poter provare con cognizione di causa quella malinconia dolce e musicale che acuisce

poppante che non aveva ancora cambiato voce, perciò, quando Óscar le aveva chiesto quanti anni hai lei gli aveva risposto sedici. *Lo Stato tradizionale, e cioè la Monarchia, ha finito per formarsi una serie di preconcetti sul modo di essere spagnoli. Pensa, ad esempio, che moralmente appartengano alla categoria degli ovini, che in politica siano gente mansueta e lanuta, che accettino e sopportino tutto senza fiatare, che non abbiano il senso dei doveri civili, che siano inaffidabili, che siano coriacei nei confronti delle questioni di diritto e pubbliche in genere. Da Sagunto, la Monarchia non ha fatto altro che speculare sui vizi spagnoli e tutta la sua politica è consistita nell'approfittarne a suo esclusivo vantaggio. La frase che sugli edifici dello Stato spagnoli viene ripetuta più volte è questa: «In Spagna non succede niente!»*. Cosa ti succede? Perché ci guardi con quella faccia?, le aveva chiesto Alba, come se fosse la cosa più normale del mondo vederla avvinghiata a Richi sul divano della casa di Óscar, con Richi che le sbaciucchiava il collo e Alba che rideva e lo lasciava fare, mentre teneva il tempo della musica con il piede. «Rilassati e bevi qualcosa» aveva suggerito a Mar, e per dare l'esempio si era tolta di dosso il braccio di Richi, aveva allungato la mano e buttato giù una sorsata di cacaolat e vodka che, a quanto aveva dichiarato, era la sua bevanda preferita e, da quel giorno, anche della bambina, la quale, sentendosi a disagio in quella situazione e non sapendo cosa fare di sé, era uscita in corridoio finendo nella cameretta del fratello di Óscar che teneva la porta aperta e continuava a giocare con la Play come se in sala non stesse succedendo niente, nonostante la musica e le risate e i «no, no!, questo no!, ti ho detto di piantarla, se ci vedono...». Gli strilli di Alba la imbarazzavano, come se al ragazzino interessassero, o come se Alba fosse sua figlia o sua sorella, ed era stato questo, la vergogna altrui, a spingerla a rivolgersi al ragazzo, vincendo la timidezza, e a chiedergli: «A cosa stai giocando?». «A GTA» le aveva risposto il bambino senza staccare gli occhi dallo schermo, e poi aveva aggiunto, supponendo forse che un chiarimento si rendesse necessario visto il sesso di Mar: «A Grand Theft Auto. Porca puttana» si era lamentato, «mi hanno appena ucciso». «Sei negato» gli aveva detto una voce dietro di loro, «ci stai incollato per ore, pigmeo, ma ti va sempre di merda». Aveva sentito Óscar alle sue spalle, aveva sentito il suo odore, sapeva di sapone, di pulito, si era appena fatto la doccia, il petto nudo, i piedi scalzi, i capelli umidi, era più alto di lei ma non di molto e, visto da vicino, aveva ragione Alba, era bello. La sua vicinanza la turbava, era rimasta ferma impalata, in piedi tra Óscar e la sagoma seduta di suo fratello, che fingeva di non averlo sentito e stava cominciando una nuova partita. *È una cosa ripugnante, ripugnante al punto di rigettare tutt'intera la storia spagnola degli ultimi sessant'anni; ma nessuno potrà onestamente negare che la frequenza di questa frase è un dato di fatto. Ecco le ragioni per cui il Regime ha creduto possibile anche in questa occasione superlativa rispondere, limitandosi a decretare questa finzione: Qui non è successo niente. Questa finzione è il governo Berenguer.* La bambina sapeva che era finto e tuttavia quel che vedeva sullo schermo le sembrava molto realistico, i personaggi, i loro movimenti, i dialoghi, era fatto molto bene, quel gioco. «Non ci hai mai giocato?» le aveva chiesto Óscar, che, con la prepotenza e la sicurezza del primogenito, aveva scacciato il fratello dalla sedia e dalla stanza e ora impugnava i comandi della Play, pavoneggiandosi con lei. «Rapineremo una banca» l'aveva informata. La bambina aveva assistito con ammirazione e stupore alla esecuzione perfetta del colpo: l'omaccione moro dello schermo che Óscar dirigeva con i comandi minacciava con un'automatica i tremebondi impiegati della filiale (alla bambina era venuta in mente la madre), li aveva rinchiusi in un piccolo ambiente che aveva sprangato, facendo detonare un esplosivo che aveva scardinato la porta blindata della camera di sicurezza dove erano ammonticchiate le mazzette, colonne di banconote, migliaia, milioni di dollari, che Óscar (il suo alter ego, l'eroe bruno) si affrettava a introdurre in un sacco; durante la fuga Óscar era stato costretto a uccidere alcuni poliziotti e a distruggere diverse macchine, compresa la sua, ma in un batter d'occhio ne avevano rubata un'altra, pistola in pugno, ed erano partiti sgommando, sbandando lungo l'autostrada grigia, fino a schiantarsi contro un guardrail e l'immagine si era cristallizzata e si era spenta la musica e sullo schermo una scritta lampeggiante diceva: «Game over». «Vuoi provare?», le aveva chiesto Óscar. *Ma stavolta si è sbagliato. Occorreva tirarla per le lunghe. Ci si era convinti che sarebbero bastati pochi mesi di governo emolliente a far dimenticare all'amnesia celtibera i sette anni di Dittatura. D'altra parte, dall'annuncio delle elezioni ci si aspettava molto. Tra le idee sociologiche, per niente campate in aria, che sulla Spagna ha il Regime attuale, c'è quella che gli spagnoli si comprano con gli atti. Perciò ha sempre usato i comizi – attività suprema e in qualche modo sacramentale della convivenza civile – con istinti simoniani. Da quando la mia generazione partecipa alla vita pubblica non ha visto nello Stato altro comportamento che questa strumentalizzazione dei vizi nazionali. Questo comportamento si chiama in latino e in buon castigliano: indecenza, mancanza di de-*

coro. Óscar aveva passato la sedia e la Play alla bambina e le si era messo di lato, consigliandola, istruendola con dolcezza e pazienza, mostrando un'indulgenza che non avrebbe avuto con il suo sventurato fratello, benché la bambina fosse ancora più negata di quello, per cui Óscar si era offerto di insegnarle. «Fatti in là». Stavano molto stretti, tutti e due seduti sulla stessa sedia, con mezzo culo fuori, e il profumo di sapone e di... colonia? dopobarba? (probabilmente no, Óscar era glabro) che sprigionava la sua pelle la rendeva nervosa, le tremavano le dita, che senza volere (e a volte volendo o permettendolo) sfioravano quelle di Óscar, con cui divideva i comandi della Play. «Puoi uccidere chi vuoi» l'aveva incoraggiata Óscar, «tutti i morti fanno punteggio. A quelle due che camminano sul ciglio della strada con le borse della spesa dagli addosso». La bambina era restia a sparare, alle donne non si spara, men che meno a due signore anziane, nere, grasse, ma era solo un gioco e le aveva uccise. «Forte» aveva approvato Óscar. «Adesso andiamo a puttane, vedrai che sballo». *Ma stavolta si è sbagliato. La reazione indignata della Spagna comincia adesso, proprio adesso, e non dieci mesi fa. La Spagna prende sempre tempo, il suo. E non serve opporre a tutto questo che l'avvento della Dittatura fu inevitabile e, di conseguenza, esente da responsabilità.* La bambina era arrossita e aveva lasciato docilmente che le dita di Óscar, impadronitesi dei comandi, guidassero la sua auto in una strada secondaria e poi in una zona di periferia fitta di garage e capannoni scalcinati. In un vicoletto buio stazionavano, dondolando le borsette e annoiate, le puttane, anche loro negre e con un bel culo, o così la pensava Óscar, che aveva frenato, abbassato il finestrino, confabulato con una di loro e in due clic l'aveva caricata in macchina. La Play ora trasmetteva una musica arrapante e la macchina oscillava avvolta in una luce rossastra e dalle casse uscivano gemiti mentre l'eroe bruno si scopava la puttana e la bambina si era sentita turbata, come se fossero lei e Óscar e non i personaggi a fare le porcate sul sedile posteriore, come se Óscar fosse il rapinatore e la bambina la puttana, e in breve erano finite la musica e le vibrazioni, Óscar aveva pagato la puttana con mille dollari del bottino e l'aveva sbattuta fuori dalla macchina. Quando la donna stava per allontanarsi a passo ancheggiante aveva detto alla bambina: «Uccidila!», e Mar lo aveva guardato incredula, questo era troppo, ma Óscar insisteva: «Se la uccidi ti restituiscono la grana». *Questo è l'errore Berenguer di cui parlerà la storia. E siccome è irrimediabilmente un errore, siamo noi, e non il Regime; noi, uomini della strada, di estrazione umile e per nulla rivoluzionari, che dobbiamo dire ai nostri concittadini: Spagnoli, il vostro Stato non esiste più! Ricostruitelo!* Non ce la faceva, non voleva, non l'aveva uccisa. «Non voglio più giocare» aveva detto. «Vado a vedere cosa fanno quei due in sala». Si era alzata per andarsene e a quel punto Óscar l'aveva abbracciata, le aveva dato un bacio. *Delenda est Monarchia.* Quanto era durato? Troppo poco. Le labbra, la lingua di Óscar avevano lottato per aprirle la bocca, ma lei aveva stretto i denti, non poteva permetterlo, portava l'apparecchio. «Quest'articolo, uscito oggi, 15 novembre 1930, sul quotidiano *El Sol*, porta la firma di José Ortega y Gasset» annunciò emozionato Fermín Galán. «S'intitola *L'errore Berenguer*». E probabilmente era stato un errore non lasciargli infilare la lingua, con i bracket e quant'altro. Da quel giorno la bambina pensa a Óscar in modo ossessivo, non perché sia innamorata, ma perché ha voglia di esserlo. «Quando persino un filosofo chiama alla rivolta» dice Fermín Galán, «non possiamo restare a braccia conserte».

«Come avrai capito, non me ne starò a braccia conserte, lotterò per quel che è mio».

«Paco?».

«No! L'appartamento» risponde Mati, che, dopo un lungo tiro di sigaretta, aggiunge: «E la bambina, ovviamente».

«Perché sei così materialista?».

«Anche tu sei materialista! O non ti fai pagare, e anche bene, i tuoi seminari? I preti non si fanno pagare per dir messa».

Questa punzecchiatura addolora Flor, vorrebbe condividere gratis il suo sapere, ma deve pagare l'affitto del locale, la luce, il gas, l'acqua, vivere, insomma, e vivere costa molto. Si difende:

«I preti hanno tutto pagato».

«Non arrabbiarti».

«Non mi arrabbio».

«Ma mi piacerebbe che ti arrabbiassi ogni tanto. Già che ci sono, ne approfitto per parlarti di una cosa... Quei fondi a tasso fisso che hai in banca non ti rendono niente e abbiamo proprio emesso un prodotto finanziario che stiamo raccomandando ai clienti speciali, come te, con un rendimento fantastico e molte garanzie... Aspetta un momento». Mati posa la sigaretta fumante nella ciotola, apre la borsetta, tira fuori un rossetto, una penna, la ricevuta di una multa e il giornale *Cinco Días*. Lo apre, lo stende e scorre le pagine con impazienza, finché non trova quel che stava cercando e lo indica col dito. «Qui mettono la quotazione, tieni, leggi, così vedi che non ti racconto balle».

Trasferiscono la propria residenza a Madrid le nostre stimate compaesane le signore donna Eulalia Lacasa, vedova Duch, e donna Maria Ripa, vedova Pueyo, entrambe con i figli. Siamo ad augurare a tutti loro un soggiorno molto soddisfacente.

A Eulalia Lacasa non piace il tram, è un mezzo di trasporto che favorisce la promiscuità e la fornicazione. Uomini e donne che non si conoscono siedono gomito a gomito con peccaminosa negligenza! La meraviglia che la santa Chiesa non abbia condannato questa pratica; è ben vero che i vescovi non possono star dietro a tutto e forse non sono nemmeno consapevoli del pericolo, i santissimi padri non prendono il tram, ma lei sì, e soffre. Una donna senza cappello, con le braccia nude e una gonna dalla lunghezza biasimevole, ha appena preso posto vicino a suo figlio. Donna Eulalia ha agito in maniera imprudente, trascinata dall'egoismo, scegliendo il posto vicino al finestrino (Madrid è nuova per lei, si lustra gli occhi con il panorama delle sue piazze, strade e viali), senza prevedere l'eventualità che la tentazione minacciasse l'innocente Luisito. Non esita: «Scambiamoci di posto» ordina a suo figlio.

Si sono stabiliti a Madrid per gli studi del ragazzo. Donna Eulalia non ignora il fatto che altre madri (burbere, distaccate) permettano ai loro rampolli di andare da soli nella capitale e di alloggiare in pensionati studenteschi, dove la morale è lasca, i pasti, pessimi e scarsi, l'igiene, insoddisfacente, le stanze, strette e male aerate, per non parlare dei materassi... O delle domestiche; Eulalia Lacasa previene il demonio e prende la precauzione di non assumere nessuna domestica capace di incitare alla lussuria (dice bene suo figlio: «da noi ci sono le domestiche più brutte di tutta Jaca»). In un pensionato studentesco Luisito starebbe male, di sicuro, e donna Eulalia, peggio, sapendolo fuori dalla portata delle sue cure e coccole; suo figlio, anche se non sembra, è delicato, ha bisogno di bere a colazione un bicchiere di latte con molto zucchero e due tuorli d'uovo, di pasti regolari, che tutte le notti gli scaldino e gli preparino il letto, che qualcuno si ricordi di svegliarlo al mattino, perciò donna Eulalia ha fatto il sacrificio di trasferirsi a Madrid con lui e hanno messo su casa in calle Ibiza, tra gli strepiti di suo fratello Juan, che si è montato la testa da quando lo hanno nominato console di Francia e la riprende per ogni spesa che fa, tutto gli sembra uno spreco (l'amministratore della vedova, Paulino, è più comprensivo).

Luis Duch non lo sa, Mar Díaz nemmeno, ma sono parenti: un bisnonno di Mar era fratello di Prudencio Duch, il padre di Luisito. Il pomeriggio d'aprile del 1996 in cui Mar fu generata, in fretta e furia, su una branda con le molle cigolanti in una stanza della casa di Ayerbe, di proprietà del nonno di Mati e bisnonno della bambina, Pepe Duch, quest'ultimo aveva raccontato a suo padre, Paco, la triste storia del povero Luisito. Paco finse di ascoltarlo ma aveva in testa tutt'altro, Mati era in cucina con la madre e la nonna, aiutandole con i preparativi per la cena o facendo finta di aiutarle e ricordando preoccupata ma anche compiaciuta, la frenesia, l'urgenza dell'improvvisata sveltina nella stanza della povera zia Eugenia (sotto un crocifisso di bronzo con la scritta: «Dio ti vede»), che la nonna aveva interrotto aprendo la porta senza preavviso. Mati aveva reso grazie a Dio in cui ancora credeva perché le cataratte della vecchia avevano risparmiato alla povera donna la scandalosa visione di due corpi nudi, il groviglio di braccia, gambe, colli, le facce arrossate, tutto si era limitato a un titubante: «C'è qualcuno qui dentro?», e la risposta frettolosa: «Sono io, Mati, nonna, mi sono stesa un attimo prima della merenda». Al suo fianco, Paco, per lo spavento tratteneva il respiro, mentre la nonna cieca retrocedeva di qualche passo, chiudeva la porta e uno spermatozoo affannato vinceva la corsa e fecondava un ovulo, che adesso è una bambina, o un'adolescente, Mar, che si annoia e sogna, come sognava Luis Duch, suo zio alla lontana, ciascuno sognando e sospirando per un futuro migliore nelle rispettive dimensioni, entrambi poco inclini allo studio, a perdere il tempo a rimirare i libri, come se intuissero o indovinassero che le date e i documenti storici, i latinismi e le cifre sepolti tra le loro pagine non meritassero di essere recuperati e trattenuti per poi tornare nel dimenticatoio. «A me cosa importa di chi era questo signor Primo de Rivera?» si chiede la bambina. «Chi se ne infischia di quel che ha fatto, se è morto un secolo fa?». Luisito Duch non è altrettanto drastico ed esagerato; non gli dispiacerebbe imparare la teoria del delinquente nato di Cesare Lombroso, se non fosse che gli preme di portare a termine un affare urgente e imperativo, lui non è venuto a Madrid per studiare, ma per detronizzare il re.

È l'uomo di Galán a Madrid. I cospiratori di Jaca sono nervosi: imprevisti, esitazioni, scioperi, continuano a rinviare la data della rivolta (un palazzo crollato a Madrid con molte vittime e conseguenti tumulti, la rocambolesca evasione del comandante Ramón Franco, le titubanze dei politici). Passarono il 14 ottobre, il 18, il 26 novembre, e Alfonso XIII era ancora sul trono. Arrivò dicembre e portò con sé la minaccia della neve. I cospiratori erano stanchi di tutto quel cospirare, delle riunioni incessanti nella camera 18 dell'Hotel Mur (la stanza di Galán), nel retrobottega dell'orologeria o nel Centro Repubblicano, di ordire intrighi, di elucubrare, con gli animi esacerbati... «Che importanza o che valore avrebbe una vittoria, che senso avrebbe vincere senza il pericolo di una sconfitta» dice *l'Esquinazau*, ed è ciò che vorrebbero trasmettere Galán, García Hernández e i loro compagni ai membri del Comitato Rivoluzionario di Madrid, tutte le rivoluzioni comportano un rischio, non esistono ribellioni tranquille e pacifiche. Si delibera con Madrid (con Luis Duch, con Graco Marsá), si scambiano telegrammi in codice: «Lola molto bene: tutti molto contenti. Manderò altre notizie. Abbracci da Antonio. La vostra Rosario». «Spediamo libri che partono oggi stesso»; gli emissari vanno e vengono invano, non si riesce a fissare una data... Galán non si lascia intimorire dalla lettera che riceve dal generale Emilio Mola, in cui questi gli comunica che *il governo è a conoscenza e io anche delle vostre attività rivoluzionarie e del vostro proposito di insorgere con gli uomini di questa guarnigione*. Quella di Jaca è una rivoluzione sbandierata, nei due circoli della città, la Unión Jaquesa, che è liberale, e il Casino de Jaca, dei signorini reazionari, si accettano scommesse sul giorno della sollevazione. Prova dell'onorabilità e dell'amor proprio di Galán e dei suoi congiurati è che nessuno di loro si è avvalso delle informazioni privilegiate, scommettendo sul giorno vincitore: venerdì, 12 dicembre 1930.

«Vedrete!» dice Galán, «quando entreremo a Lérida ci ubriacheremo di popolo. L'entusiasmo delle folle tiranneggiate renderà inutili i fucili. Vedrete che ubriacatura di popolo!».

Le dà fastidio che suo padre passi a prenderla tanto presto, alle nove del mattino, le toccherà una levataccia anche il sabato, ma almeno a quell'ora suo padre non sarà ubriaco e potrà parlare con lui sul serio. Se porta i soldi che deve a sua madre (magari!), gli chiederà di restituirle i centocinquanta euro (sua madre ne ha meno bisogno), ma non si fa illusioni, «la settimana prossima te li renderò di sicuro e pagherò anche tua madre, non perché le debba qualcosa, ma per chiuderle la bocca», le dirà suo padre come di sfuggita, senza dare importanza al debito né all'attesa angosciante. Mar si è arrampicata sul bordo della vasca per riuscire a vedersi a figura intera nello specchio appeso alla parete, sopra il lavabo. Porta una canottiera che finisce proprio dove comincia l'ombelico e un paio di short di jeans che, secondo sua madre, sembrano mutandine. È bellissima. S'ispeziona severa le gambe magre (come quelle di una modella, più di quelle di molte modelle) e la pancia piatta, e non ci trova nessun difetto. Scende dalla vasca, si toglie tutti i vestiti e li butta sul pavimento, monta di nuovo sul bordo, con la mano sinistra si tiene all'asta della tenda e in equilibrio precario si contorce, vuole vedersi il sedere: è supersexy. Anche le tette sono molto belle, ma... piccole, deve ammetterlo, perciò porta sempre il reggiseno imbottito. Si accarezza una natica con il palmo aperto della mano e chiude gli occhi e s'immagina che sia la mano di Óscar ad accarezzarle la pelle... di velluto!, ecco la parola giusta, e facendo un ulteriore sforzo cerca di immaginare l'eccitazione di Óscar, il tremito delle sue dita, il pene eretto, la voce emozionata: «Che bel culo hai! Quanto sei bona!». L'asta della tenda del bagno oscilla e Mar la lascia e scende con un salto, già le è capitato di romperla una volta e ha dovuto dare un sacco di spiegazioni. Mentre si veste pensa che è un peccato, una vera tragedia che una ragazza bella e sexy come lei debba passare la serata del venerdì chiusa in casa. Un rumore improvviso la fa sobbalzare. Cos'è? Una porta che si apre o una porta che si chiude. Qualcuno sarà entrato in casa? Un ladro o... uno di *quelli*. Si ricorda la notte in cui lei e sua madre erano state svegliate di soprassalto da tre colpi alla porta d'ingresso e quando sua madre aveva aperto non aveva visto nessuno, solo un topo morto, un topo enorme, steso a pancia in su sullo zerbino. Aveva finto che fosse un incidente, un topo di fogna che era finito per caso a morire lì sull'uscio. «Guarda tu che roba!» aveva detto, e con grande presenza di spirito aveva infilato la bestiaccia in un sacco dell'immondizia e poi si era messa a preparare la cena come al solito, ma le si leggeva l'ansia in faccia. Erano stati *quelli*, Mar lo sapeva, sua madre lo sapeva, ma nessuna delle due aveva avuto il coraggio di dirlo a voce alta. Ed era tutta colpa di sua madre. Ma quanto la odiava! E perché era andata fuori, lasciandola sola in casa? Mar non era abbastanza grande per uscire la sera, ma per restare in casa da sola sì! Darebbe qualsiasi cosa, i centocinquanta euro che le deve suo padre, perché sua madre tornasse; quando c'è lei non ha paura. Le ci vuole un po' prima di trovare il coraggio di uscire dal bagno, affrontare il corridoio e la paura dell'ignoto (un ladro spietato, un assassino seriale, uno di *quelli*), tornare nella sua cameretta, chiudere la porta e girare la chiave, non si sa mai, ed è allora che lo vede, eccolo lì, il colpevole: il libro di storia è caduto dalla scrivania, il generalissimo Francisco Franco la squadra da sotto in su con il suo sguardo sereno e la sua bocca rosa.

«Venerdì. Il giorno 12. Spedire libri».

A questo telegramma partito da Jaca rispondono da Madrid:

«Eseguiremo le istruzioni alla lettera».

Alfonso XIII può cominciare a fare le valigie: ventisette guarnigioni da tutta la Spagna sono coinvolte nel colpo di Stato, generali di Madrid, Barcellona, Burgos, Logroño,

Huesca, Lérida, Valencia... Delegati della Confederazione Nazionale del Lavoro e dell'Unione Generale dei Lavoratori preparano lo sciopero generale per il giorno della sollevazione. Madrid è tutta un passaparola. Il colonnello alla testa del Reggimento Galicia a Jaca avverte i superiori dell'imminente rivolta e decide di mettersi al riparo sollecitando il permesso di muovere verso Palma. Il generale Urruela Sanabria è l'ufficiale più alto in grado sulla piazza: è appena stato nominato gentiluomo di camera di Sua Maestà e pensa solo alla sua nuova destinazione a Corte. Per non rovinarsi la dolce attesa ordina al suo segretario di consegnare la corrispondenza con una settimana di ritardo.

La guarnigione di Valencia chiede di rimandare la rivolta di altri tre giorni. Manuel Azaña accetta, la rivoluzione comincerà lunedì 15 dicembre. L'avvocato e politico Santiago Casares Quiroga riceve l'ordine di trasferirsi a Jaca per trasmettere le nuove istruzioni. La notte del 10 dicembre 1930 svariate automobili partono da Madrid dirette a Jaca. Sono piene di «libri»: i liberali del circolo madrileno Ateneo, maestri, medici, avvocati, studenti di Legge (sempre pronti a trasgredire le leggi che studiano a memoria). Tra loro, Graco Marsá, uno dei cospiratori più attivi e, naturalmente, Santiago Casares Quiroga, delegato del Comitato Rivoluzionario Nazionale e membro del governo provvisorio della Repubblica (ministro in nuce, protoministro). Prima di partire, Graco Marsá manda un fonogramma a quelli di Jaca:

«Libri in arrivo».

La vigilia della rivoluzione i congiurati Sediles, Marín, Pinillos, Cárdenas, Rico Godoy, García Hernández e Galán la passano nella camera di quest'ultimo all'Hotel Mur. Galán ripete: «Bisogna uscire da Jaca in guanti bianchi», come un mantra o una giaculatoria, come se in fondo sapesse che in tutte le rivoluzioni i guanti si sporcano, ma per posa o precauzione volesse rendere note le sue buone intenzioni.

Quella notte Jaca è la città insonne, non dorme nessuno (o quasi nessuno), le signorine del postribolo di calle El Canal non hanno il tempo di respirare, una coda di soldati richiede le loro prestazioni. Persino le meretrici sanno che domani si scatenerà un pandemonio! L'unico che lo ignora è Casares Quiroga, convinto che l'insurrezione scoppierà lunedì 15 ed è il messaggero del suo rinvio. Arriva a Jaca alle due di notte. All'Hotel Mur chiede di Galán e gli dicono (o così addurrà) che il capitano è fuori. Chiede una stanza, ma non ce n'è nessuna libera. Si dirige all'Hotel La Paz con i suoi uomini e... va a dormire! (In seguito protesterà: «Quando mai in Spagna i militari sono insorti all'ora prevista!»).

Mentre Casares Quiroga ronfa, Luisito Duch fa passare la nottata a Madrid. Vorrebbe non essere lì, ma a Jaca, con i bravi rivoluzionari; anche lui è valoroso e rivoluzionario, ma ha una madre. Ha congedato i membri di Ateneo, ha fatto un salto al caffè, poi in un'osteria e in un cabaret, dove si è annoiato. Ha vagato per le vie di Madrid, turbato, come in trance, e sull'angolo di una strada in salita ha trovato rifugio in un lupanare. Ora è a letto con una puttana brutta, che gli ha fatto pena. Si sente magnanimo. Pensa allo zio e ai cugini, a come ci resteranno scoprendo che quel parente che consideravano un fannullone è uno dei leader che porteranno la Repubblica in Spagna. Lui gli dirà: «Non preoccupatevi, siete miei parenti, non vi capiterà niente di brutto, ve lo garantisco». «Sono amico di Galán, di Sediles, di Graco Marsá, di Azaña, di Casares Quiroga», gli dirà, come se dicesse «sono amico dei pezzi grossi» e «anch'io sono un pezzo grosso», e lo guarderanno con occhi diversi, con rispetto, con ammirazione, o forse con paura, ma con rispetto. Con la puttana ha fatto, non senza ripugnanza e abbastanza in fretta. Ora fuma una cicca a letto. Gli ispira pietà quella donna macilenta, che sorride poco per nascondere i buchi tra i denti, con più anni sulle spalle di quanti ne dichiari e un profilo inquietante: ha un naso disegnato con la squadra che interrompe la simmetria dei lineamenti e nasconde, come fa la luna con il sole durante un'eclissi, l'altro lato della sua faccia; il suo è un volto pieno di mistero, ma di un mistero triste, quasi scabroso. Gli piacerebbe renderla partecipe della buona notizia, confidarle che domani la Spagna sarà repubblicana e comincerà per tutti (tranne che per i preti e i reazionari) una vita migliore, più pulita, più giusta, più egualitaria.

«Il tuo nome, Bibí, è il diminutivo di Bibiana?» le chiede per calmare i nervi e l'impulso irrefrenabile di spiattellare tutto.

«No, di Basilisa».

«Di dove sei?».

«Di Arnedo».

«È da molto che stai a Madrid?», «Ti piace quel che fai?», «Hai nostalgia del paesello?». Bibí risponde a monosillabi, controvoglia. Soffoca uno sbadiglio, poi un altro, questo ciccione vuole passare tutta la notte con lei? Basilisa ha sonno e, soprattutto, fame, le ispira rancore questo ragazzone che deve aver cenato con vino e un bel filetto con patate e chissà perché conversa con lei come se fosse una signorina e lui un ospite venuto in visita. Gli invidia l'orologio, un orologio d'oro da tasca, che ambisce per il suo fidanzato, l'Hipólito, che dev'essere di sotto ad aspettarla, borbottando perché tarda. Basilisa sbadiglia e il ciccione parla troppo, si vede che non va di fretta. Le dice perché non lascia il mestiere e non si cerca un lavoro in una famiglia o in una fabbrica, sembra un prete! Basilisa ha altre mire per sé: quando gli anni e la perdita di interesse dei clienti la costringeranno a ritirarsi, con i suoi risparmi e quelli dell'Hipólito, che fa la guardia notturna, metteranno su un *meublé*, un posto fine, non a Madrid però, a Malaga o a Siviglia, dove non faccia molto freddo, e condurrà una vita comoda e piacevole. Quando se ne andrà questo rompiscatole? Non si accorge che non sto più in piedi?, si chiede Basilisa, e santa Maria Goretti, che divide il letto con loro, le legge nel pensiero e si affligge. Per Basilisa sarebbe molto meglio pentirsi e cambiare vita, seguendo i consigli di questo signore che è così gentile con lei e aveva un gran bell'orologio! (Santa Maria Goretti ha visto Basilisa sfilare l'orologio dal gilet del suo cliente, mentre lui si liberava nel pitale, e nasconderlo sotto il materasso, anche per questo ha premura che la sua vittima se ne vada). Bibí morirà presto perché è tisica e l'Hipólito non è il suo fidanzato, bensì il suo magnaccia, e i soldi che risparmia per la sua elegante casa d'appuntamenti, la guardia notturna li sperpera nel gioco, in vino e con altre donne. Pentiti, Basilisa!, la esorta santa Maria Goretti, non hai scampo, ma le chiacchiere incessanti di Luisito coprono la sua supplica. Basilisa si riscuote, s'indigna! Cosa dice questo, che presto ci sarà la Repubblica e cacceranno il re a pedate e chiuderanno le chiese e i bordelli? Non è un prete, no, molto peggio, un comunista!

«Nel mio letto non si parla male del re! Fuori di qui, svergognato, comunista!» bercia Bibí e si alza in piedi e il suo seno vizzo guarda in terra e la sua bocca aperta sembra un terreno dissodato.

Una sua cugina, che l'aveva iniziata al mestiere, è andata a letto con il re non una ma quattro volte, da lì il suo fervore monarchico. «Non è vero, Basilisa, tua cugina Merche non ha mai goduto dei favori di Alfonso XIII, ma solo di quelli del suo cocchiere, e non è nemmeno tua cugina, solo una conoscente di Arnedo», la corregge santa Maria Goretti, che si rende conto di essere ancora a letto con il gentiluomo di Jaca, comportamento inammissibile per una santa. A Luis Duch tremano le ganasce dalla rabbia. Che puttana ingrata! Non l'ha scopata per piacere ma per pietà e gli risponde così, a maleparole. Balza fuori dal letto, si veste in fretta e furia, tira fuori il portafogli, butta qualche banconota sul pavimento... Non vuole andarsene senza dirle qualcosa di tagliente. «Sei brutta! E stupida!», vorrebbe dirle, e invece prima di uscire dalla stanzetta sbattendo la porta le strilla: «Puzzi d'aglio!».

«Sei davvero ingrata, Basilisa» dice santa Maria Goretti, alla quale il ragazzo è sembrato una brava persona e gli perdona anche le idee estremistiche, una piaga della giovinezza che guarisce con gli anni. «E l'orologio domani sera sarà già al banco dei pegni, o non lo conosci, il tuo Hipólito?».

Basilisa sputa del muco rosso. Basilisa piange. Basilisa sa che non diventerà vecchia, che il suo *meublé* fine è solo un miraggio e che, con un po' di fortuna, l'orologio d'oro e le banconote che raccoglie una a una dal pavimento, stasera (o stanotte), le risparmieranno una batosta. Basilisa sa quel che sa santa Maria Goretti e molte altre cose ancora, perciò sospira, piange, si raddrizza e sospira di nuovo. Non c'è scampo!

Quand'è già in strada, Luisito Duch si accorge di essersi messo il gilet al contrario. Inoltre gli è sparito l'orologio che aveva ereditato dal padre; sospira, come Basilisa, ma nel suo caso con rassegnazione, quasi con tenerezza, è indulgente verso le debolezze umane perché conosce le proprie. Pensa che forse il popolo non è all'altezza dei rivoluzionari pronti al sacrificio per salvarlo. O sono i rivoluzionari che hanno idealizzato quel popolo ignorante, superstizioso, falso, codardo. Lo cambieranno! Con l'istruzione, l'alimentazione, il laicismo, la cultura, le condizioni di lavoro eque... I suoi passi lo riportano nella stessa piazzetta in cui sbocca il vicolo del bordello, ha girato in tondo, si è perso per Madrid e non sa nemmeno che ore sono. Chiama la ronda con il battimano fermo del padrone.

Sono le cinque meno un quarto del mattino.

«Viva la Repubblica!».

Galán e i suoi compagni escono dall'Hotel Mur armati ed equipaggiati con la divisa regolamentare. È ancora buio, piove e fa freddo. A un incrocio si ritrovano con i civili che provengono da Madrid. Si abbracciano, si fanno coraggio a vicenda. Galán informa i convenuti che stanno vivendo un momento storico. Stiamo facendo la storia, è venuto a dirgli, e la storia non aspetta, diamoci una mossa. Marciano alla volta della caserma della Victoria, a cui è destinato Galán, che non appena arriva sveglia l'ufficiale di guardia, un tenente, e gli comunica che in Spagna sono scoppiati i moti per proclamare la Repubblica. Gli offre di unirsi a loro ma il tenente non si fida e chiede di venire rinchiuso nella stanza del comandante. Mettere sottochiave un compagno d'armi sarebbe come umiliarlo, Galán permette al tenente di rinchiudersi da solo. Farà altrettanto con il comandante, che la rivoluzione coglie nell'atto di verificare la contabilità. Gli uomini della truppa li sveglia con un'arringa, gli ricorda che sono popolo, come possono andare contro il popolo? E i soldati, consapevoli di non essere borghesi né aristocratici né latifondisti, ma di appartenere a quella massa informe e pesta che i politici definiscono «popolo» (quando non la etichettano «plebe», «orda» o «marmaglia»), si uniscono con entusiasmo alla rivolta.

«Viva la Repubblica!».

«Morte al re!».

«Viva il capitano Galán!».

La rivoluzione comincia con una colazione repubblicana nel refettorio della caserma.

Napoleone osserva corrucciato la scena, non è questo il modo di dar inizio a un colpo di Stato. Dove sono i piani strategici? Chi si è occupato dell'intendenza? E le mappe? I militari spagnoli, pensa l'Imperatore, mancano dell'istruzione adeguata; vengono addestrati per la guerra, ma le perdono tutte, e non vengono formati per la rivolta, quando invece è la pratica a cui ricorrono più spesso: ventisette insurrezioni militari in meno di un secolo confermano questa predilezione. Galán si toglie il berretto e gli stacca la corona reale con un gesto teatrale. (Tutti i soldati che partecipano alla rivolta lo imiteranno, come se disfacendosi del simbolo si liberassero per magia anche del re).

I compaesani di Jaca arrivano alla spicciolata. Vengono distribuiti armi, pastrani militari e bandoliere tra i civili di Madrid e Jaca, che faranno la rivoluzione mezzo mascherati. Il quartier generale si stabilisce nella stanza di Banderas. Galán è il comandante in pectore e impartisce gli ordini: il capitano Gallo, alla testa di un'unità di soldati e civili, prenderà la Cittadella e il battaglione di Artiglieria, il capitano Sediles farà la stessa cosa nella caserma degli

Estudios con il battaglione La Palma. La rivoluzione coglie in mutandoni don Fernando de Urruela y Sanabria, gentiluomo di camera, e sua moglie, spettinata e in corpetto. Un generale dell'esercito spagnolo sa sempre comportarsi da generale indipendentemente da com'è vestito, don Fernando de Urruela y Sanabria reagisce con fierezza alla notizia che in Spagna è stata proclamata la Repubblica: chiede di essere ucciso, ma quando Gallo gli punta contro la pistola, cambia opinione. «Come osate far questo al vostro generale!». Gallo lo informa che non è più generale e che lui, un semplice capitano, è suo superiore e ne ordina l'arresto. Un caporale e un soldato prendono con delicatezza per le braccia l'illustre gentiluomo (che ha potuto coprirsi con un pastrano) e lo conducono al posto di guardia. Davanti a un nutrito gruppo di soldati, il generale gonfia il petto; qualcosa, qualcuno (Napoleone?) gli ispira un'energica perorazione:

«Giurate su Dio e promettete al re di rivoltarvi contro questi ufficiali che vi portano sulla cattiva strada?».

Il sottotenente Manzanares (che ricorda un po' Óscar), uno di quei soggetti per cui il giorno è un lungo sbadiglio, una tediosa interruzione tra due notti, gli intima di piantarla con i discorsi e di camminare.

«Non avete abbastanza coraggio né per obbedirmi, né per ammazzarmi!» protesta il generale, mentre strascica le ciabatte.

Sediles arriva alla caserma degli Estudios insieme a una strana *troupe* di soldati e civili camuffati. Senra, l'ufficiale di guardia, sentendogli dire che in Spagna è stata proclamata la Repubblica, sospetta che Sediles sia di nuovo sbronzo e cerca di convincerlo ad accompagnarlo al posto di guardia, dove si ripropone di arrestarlo, e invece l'arrestato sarà lui.

Le truppe della Cittadella e della caserma degli Estudios si uniscono al movimento rivoluzionario. Gli insorti si dirigono in formazione alla caserma della Victoria, dove li attende Galán. Un picchetto sotto il comando di un sergente ha l'incarico di rendere inutilizzabili i servizi telefonici e telegrafici e di tenere sotto controllo la caserma della Guardia Civil. La vigilanza imposta è blanda, un sottufficiale riesce a scappare e a dare l'allerta ai Carabineros. Si scatena una sparatoria tra ribelli e Carabineros vicino a plaza de la Catedral, con un bilancio di due feriti e un morto, un sergente dei carabineros. Galán ancora non lo sa, ma i suoi guanti non sono più immacolati. (Poco dopo, un altro incidente tra carabineros e insorti in calle del Carmen aggiungerà altri due cadaveri ai conti da saldare del capitano). I rivoluzionari sequestrano i camion e le auto che sono venute al mercato, così come l'autobus di linea Jaca-Biescas; bisogna svuotare i veicoli e dotarli di armamenti, fare incetta di provviste e anche di tabarri, cartuccere e munizioni, con cui si vestoni i civili. Viene preso il controllo dell'ufficio postale e della stazione ferroviaria. García Hernández si affanna nel tentativo di instaurare un nuovo potere civile in municipio.

Graco Marsá, delegato del governo provvisorio della Repubblica e il più mattiniero dei civili di Madrid, lascia l'Hotel La Paz sotto la pioggia e subito si rende conto che la città è nelle mani dei soldati: Galán è insorto. Roso dal rimorso, allunga il passo per tornare in albergo, ora non si ripara più dalla pioggia né pensa alla colazione; se la notte prima, anziché andare a dormire, avesse avvertito Galán del contrordine, non sarebbe scoppiata la rivolta, i morti sarebbero ancora in vita e si sarebbe evitata la tragedia. Sveglia Casares Quiroga e costui, da bravo politico, si scrolla di dosso tutte le responsabilità;

l'insurrezione è iniziata anzitempo, lui non può né vuole farsi carico delle conseguenze. «Questa gente ha affossato la Repubblica per qualche anno» dichiara. «O me ne vado o mi consegno». Nessun accenno al piccolo particolare che i rivoluzionari di Jaca ignoravano il cambio di data che lui aveva l'obbligo di comunicare, un politico che voglia far carriera non ammette mai un errore o una negligenza e nel corso del tempo Casares Quiroga sarà ripetutamente ministro, deputato, capo del governo e, in fine, esiliato. Graco Marsá, che non concluderà niente, forse a causa della coscienza sporca o per spirito d'avventura, o ancora per un ottimismo degno di miglior causa, decide di condividere il destino degli insorti.

Il giorno che spunta è grigio, umido e ventoso, ma l'atmosfera è festosa, gli abitanti di Jaca si accalcano in calle Mayor, felici e stupiti. Viene formato il primo governo municipale repubblicano, presieduto da Pío Díaz. Dal bar Laín viene portata una grande bandiera repubblicana, la banda suona l'*Inno di Riego*, e davanti al municipio Alfonso *l'Orologiaio* legge solenne il proclama di Galán:

In veste di Delegato del Comitato Rivoluzionario Nazionale, a tutti gli abitanti di questa Città e Circoscrizione sono a comunicare:

Articolo unico: chiunque si opponga in forma scritta o orale, o cospiri o si armi contro la Repubblica nascente, sarà passato per le armi senza regolare processo.

FERMÍN GALÁN

Ivi, Jaca, 12 dicembre 1930

Il proclama di Galán è terribile, non altrettanto il suo autore: se gli ufficiali si rifiutano di unirsi alla sedizione li invita a dirigersi con le proprie gambe in municipio e, una volta lì, a mettersi da soli in stato di fermo, o li prega con le buone maniere di non uscire di casa. La notizia dei carabineros morti sconvolge l'agguerrito capitano; si scusa con il corpo dei Carabineros e con la Guardia Civil, deve fare uno sforzo virile per trattenere le lacrime. I preparativi ritardano la marcia. Sono già le undici e mezzo del mattino e non sono ancora stati riforniti tutti i camion. Alle due gli insorti non si sono mossi da Jaca. Non ci sono abbastanza veicoli, il capitano Sediles raggiungerà Ayerbe in treno, con parte della truppa. I trecentosettanta soldati del Reggimento Galicia che sono schierati da ore nel cortile della caserma, si sistemano come possono sui camion. Prima di partire, Galán arringa i soldati dell'artiglieria:

«Soldati! Siete pronti a versare il sangue per la Repubblica?».

«Sì!» urlano i soldati come un sol uomo.

«Viva la Repubblica!».

«Viva!».

I «libri» di Madrid e i compaesani di Jaca si distribuiscono su più macchine, provvisti di moschettoni, cartuccere, pistole e bandoliere; anche se non sanno usare le armi né cosa farsene, l'euforia rivoluzionaria è contagiosa, tutto sembra possibile, a portata di mano, basta avere coraggio, entusiasmo, fiducia.

«Tutti i giorni, appena mi alzo, ringrazio il sole e la natura per tutti i doni e le sorprese della vita. Invece di lamentarti tanto, Mati, dovresti essere grata di quel che hai, del fatto di essere viva».

«Sì... Non so... Forse... E allora, Flor: ti investo un po' di soldi nel nuovo prodotto?».

«Fa' come ti pare, mi fido di te ciecamente e considero una benedizione che tu sia mia amica. Dobbiamo ringraziare per tutto, sempre, tutti i giorni... Ma almeno potresti svuotare la ciotola, è stracolma di mozziconi!».

La brace della sigaretta che sta fumando, o che si era acceso dimenticandosi di fumarla, scotta l'indice di Fermín Galán, che si affretta a buttare il mozzicone fuori dal finestrino dell'auto su cui viaggia con il resto del suo Stato Maggiore e che apre la colonna di camion e veicoli dei ribelli. Dovrebbero già essere a Huesca e lo sa; la buona riuscita dell'insurrezione dipende dall'elemento sorpresa e lui ne è consapevole; più l'avanzata ritarda, maggiori sono le probabilità di insuccesso. Ma non vuole pensarci, ha la parola dei comandanti di Huesca, di quelli di Lérida, Saragozza, Madrid, Barcellona, non può andare male, sono tutti congiurati. Si ricorda di Carmen Monreal, immagina che impressione le farà l'indomani al risveglio ricevere la notizia del suo colpo di Stato; che riesca bene o male, lo scoprirà e vedrà la sua foto sui giornali. Cosa proverà? Paura, angoscia, dolore? Rimorso? Ammirazione?... Amore?

«Cristo Santo!» sbotta l'autista. «E adesso cosa c'è?».

Galán dà un'occhiata dietro. La distanza dagli altri veicoli è aumentata, la colonna è ferma, ordina all'autista di fare retromarcia per capire il perché.

La bambina ha raccolto dal pavimento il libro di storia e adesso sta truccando con cura Francisco Franco; un ombretto color malva, mascara steso sulle ciglia con il pennarello nero, fard da pagliaccio, nello stile di sua madre, sulle guanciotte molli... E se gli disegnasse i capelli biondi? Non sa cosa fare, ha ancora i nervi tesi, non ha il coraggio di scorrere il paletto e aprire la porta, è paralizzata dalla paura che le è entrata dentro e invia segnali d'allarme a tutte le derivazioni nervose. Quando torna sua madre? Le piacerebbe guardare la televisione per calmarsi, ma la tv è in salotto. Potrebbe guardare qualche video di MTV sul computer, o una puntata della serie «Glee», ma queste attività le sembrano rischiose; se c'è un intruso in casa deve passare all'azione, spaventarlo, dissuaderlo dall'entrare in camera sua; metterà la musica al massimo volume, anche se la vicina protesta (se protesta, meglio, salirà a lamentarsi e le terrà compagnia).

Sereni e allegri, / valorosi e arditi, / cantiamo soldati / l'inno alla lotta. / I nostri accenti / l'orbe ammiri / e in noi rimiri / i figli del Cid.[1] I camion che rifornivano il mercato stanno arrancando sulla salita per il porto di Oroel. Sono gremiti di soldati, i motori tossiscono, i soldati inneggiano alla Repubblica, si augurano ripetute volte la morte del re, entusiasti, cantano in coro l'*Inno di Riego*, un caporale di Monzón si lamenta del freddo... I ribelli battono i denti sotto il vento del nord, si soffiano sulle mani e si stringono gli uni agli altri per scaldarsi. La colonna si arresta. Pam! pam! pam! Uno dopo l'altro cadono i pali del telegrafo sotto le asce dei soldati. *Ballando l'ho toccata / e lei non si è spostata... / Ne approfitto e... / Pam pam pam / La tocco e / Pam pam pam.*[2] La bambina balla il *reggaeton*. Il volume è così alto che il basso rimbomba e il libro di storia vibra vicino alla cassa. Se chiude gli occhi è come essere in discoteca, sul palco, vestita da cubista. «Credici, forza, sorridi» l'incoraggia Cari, la moglie del proprietario. La bambina scuote freneticamente il culo. Finge di avere indosso un reggiseno azzurro con le piume bianche; dallo slippino azzurro abbinato pende una coda nera di pelo sintetico,

[1] «Serenos y alegres, / valientes y osados, / cantemos soldados / el himno a la lid. / De nuestros acentos / el orbe se admire / y en nosotros mire / los hijos del Cid».

[2] «Bailando la toqué / Y ella se dejó... / Me aprovecho y... / Pam pam pam / La toco y / Pam pam pam!».

come di volpe o di gatta, che ciondola con molta grazia al suo stesso ritmo. Delle calze a rete le coprono le gambe e indossa sandali dorati con dei megatacchi con cui se la cava benissimo. *Vieni più vicino / ti voglio sentire / dammi un angolino / Vieni quaaa... Ho bisogno dei tuoi baci! / Voglio che balliamo / incollati.*[3] La carovana avanza a scatti, il muso di un camion incollato al parafango di quello che lo precede, con il suo movimento goffo e sinuoso ricorda una fila di processionarie. Superano dirupi, ponti, alvei di torrente, costeggiano precipizi, affrontano curve a gomito... Ci mettono un'ora a fare due chilometri! Che sia la rivoluzione più lenta della storia? Senza dubbio, una delle più sfortunate, i contrattempi si susseguono: camion che durante la salita s'ingolfano o si guastano, un'auto della polizia che gli va incontro e che intercettano, prendendo gli occupanti in ostaggio, altri pali del telegrafo da abbattere... *La rivoluzione e l'artista / Cantandola, essendo realista... / Non c'è nessuno come me che esista / I miei nemici non li perdo di vista / li ho tutti nella lista / Rivoluzione!!! / Alla musica non c'è chi resista / La mia gatta l'ascolta entusiasta / Aaaaahhh.*[4] La bambina mostra le unghie, traccia un arabesco nell'aria con la mano, che non è una mano ma un artiglio di gatta, di gatta in calore che si dimena e si stira con agilità felina, mentre il suo iPhone, che la sta riprendendo dal tavolo, non si perde un particolare (spera). Davanti alla porta della sua cameretta, di spalle all'iPhone, il petto contro la porta, gli artigli della bambina/gatta

[3] «Acercate a mí... / un poquito / te quiero sentir / dame un cantito / Acércateee... te necesito! / Yo quiero contigo / bailar pegadito».

[4] «La revolución y el artista / Cantándole, siéndole realista... / No hay nadie como yo que exista / Mis enemigos no los pierdo de vista / los tengo apuntaos en mi lista / Mi gata la escucha y se vuelve adicta! Aaaaaah!».

fanno il gesto di graffiare il legno mentre con il sedere descrive cerchi sensuali e i fianchi galoppano, volano *Si battono con me, con un flow rozzo / e più in fretta li ammazzo / Tranquillo, la mia voce gli provoca strapazzo / vorrebbero eliminarmi da un pezzo... / Arriva la gerenza / fa il suo ingresso la potenza / Tutti sono seduti / Non voglio vedere resistenza / A chi si muove, interrompo la frequenza.*[5] All'ora del crepuscolo, quell'ora magica, di raccoglimento, che cantano i poeti, la colonna incrocia un'automobile che proviene da Huesca, su cui viaggia un distaccamento della Guardia Civil che scorta il generale Las Heras, venuto a vedere cosa sta succedendo (anche se lo sa già o lo intuisce: il generale era uno dei cospiratori). Las Heras scende dalla macchina, una pistola in ciascuna mano, furioso, indignato:

«Cosa sta succedendo a Jaca? Chi sono queste forze? Dove state andando? Chi è il vostro capo?» interpella un ufficiale sedizioso, il sottotenente González, che lo manda dal capitano. «Lo sto chiedendo a lei! Io sono il generale governatore!», e il generale governatore spara due volte a bruciapelo, ma è talmente alterato, talmente nervoso, che non centra il bersaglio. García Hernández e altri ufficiali rispondono al fuoco, l'intera colonna scende a terra, gli spari spaventano gli uccelli, Galán e Gallo si avvicinano di corsa, gridano:

«Cessate il fuoco! Cessate il fuoco!».

«Ma il generale scappa! Sta scappando!».

«Lasciatelo scappare! Ai vostri posti!».

«Là, là a destra! Scappano!».

[5] «Guerrean conmigo, con un flow barato / y más rapido los mato / Tranquilo, mi voz les causa maltrato / quisieran eliminarme hace rato... / Llegó la gerencia, hace su entrada la potencia / To' el mundo sentado / No quiero ver resistencia / Al que se mueva le voy a cortar la frecuencia».

E scapparono. Il generale Las Heras era rimasto ferito a un braccio e in un altro posto. Le guardie che lo accompagnavano nella fuga tamponarono l'emorragia del braccio con un laccio emostatico, l'altra lesione, più profonda, meno evidente, sarà quella che lo ucciderà. Al suo funerale assistettero il delegato del governo e quattro generali, tra cui Francisco Franco. La causa ufficiale del decesso fu «un attacco di uremia», quella ufficiosa, uno sparo nel...

Il culo! È il segreto del *reggaeton*, anche le braccia, certo, bisogna saperle muovere e giocarci; la bambina le solleva e forma un arco con le mani unite sopra la testa mentre dimena i fianchi, abbassa le braccia lentamente abbozzando un arabesco e tiene per un attimo le mani aperte sul, sì, sul pube, incorniciandolo; poi, fa una piroetta, offre un primo piano del sedere all'iPhone (rotazione, rotazione, *pam!* culo in fuori, sporgendolo molto, come se volesse sfiorare il tavolo, le mani nei capelli, per spettinarli, i ricci che le ricadono sul viso, *sexywild*, sarebbe l'intenzione, socchiude le palpebre, fa il broncio, manda un bacio al pubblico, indietreggia di un passo, due, tre e... barcolla ma riesce a fare mezza giravolta!), ora mettiamo che Mar indossi il bustino nero in similpelle che le strizza il petto ma glielo rialza, i mini short neri coordinati, e le calze con la giarrettiera, o no, il reggiseno tropicale con i fiori di plastica e la gonnellina a frange colorate che sottolinea molto i colpi d'anca, i capelli fissati con fiori finti, e stavolta ce l'ha fatta, balla nel mezzo, la ragazza bruna, le due bionde (tinte) ai lati, la bambina dà il tempo e indica i movimenti disinvolta, con foga, mentre avanza a ritmo vertiginoso sulle sue zeppe, verso le facce accese dei ragazzi che l'ammirano e le fanno i complimenti, con gli occhi lucidi, appannati.

«Come sei bona!», «A che ora finisci?», «Sei la più bella!», no, non deve guardarli, non deve dargli retta, solo continuare a ballare e a sorridere, sorridere ed essere sexy, strizzare un occhio malizioso alla nebbiolina azzurra e argento proiettata dalle lampade, essere provocante e passarsi un dito sulle labbra, succhiarsi il pollice con una bocca oscena e sentire come gridano, e il culo, soprattutto il culo, non smettere di muoverlo nemmeno un secondo. Una nebbiolina bianca che sale dal fiume Gallego avvolge la carovana. I veicoli circolano con i fari spenti. L'avanguardia è costituita da un gruppo di soldati a piedi in ricognizione; ogni tanto, la colonna si ferma finché l'avanguardia non dà ordine di proseguire, avendo constatato che la via è libera. *Digli che non cerchi di competere con te / che noi siamo benedetti / Fame e sonno / È tutto quel che avete / Fame e sonno...*[6] I ribelli non mangiano dal mattino, sono esausti, intorpiditi, non cantano né scherzano più e risparmiano persino la vita al re; se non fosse per il freddo, crollerebbero addormentati.

«Viva la Repubblica!».

«Viva il capitano Galán!».

La calda accoglienza di Ayerbe li riscuote. Gli abitanti di quella località non hanno aspettato gli araldi della rivoluzione, hanno proclamato la Repubblica per loro conto e quando arrivano i ribelli li accolgono come eroi. Li conducono al Centro Repubblicano e una volta lì gli danno da mangiare, da bere, da fumare... «Viva il capitano Galán!», gridano sgolandosi i soldati, che hanno lasciato fuori il freddo e calmano la fame con fette di pane e salame. «Viva la Repubblica!», ricambia Galán.

[6] «Dile que no trate de competir contigo / que nosotros estamos bendecidos / Hambre y sueño / Eso es lo que ustedes tienen / Hambre y sueño...».

«Viva!». Applausi, berretti che volano in aria, battute, risate, altri evviva... *Se i preti e i frati sapessero* (braccia in alto, gli indici puntati al soffitto) / *la batosta che stan per buscare* (culo in fuori, culo in fuori), / *salirebbero sul coro gridando*: / *libertà, libertà, libertà!*[7] (tre bei colpi d'anca), la bambina balla l'*Inno di Riego*, indossa un bikini con la stampa della bandiera repubblicana, rossa, gialla e viola. Marx e Bakunin, ognuno con il suo tanga tricolore, l'attorniano. Non dovrebbero essere qui, con la bambina, a esibire le pance pelose che ballonzolano al ritmo del *reggaeton* e a guardarla con occhi lascivi (sì, anche gli Esseri di Luce hanno la libido), ma al Centro Repubblicano di Ayerbe, con Galán e i suoi eroi, a infondere coraggio.

Il treno su cui si muove il battaglione di cacciatori con Sediles al comando si ferma a Riglos: hanno rimosso il binario, i duecento cacciatori devono raggiungere a piedi Ayerbe, dove si uniranno a Galán e al resto degli insorti. Sono le due del mattino, la rivoluzione riprende la marcia sotto la gelata.

«Porca l'ostia!».

«Porca Madonna!».

«Cazzo che freddo!».

Come se le bestemmie potessero attenuare il freddo, riscaldarli (con il caldo dell'inferno? Oh, se potessero fare un salto per cinque minuti almeno nei calderoni di Belzebù e far rinvenire un po' le loro membra irrigidite!), i soldati imprecano e maledicono e si accalcano dentro i camion rivoluzionari, che ripartono per Huesca adagio adagio, tanto che i ribelli non possono resistere e cedono

[7] «Si los curas y frailes supieran / la paliza que van a llevar / subirían al coro gritando: / libertad, libertad, libertad».

al sonno, cullati dal dondolio. Sono le cinque del mattino. La rivoluzione dorme. Il suo leader no; Galán sulla sua auto ispeziona avanti e indietro il serpentone pigro di veicoli lungo un chilometro; a bordo dell'auto il capitano fuma, sorveglia e scrive (cosa scrive?).

Il santuario di Santa Maria di Cillas, la cui chiesetta risale al secolo XVIII, non è gran cosa, anche se è giusto ricordare che custodisce una statua in legno della Vergine del secolo XVI e un Cristo del secolo XV. Se la rivoluzione si fermò a Cillas non fu per fervore mariano né per curiosità artistica; se la rivoluzione non passò da Cillas fu per colpa di un fosso.

Il tenente Muñiz, alla guida dell'auto in ricognizione che si trova davanti la breccia che interrompe la strada, esamina il terreno alla luce flebile del mattino e scopre che, mentre osserva, viene osservato: ci sono soldati spiegati sulla collina vicina. È sorpreso; aveva capito che prima di Huesca non si sarebbero uniti alle truppe di stanza qui. Chiede istruzioni a Galán, che gli consiglia di «sondare le forze». Muñiz sale sulla montagnetta, si avvicina con cautela ai soldati acquartierati, che non sembrano ostili. «Sono dei nostri!», pensa, e allunga il passo e sorride e spalanca le braccia, esclamando viva la Spagna e la Repubblica. Lo accoglie un comandante che lo conduce al cospetto del generale Dolla. Muñiz lo informa che fa parte della colonna di Jaca. «Vengo a vedere» dice «se siete pronti a darci l'abbraccio promesso».

Il generale gli nega il suo affetto e Muñiz viene messo in stato di fermo.

La bambina ferma il movimento, il braccio destro in alto con la mano aperta, come per salutare, la sinistra sulla schiena appoggiata all'attacco della natica, il busto inclinato verso destra, il petto molto in fuori, in modo che si vedano le tette: le è sembrato di aver sentito un campanello, il campanello della porta, quel suono che è da tanto che aspetta anche se finge di essere concentrata sulla coreografia. Esce di corsa dalla stanza, la certezza che la vicina stia aspettando dietro la porta per urlarle in faccia le sue proteste le ha infuso coraggio. Ma non c'è nessuno sul pianerottolo. È seccata con la vicina, non si spiega perché oggi, proprio oggi, ha deciso di fregarsene del baccano insopportabile della sua musica. Protesta sempre quando non è il caso! La scocciatura è che adesso non ha paura di uscire di casa, ma di entrarci.

«Hanno interrotto la strada!».

Il grosso della colonna è arrivato al fosso. L'ostacolo imprevisto riscuote i ribelli dal sonno, la paura rianima. «Sono lì, sono lì!». «Chi?». «Le forze lealiste!». Galán, che non perde mai la calma, come se ogni incidente o contrattempo fosse previsto e facesse parte del piano rivoluzionario, cerca di placare gli animi. «Non preoccupatevi» dice, «è la guarnigione di Huesca che ci aspetta».

Le truppe smontano dai camion e si allineano sulla strada. *Fame e sonno / tu hai solo fame e sonno...*[8] Fame e sonno e paura e un forte desiderio di essere da un'altra parte, di non vedere le nuvole rossastre dell'alba che illuminano la collina di una luce calda e avvolgono con un riflesso carminio il cannone, le mitragliatrici, i fucili che portano a spalla le sagome scure dei soldati che stanno prendendo posizione sulla collina, come se si preparassero a una battaglia.

Sì, li aspettano, ma... per stringerli in un abbraccio fraterno o per crivellarli di pallottole?

[8] «Hambre y sueño / Tú lo que tienes es hambre y sueño...».

È il dubbio che rode gli ufficiali dello Stato Maggiore Rivoluzionario, il dilemma su cui riflette Galán in silenzio, mentre fuma. E giunge alla conclusione che soldati del loro stesso reggimento non gli spareranno addosso. È preoccupato perché Muñiz non ha fatto ritorno dall'ambasciata. Non sarà lui ad aprire il fuoco. E nemmeno ad arrendersi. Manderà un emissario a negoziare, a ricordare a quei commilitoni il loro dovere e a chiedergli di unirsi alla rivoluzione, che sta per venir meno e trema di freddo e paura su una strada che non porta da nessuna parte, e a Galán, mentre fuma, viene da pensare che quel fosso profondo un metro scarso è una voragine in cui precipiteranno uno dopo l'altro, finché non saranno tutti spariti: i camion, le macchine, i soldati, i rivoluzionari in borghese, gli ufficiali dello Stato Maggiore, il loro comandante in capo, e tanti sogni, promesse, ideali... Con un gesto disperato o propiziatorio, chi può saperlo, butta la sigaretta in quel pozzo nero che inghiottirà il futuro del suo paese e il suo.

L'intrepido Manzanares lega un fazzoletto bianco allo specchietto retrovisore dell'auto con cui Sediles e García Hernández, con *l'Esquinazau* come autista, andranno incontro alle ombre, sempre più numerose, che si sparpagliano per la collina. «Se cercano di fermarvi» li istruisce Galán, «ditegli che se tra dieci minuti non siete di ritorno, faremo fuoco su di loro».

Gli emissari arrivano a destinazione e vengono condotti da un comandante. Si definiscono rappresentanti delle forze repubblicane di Jaca e pretendono di conferire con capitani e tenenti, la loro rivoluzione non ammette altri interlocutori; in caso contrario, avvertono, ritorneranno da dove sono venuti.

«Assolutamente no!» ribatte il comandante. «Voi non andrete da nessuna parte».

La minaccia che il loro arresto provocherà l'attacco di Galán non impressiona il comandante e ancor meno il generale Dolla, con cui hanno la sventura di interloquire e che non perde tempo con la diplomazia. Risolve il contenzioso dicendo:

«Fucilateli tutti e tre immediatamente!».

Di sotto, in pianura, i ribelli aspettano. Non fanno nemmeno lo sforzo di finire di montare le mitragliatrici, i mortai e gli obici che hanno portato da Jaca, ritengono inconcepibile che dei soldati come loro gli facciano la guerra, già s'immaginano gli abbracci, le pacche, i gioiosi viva la Repubblica che presto intoneranno all'unisono con i compagni venuti da Huesca. I quali continuano ad affannarsi sul colle. Ora stanno piazzando due mitragliatrici. E le puntano sui compagni di Jaca. Sono già passati dieci minuti, ma Galán lo considera di buon auspicio.

«E se hanno arrestato gli emissari?».

«Non oseranno!».

Il capitano Gallo, diffidente, spara due colpi in aria. Nel linguaggio militare, uno sparo in aria è una domanda; una raffica di mitragliatrice, una risposta secca.

La bambina accende la luce sul ballatoio ogni volta che si spegne. Non si decide a ritornare in casa. E se scendesse dalla vicina per domandarle se le dà fastidio la musica? Così com'è, scalza, in calzoncini e maglietta non può. Il ronzio dell'ascensore la mette in allerta: è sua madre, che torna. Balza subito nell'ingresso e con un calcio si chiude dietro la porta. I ribelli si nascondono dietro i camion per sfuggire alla sparatoria. Rispondono colpo su colpo, cercano di zittire con le pallottole, incerte, sparate a casaccio dai loro fucili, il tatatà delle mitragliatrici. Cadono uno, due, tre soldati, un civile... C'è un uomo nella cameretta della bambina. Ha una voce grave, seducente, insinuante. «Perché non puoi mai sapere cosa ti riserva la strada» avverte, «nuova Citroën C5». Le pallottole crivellano la massicciata della strada, la carrozzeria dei camion, i tronchi degli alberi, i cadaveri dei ribelli morti che sembrano risuscitare e sobbalzano ogni volta che vengono colpiti. «Cessate il fuoco» insiste Galán, e i ribelli, loro malgrado, gli obbediscono. Alzano i fucili. Gridano, pregano, supplicano:

«Fratelli, non sparate!».

Cala il silenzio. La bambina spegne il computer e zittisce la voce dello spot su YouTube, si affretta a riordinare la cameretta, che non è più una pista da discoteca, e si siede di nuovo alla scrivania con il libro di storia davanti. Resta in attesa. I ribelli trattengono il fiato. Passano i minuti ma nessuno spara. Ci sarà una riconciliazione? Hanno capito i compagni di Huesca che stanno tutti dalla stessa parte? Una granata che esplode vicino alla chiesetta li disillude, non avranno pietà di loro, non ci sarà nessun abbraccio fraterno. Si preparano ad avanzare, al comando di Sediles. Galán glielo impedisce con un ordine sconcertante, suicida:

«Fermi! Non sparate».

Ma non lo ascoltano più. Vanno allo sbando, si riparano come possono, dove possono, dietro un albero, dietro la chiesa, un camion rovesciato, e smettono di sparare solo quando non hanno più munizioni. Nessuno prova a riorganizzare il caos, Galán è un capo muto, uno spettro che deambula avvilito in mezzo a camion, cadaveri, tronchi mozzati, senza nemmeno preoccuparsi di mettersi in salvo. I suoi ufficiali gli chiedono ripetutamente degli ordini. Galán tace. E la rivoluzione, che agonizza, riceve il colpo di grazia quando il suo leader ammette: non c'è più niente da fare.

Molti fuggono a piedi, i più fortunati riescono a far partire qualche veicolo il cui motore è stato risparmiato dalle pallottole. Galán monta sul predellino di un'auto guidata da un civile madrileno; se la rivoluzione era stata lentissima, la ritirata è veloce, accelerata. A una trentina di chilometri da Cillas, all'ingresso del ponte che passa sopra il burrone di Sanmial, Galán chiede all'autista di fermarsi. Lo scortano solo militari, i civili che andavano con loro, tra cui Graco Marsá, sono su un'altra macchina diretti in Francia. Gli ufficiali ribelli si siedono in riva al fiume, sotto il ponte. Un rigagnolo d'acqua torbida scorre sul letto del torrente; è sporca, ma meno delle mani di Galán, dei suoi guanti rossi, quanto sangue versato nella sua rivoluzione immacolata! Sono talmente tanti i morti che non riesce a dargli né volto né nome. Sente che le macchie di sangue si lavano solo con il sangue. I suoi compagni cercano di convincerlo che non c'è rivoluzione senza scontri, quelle perdite hanno uno scopo, quei sacrifici, un fine: salvare la Spagna! E in quel nobile obbiettivo devono perseverare durante il loro esilio in Francia. Lo incitano a riprendere il viaggio, ad attraversare la frontiera al più presto, ma Galán gli dice che sarebbe disposto a farlo solo se i morti lo perdonassero, cosa impossibile, e se potesse perdonarsi lui per primo. «E non lo farò mai». Si consegnerà e forse con la sua vita salverà gli ufficiali catturati. È l'unica consolazione che gli è rimasta: se ha vissuto per vedere realizzati i suoi ideali, deve dare un senso alla sua morte.

Il gaudente Manzanares e il capitano Mendoza si rifiutano di abbandonare Galán. I tre militari si dirigono a piedi a Biscarrués, dove Galán si consegnerà. Durante il tragitto, si disfa di alcuni documenti: i primi decreti del suo governo rivoluzionario che un'ora prima stava scribacchiando sulla strada per Ayerbe. Da terra raccolgono un volantino lanciato da un aereo governativo.

In tutta la Spagna vige la calma assoluta. Molti battaglioni e batterie stanno venendo a prendervi. Se consegnate le armi, sarò magnanimo con voi; altrimenti sarò inesorabile nel castigo.

IL CAPITANO GENERALE D'ARAGONA

E Galán culla una speranza.

L'ascensore arriva al piano e continua a salire fino all'attico senza fermarsi. Ma perché si è presa la briga di mettere in ordine la cameretta e sedersi alla scrivania a fingere di studiare! Ha un SMS e due tweet nell'iPhone; il messaggio, ovviamente, è di sua madre: «Non aspettarmi» le scrive, «torno tardi. Dì a tuo padre domani di riportarti a casa a un'ora decente». Uno dei tweet è del suo account ufficiale, l'altro di quello segreto. «Va a Valencia e restaci!!!», ha scritto una spiritosona. Il tweet ricevuto sull'account segreto che firma come La Fuori di Testa e che non conosce nessuno, o quasi nessuno, lascia meglio sperare:

«V concorso per cubiste al Costa Breve, la miglior discoteca di Morvedra. Stanotte alle 12.00. Gran premio di 600 euro! Ti aspettiamo!».

Chi saranno i giudici?

Il presidente del Tribunale del Consiglio di Guerra per Direttissima che giudicherà Fermín Galán è un generale che risponde al nome di Arturo Lezcano Piedrahíta. In un paese, la Spagna, in cui per una tradizione atavica i processi durano, come minimo, lustri, e di norma, decenni, per cui, quando si emette il verdetto spesso gli accusati, le vittime, gli avvocati, i pubblici ministeri e i giudici sono morti, e la sentenza è carta straccia,

Galán verrà processato e condannato nel giro di poche ore, all'alba del giorno stesso in cui si è consegnato alla polizia.

Il capo del governo, generale Berenguer, che molti accusano di essere troppo mite e senza nerbo, vuole evitare che la ribellione si estenda. Voci fondate dicono che sta per essere organizzato uno sciopero generale fissato per il 15. Serve una punizione esemplare per placare gli animi. Da tutta la Spagna arrivano richieste di clemenza. Viene avvertito il capo del governo, avvisato il re, che il sangue di ribelle è fecondo, che da ogni goccia versata sgorga un nuovo rivoluzionario. *Per riprendere il suo corso, non è sangue che chiede la Spagna, ma giustizia e libertà*, scrive al generale Berenguer il presidente dell'Ordine degli Avvocati, e un alto dignitario si rivolge così al re: «*Maestà, la salvezza della vostra Corona risiede nella vita di questi disgraziati: perdonateli!*».

Prima che il processo abbia inizio si è già dato ordine di formare un plotone d'esecuzione con un ufficiale, un sergente, un caporale e otto soldati.

Il pubblico ministero accusa Fermín Galán e Ángel García Hernández (che Dolla non aveva fucilato a Cillas) di essere, rispettivamente, il capo della rivolta e il capo della compagnia insorta a Jaca, e chiede per loro la pena di morte. Il resto dei militari coinvolti vengono definiti «implicati nella rivolta» e per loro viene richiesto l'ergastolo. L'avvocato che difenderà la maggior parte degli imputati è il capitano José María Vallés, che ha fatto proprio l'impegno di Galán di offrire la vita in cambio della salvezza dei compagni. È questo l'asso nella manica, la negoziazione che Vallés si prodiga per ottenere, senza il tempo di preparare la sua arringa né di esaminare l'improvvisato atto d'accusa.

È persuasivo, appassionato, convincente: Fermín Galán, suggerisce l'avvocato, è per natura un uomo impulsivo, *con qualche indizio di anomalia spirituale che si riflette in segni fisici esteriori* (ha la palpebra destra cadente), *indi per cui non lo si può condannare senza una previa osservazione facoltativa.* Quanto a García Hernández, è un uomo *dal carattere infantile, con poca forza di volontà e facilmente suggestionabile.* L'unico responsabile dell'insurrezione, l'autore ideologico e materiale, è l'uomo dalla palpebra inservibile; gli altri imputati, compreso il puerile capitano García Hernández, sono meri accoliti sedotti dall'eloquio veemente del fiero Galán, un uomo impetuoso con buone intenzioni, che dal sogno di migliorare il paese, dalla causa della libertà, è stato indotto a tentare una disperata avventura. García Hernández, postula il difensore, dev'essere considerato anch'egli «implicato nella rivolta», in nessun caso autore di essa. *Tutto ciò che accade è fatalmente necessario quand'anche non sia abbastanza*, afferma Vallés (Flor plaudirebbe a quest'affermazione e Mati le chiederebbe: che cazzo vuoi dire?). *Nondimeno il fatto di ieri, che tristezza! Eccellentissimi signori, compassione! Non sono cattivi, sono caduti in errore. Isolateli se sono pericolosi, ma non sopprimeteli! Signore Dio degli Eserciti, abbi pietà di loro!*, implora a conclusione della sua istruttoria l'avvocato. *Proteggili!* supplica. *Rendigli la libertà, salvagli la vita!*

Il Signore Dio degli Eserciti era di un'altra opinione: ancor prima che sia concluso il dibattimento sono già stati ordinati due feretri a un falegname di Huesca. Galán non è presente al proprio processo, preferisce accettare l'invito a pranzo rivolto a lui e a Salinas dal cappellano del Reggimento d'Artiglieria: è affamato. Lo dice sempre Flor, non c'è presente né futuro né passato, è tutto rimescolato e come ingarbugliato, l'effetto precede la causa e la sentenza il processo; Galán e Salinas si accingono a fare onore alla cucina sapendo l'uno di essere moribondo, e l'altro, che morirà in galera.

«Non credo nell'aldilà» confida Galán all'amico, «e so che tra poco non sarò più niente, ma dimostrerò a questi disgraziati come muore un uomo».

Si richiede, però, la presenza in tribunale di Galán e Salinas. Gli si domanda (è una formalità) se hanno qualcosa da dire davanti ai giudici. Solo Galán desidera avvalersi della facoltà di parlare. Si ripropone di esporre alla corte gli antefatti e le ragioni della rivoluzione di Jaca. Uno dei membri, il generale Gay, glielo impedisce agitando freneticamente la campanella. Il presidente designato, il generale Lezcano, è vecchio e sordo, quindi a sovrintendere e presiedere realmente il processo è Gay, che Galán conosce, perché era uno dei congiurati. E i due ex cospiratori si osservano, uno nervoso, dietro il banco dei giudici, sulla predella, l'altro, impavido, dal suo posto di accusato. Galán si limita a rivendicare per sé tutta la responsabilità dei moti ed esprimere il proprio dispiacere per le vittime. Guarda fisso Gay e gli dice in faccia:

«Non credevo che fosse tanta la bassezza umana!».

La corte si ritira per deliberare. I suoi membri non impiegano molto a mettersi d'accordo, non appena l'uditore porta alla firma la sentenza che ha già redatto seguendo per filo e per segno le istruzioni del governo.

Comunicano il verdetto ai rei nella Sala di Banderas: pena di morte per Galán e García Hernández, carcere a vita per tutti gli altri. Galán, sereno, si congeda dai compagni: «Sapevate tutti a cosa andavamo incontro, e purtroppo è finita male. Arriverà il giorno in cui ci sarà un Parlamento e vi concederanno l'indulto. Per noi due, invece, non c'è speranza, e come vedete io sono tranquillo». Nell'accingersi a firmare la notifica del verdetto davanti alla corte, Galán dice ai suoi giudici:

«Questa è la firma che appongo con più piacere perché, convinto che la Repubblica sia il tipo di governo che più si addice alla Spagna, spero che il mio sacrificio non sia inutile». E aggiunge, provocatoriamente: «Come vedete, quando un uomo è uomo davvero e serve un'idea, firma la propria sentenza tranquillo e sereno».

Il presidente ha una curiosità, chiede al condannato:

«Lei aveva dei complici?».

«Sì! Voi codardi che avete tradito!».

Alba lo sa, non può non saperlo e probabilmente sta preparando un costume speciale per il concorso di stanotte. Non le ha detto niente. E se Alba fa la cubista, se è stata ammessa malvolentieri nell'elenco delle cubiste del Costa Este, è grazie alla bambina, che aveva insistito: o tutte e due o nessuna. Si sente tradita. Anche giudicata e condannata per qualcosa di cui non ha colpa. Prova improvvisamente una grande antipatia nei confronti della madre, un attacco di rabbia, dispetto e rancore che fa svanire la paura, non vuole più che torni, no, vuole che muoia!

Alle undici e mezzo del 14 dicembre, il capitano generale (lo stesso che aveva firmato il volantino con la promessa di magnanimità ai ribelli che avessero deposto le armi e si fossero consegnati) informa il governo per telefono della condanna a morte di Galán e García Hernández. I ministri sono andati a messa nel palazzo di Buenavista, come fanno tutte le domeniche. Dopo la funzione, si riuniscono per discutere del grave problema.

Estrada, Sangro e il duca d'Alba intercedono per una riduzione della pena. Il ministro dell'Economia dissente: «La sentenza dev'essere approvata dal governo perché venga eseguita immediatamente. Bisogna salvare il re e il regime, che sono al di sopra di tutto; siamo qui esattamente per questo». In quel momento nella Sala del Consiglio arriva la telefonata di Colui che sta al di sopra di tutto. Il ministro dell'Economia notifica il verdetto del tribunale all'impaziente re.

«Non è ancora stata eseguita la sentenza?» chiede Alfonso XIII.

«Nossignore».

«Cosa state aspettando?».

«Di convincere due o tre ministri che sostengono l'indulto».

«Nessunissimo indulto. Bisogna dare una lezione alla plebaglia. Deve scorrere del sangue. Dì a Berenguer di eseguire i miei ordini senza esitare».

E così lo comunicò Berenguer al capitano generale di Huesca: «Il governo di Sua Maestà approva il verdetto del Consiglio per Direttissima. Si raccomanda l'urgenza».

Non è decoroso giustiziare un uomo di domenica, giorno che la Bibbia riserva al riposo e alla preghiera (anche il boia ha diritto di pregare); il lunedì, giorno lavorativo, sembra più adatto a tali incombenze, ma a volte il re può più della Chiesa.

Il capitano generale dispone che l'esecuzione abbia luogo alle due del pomeriggio nelle polveriere di Huesca. A parte un sergente chiamato Borque, che si presenta volontario, nessun militare vuole far parte del plotone d'esecuzione. Vengono designati due drappelli, ciascuno di otto soldati, al comando di due sottotenenti, e si dirigono a bordo di due camion alle polveriere del Camino

Viejo di Fornillos. I rei hanno un colloquio con il loro avvocato. García Hernández gli regala il suo accendino, Galán l'orologio d'oro, e gli consegna cinquecento pesetas perché le faccia avere a sua madre. Prima di salire sul camion, il cappellano del reggimento cerca di riconciliarlo con Dio. Il condannato a morte, cortese, affabile, gli raccomanda «di confessare coloro che vendono la coscienza in cambio di una regia ricompensa e peccano, mandandoci a morire, contro il quinto comandamento» e comincia a salire la scaletta appoggiata al camion. Sul primo gradino si ferma, si volta, guarda il cortile della caserma, i soldati e gli ufficiali che assistono alla sua partenza, e gli dice:

«Bene, signori, a mai più!».

Nel cassone del camion Galán fuma, offre sigarette ai soldati che lo uccideranno, esprime la propria gioia per essere riuscito a salvare diversi compagni e il suo profondo dispiacere per la condanna di García Hernández; la propria morte l'accetta, la comprende; quella del compagno, la giudica un omicidio. García Hernández ha una moglie giovane e una figlioletta di pochi mesi. Chiede all'avvocato di trasmettere alla moglie le sue istruzioni: che si trovi un uomo che possa essere un degno marito e un buon padre per sua figlia, «che non esiti a sposarsi». La pioggia caduta il giorno prima ha infangato la strada, il camion resta impantanato a mezzo chilometro dalla sua destinazione. Galán esorta García Hernández a scendere dal camion e fare il resto della strada a piedi, arriveranno prima.

Tutta Huesca sa dell'accaduto: uomini, bambini, donne e un gruppo di seminaristi che non vogliono perdersi lo spettacolo si accalcano su di un poggio con vista sulla polveriera.

Galán si arrotola l'ultima cicca, si tasta il polso: è calmo. Fa omaggio del suo borsellino, con sette pesetas e qualche centesimo, a un soldato del plotone e chiede a tutti:

«Prendete bene la mira, non fatemi soffrire. Mirate al cuore!».

«Mirate alla testa, ragazzi!» si raccomanda García Hernández.

Galán scosta con dolcezza il testardo sacerdote, instancabile nel cercare di salvargli l'anima. I condannati abbracciano il loro avvocato e i due sottotenenti che comandano i drappelli. Rifiutano il fazzoletto che il cappellano gli tende perché si coprano gli occhi. Galán, che non è stato privato del suo rango, chiede il permesso di dirigere lui stesso la propria esecuzione. I condannati si dispongono davanti al plotone. García Hernández sorride. Galán si mette sull'attenti. In tono di comando ordina ai soldati:

«Plotone, attenti! Quattro passi avanti! Caricare! Puntare! Fuoco! Evviva la Repubblica!».

García Hernández ha fortuna, muore sul colpo. Le tre pallottole che raggiungono Galán non sono mortali; si contorce per terra, coperto di sangue. Uno dei sottotenenti gli spara alla testa, ma non lo uccide. Il perito decide di por fine all'agonia indicando con un dito il cuore, che non ha smesso di battere, e incita un soldato:

«Appoggia qui la bocca del moschetto».

Nemmeno questo semestre Luisito Duch si presenterà agli esami. Ha una scusa, è in cella, risiede temporaneamente nelle guardine della caserma della Victoria insieme ad altri civili e militari coinvolti nella rivolta, in attesa di giudizio: li hanno arrestati tutti (o quasi tutti, alcuni sono riusciti a scappare). Ha freddo, dorme male, sopra un paglericcio, impara a catturare pulci e pidocchi, che schiaccia tra l'indice e il pollice, e a convivere con i topi. Il rigoroso e severo colonnello Servet, nuovo responsabile della caserma (i precedenti ufficiali sono stati esonerati a causa dell'accondiscendenza e della scarsa fermezza nell'opporsi alla rivolta), infligge loro un rancio scarso e immangiabile, ma Luisito non patisce la fame: ha una madre che fa in modo che tutte le mattine una domestica si presenti in prigione con una cesta di provviste. Si conservano due fotografie di Luis Duch con i compagni di prigionia, in tutte e due appare tondo e affabile, persino sorridente, come se dicesse: «Sono dove voglio essere, sono coerente con i miei principi, preferisco il carcere al disonore», perché nella sua dimensione l'onore, la rettitudine davanti alle avversità, la fedeltà agli ideali davano la misura di un uomo; in quella della bambina i valori sono altri: un anello, una catenina, persino un dente d'oro si possono impegnare e avere soldi in cambio. Cosa si può comprare con l'onore? Quanto vale l'onore? Quanto uno è disposto a pagare per il disonore, ma l'onore di persone ordinarie come Mar e sua madre non c'è nessuno che lo voglia comprare. Shakespeare (che la bambina non ha letto, Luis Duch tanto meno e men che meno Francisco Franco, che adesso sfoggia due seni disegnati a penna blu sulla giubba grigia), scrisse al riguardo: *ma se l'onore, poi, mentr'io vado innanzi, mi toglie di mezzo? allora? Può l'onore rimettermi una gamba? no; o un braccio? no; o togliermi il dolore d'una ferita? neppure. E che cos'è l'onore? Una parola. Che c'è in questa parola «onore»? Aria. Chi lo possiede? Quegli che morì mercoledì.*

O di domenica, come Fermín Galán, come Ángel García Hernández, due eroi. «Non si può vivere senza ideali» ritiene Luisito Duch, «e, se è necessario, bisogna essere pronti a morire per quelli». Una morte gloriosa giustifica una vita, morire in un modo qualsiasi, dopo un'esistenza abitudinaria, anodina, è da pusillanimi, come lo è implorare la clemenza dell'aguzzino, alterarsi all'ultima ora, temere la morte. Come aveva saputo morire bene Fermín Galán! E Luisito quasi si dispiace che la sua condanna, quando arriverà, sarà all'ergastolo e non a morte, che occasione persa di dimostrare il proprio valore, la propria baldanza! Il caporale di prima classe Rodríguez dissente. Cosa se ne fa un cadavere dell'onore? E la madre, la vedova, gli orfani? Dà da mangiare l'onore? (Di sicuro, il caporal Rodríguez in un'altra vita ha letto Shakespeare). I signori, come questo Duch, l'unico prigioniero che, invece di perdere peso, ingrassa, il cocco di mamma e della fortuna, che non ha mai avuto bisogno di lavorare per guadagnarsi il pane, possono permettersi il lusso di sprecare la loro vita con la stessa larghezza e leggerezza con cui dilapidano il loro patrimonio. Rodríguez non ha mai voluto fare il militare; il capriccio di un signorino che, chiamato sotto le armi, aveva pagato il padre del caporale perché mandasse il figlio al suo posto, aveva segnato il suo destino. E nella guerra in Marocco non aveva combattuto per l'onore, che è cosa da sottotenenti in su, ma per sopravvivere, difendendosi, più che dal nemico, da quegli ufficiali figli di papà pronti a rischiare la vita dei loro sottoposti in cambio di una medaglia, una promozione o una semplice menzione; chi è comandato non ha onore, solo chi comanda, questo pensa il caporal Rodríguez, a cui manca il miglior comandante che ha avuto, il capitano García Hernández, un uomo rispettoso, gentile, stimato. «Tutta colpa di Fermín Galán» sbotta il caporale, lasciando briglia sciolta al risentimento di cui è preda dal giorno in cui l'hanno chiuso in cella. Li aveva ingannati: aveva detto che tutte le guarnigioni dell'esercito erano insorte, che la Spagna intera era repubblicana, il che era falso. Galán era solo nella sua impresa strampalata e l'aveva tenuto nascosto. La sua vanità, la sua superbia, la sua immensa arroganza, lo avevano indotto ad anticipare la data stabilita, trascinando con sé gli incauti militari di Jaca. Rodríguez non aveva avuto scelta: il suo superiore Ángel García Hernández, faceva parte dei rivoltosi, tutti i soldati e gli ufficiali della sua compagnia lo assecondavano, chi era lui per contraddirlo? Rodríguez non ha la vocazione dell'eroe, lui della repubblica se ne infischia, come se con un presidente al posto del re per lui cambiasse qualcosa! L'istinto di conservazione gli ha insegnato a lasciarsi guidare da coloro che stanno al comando, ma stavolta si è sbagliato. «Si è meritato di morire, Fermín Galán!» si sfoga, «invece, il mio povero capitano... Che faccia tosta quel Galán!».

Luis Duch perde la pazienza, cambia espressione, gli tremano le ganasce, segno che è in preda all'ira. Non sopporta che si calunni il capitano Galán, un eroe irreprensibile morto per la libertà di tutti gli spagnoli, e per difenderne la reputazione è pronto a fare a botte.

Non le aveva fatto male, tante lacrime e strilli non erano giustificati, è vero che le aveva rifilato un paio di sberle e le aveva tirato i capelli, ma morsa no, e nemmeno presa a calci, Alba aveva fatto una gran caciara per niente. Le altre, Melanie, Natalia e Carmen, che avevano visto tutto e non avevano nemmeno cercato di separarle, potevano confermarlo, ma anche loro avevano mentito, stavano dalla parte di Alba, e la bambina era stata espulsa. La cosa peggiore era stata la sgridata di sua madre. «E perché hai picchiato Alba? Alla tua età, quindici anni compiuti, non sei più una bambina! Mi vergogno di te!». Ma non gliel'aveva detto, non ha ancora capito perché, avrebbe dovuto dirglielo: «Ho litigato con Alba a causa tua, perché mi ha detto che le facevo pena perché ho una madre come te». E adesso Mar è pentita. Se, anziché fare a botte con Alba, si fosse stretta nelle spalle e avesse detto: «Hai proprio ragione! Anche io mi faccio pena, mia madre è indecente», sarebbero ancora amiche. Perché aveva difeso sua madre se la detesta? Ci sono cose di sé che non riesce a capire; quella, per esempio. E adesso non ha amiche. Alba Méndez è la regina della classe e, fino a quella discussione, Mar era la sua favorita. Sua madre cerca di spacciarle il trasferimento a Valencia come un'opportunità per conoscere gente nuova ed è vero che a Valencia, a parte Flor, non le conosce nessuno. Ma farsi delle amiche non è facile quando sei timida e Mar era stata molto timida fino a un anno e mezzo prima, quando era riuscita a entrare nella corte di Alba e si era gettata dietro le spalle la timidezza e due amiche noiose, la più sveglia e la più tonta della classe, Ruth e Sandra, che ha dovuto recuperare dopo la sua condanna all'ostracismo: la bambina non è più popolare ed è diventata di nuovo timida. Tranne che in discoteca, lì è lei, e non Alba, la regina. Come le aveva detto Cari il giorno che l'aveva scoperta durante l'apertura pomeridiana: «Hai il ballo nel sangue. È un po' che ti osservo, ti muovi con molto *feeling*. Ti piacerebbe fare una prova per lavorare come cubista al Costa Breve?». A chi non sarebbe piaciuto? Alba moriva d'invidia e perciò la bambina aveva insistito: anche lei, è mia amica.

«Come faccio a picchiarti se sei mio amico?» disse Luisito al caporale di prima classe, che, riducendo male l'uniforme, era strisciato contro la parete e lo guardava spaventato. Rodríguez era un vero caporale e Duch soltanto un civile, ma che civile! Era talmente alto che ogni volta che si alzava sbatteva la zucca contro il soffitto della cella. E corpulento. Un pezzo d'uomo. Rodríguez strinse con foga la manona che gli porgeva Luis Duch. «Qui in prigione siamo tutti compagni» lo rassicurò Luisito. «Ma ti sarei grato se evitassi di parlare male di Fermín Galán. Se la rivolta è fallita a Cillas, è stato perché ci hanno traditi: ci ha traditi il Comitato Rivoluzionario, ci ha traditi Casares Quiroga, ci hanno traditi i generali e i colonnelli che si erano impegnati con noi, i socialisti di Madrid, che hanno boicottato lo sciopero generale di lunedì 15, il comandante Ramón Franco, che non ha bombardato il Palazzo Reale dal suo aeroplano con la scusa di aver visto dei bambini che giocavano... Tutti ci hanno traditi! Eppure, fai attenzione a quel che ti dico e mandalo ben a mente: Galán e García Hernández sono due martiri, che con il sacrificio delle loro vite porteranno in Spagna la Repubblica».

La bambina diceva ad Alba, «è che non fai nessun sacrificio, a casa non provi, non guardi i video su YouTube, quando ci troviamo per preparare una coreografia mi dici sempre che non ne hai voglia», per consolarla o tranquillizzarla, perché Cari convocava sempre lei; Alba, solo quando mancava qualche altra ragazza. È che Alba era goffa, imbranata, si muoveva come un automa, come i pupazzi che vendono i cinesi, che schiacci un tasto e ciondolano rigidi da destra a sinistra, o avanti e indietro. E sul palco si confondeva, aveva l'impressione che tutti gli occhi fossero puntati su di lei per coglierla in fallo. Quando aspettano in camerino, mentre si vestono e si truccano e bevono un bicchiere di cacaolat e vodka per darsi la carica, la bambina si concentra (come fanno le attrici famose e le supercubiste prima di entrare in scena), Alba, invece, continua a rompere. «Hai visto che faccia ho? Sono un mostro, gonfia, con le occhiaie! E i brufoli maledetti! Non riesco a nasconderli neanche con quattro dita di fondotinta! Non posso farmi vedere con questi brufoli! E perché devono farci vestire uguali, come se fossimo gemelle? Non finisci il tuo bicchiere? Dallo a me, ne ho bisogno», e le prende il bicchiere senza chiedere il permesso. E allora arriva Cari e dice: «Ragazze, siete pronte? Fuori, a ballare!».

Fuori dal carcere vengono portati in trionfo. Il colonnello Servet non ha avuto altra scelta che lasciarli liberi, il primo atto del nuovo governo repubblicano è stata la concessione di un'amnistia a tutti i prigionieri politici. È il 14 aprile del 1931. Il 12, dopo che erano stati pubblicati i risultati delle elezioni comunali, la Spagna si era svegliata repubblicana. Il re Alfonso XIII è fuggito dal palazzo, abbandonando la sua famiglia, che se la cavino da soli. Il dittatore Berenguer è corso a radersi i baffi per non essere riconosciuto dalla folla che invade le strade e inneggia con entusiasmo: «Non se n'è andato, lo abbiamo spazzato! Non ci ha mollato, lo abbiamo cacciato!», sventolando bandiere repubblicane, esibendo ritratti di Galán e García Hernández, i volti vicinissimi, come se fossero fidanzati, incorniciati in una ghirlanda.

Il dj tuona dalla cabina: «Ragazze, benvenute a casa!».

Alfonso *l'Orologiaio*, *l'Esquinazau*, Luis Duch e altri civili da poco incarcerati arrivano portati a spalla in comune, dove davanti a una bandiera repubblicana e alle effigi degli eroi di Jaca, Luisito Duch pronuncia il discorso della sua vita, il più applaudito, il più ricordato (come non si sarebbe mai stancata di ripetere giorni dopo una orgogliosa donna Eulalia, tra lo stupore e la costernazione di parenti ed amici, ligi all'ordine costituito, conservatori, monarchici, cattolici praticanti. Che donna Eulalia si sia dimenticata da che parte sta? «Ha delle idee sbagliate questo mio figliolo» ammette donna Eulalia, «però, come parla bene!»).

Il colonnello Servet è circondato da giovani repubblicani in calle Mayor. «In ginocchio, giù in ginocchio, signor Servet, ora sì che passa la bandiera!» lo minacciano. E Servet, tremando, s'inginocchia. Alfonso *l'Orologiaio*, Julio Turrao e Luis Duch, l'eloquente tribuno, lasciano la testa della manifestazione per andare in soccorso del loro carceriere; lo fanno alzare, tentano di calmarlo, gli assicurano che niente di brutto può capitargli.

«È un investimento sicuro al cento per cento, è impossibile che ci perdi. Be', a meno che non fallisca la banca o scoppi un terremoto!».

«Che palla che sei! Ti ho già detto di fare tutto quel che vuoi con i miei risparmi, se non mi fido di te che sei come una sorella, più che una sorella, Mati!, di chi dovrei fidarmi? Ma senti, tu non dovresti tornare a Sagunto, o domani non lavori?».

«Domani, dopodomani e dopo ancora! Lavoro tutti i giorni, Flor, anche il fine settimana. Non puoi immaginare quanta pressione mi faccia il direttore di zona, mi chiama di continuo per sapere come sta andando. Essere direttrice di filiale è un lavoro molto bello ma anche una responsabilità altrettanto grande. Mi stai cacciando? Vuoi che me ne vada?».

«Io non ti caccio, io non caccio mai nessuno, ma ti informo che è la mia ora di meditazione, se vuoi meditare con me, prego, altrimenti...».

«E cosa fai quando mediti? Rimugini? Pensi alle cose che ti sono venute bene e a quelle che hai sbagliato? Io lo faccio sempre, dopo aver spento il computer, passo cinque minuti, o anche più, nel mio ufficio, da sola, a fare un bilancio della giornata, e tengo un quaderno su cui mi do i voti, da uno a dieci, e poi mi segno i compiti, gli obbiettivi per il giorno dopo. L'ho imparato nel corso di leadership».

«Meditare non c'entra niente con questa roba! Meditare è liberare la mente, lasciare che i pensieri fluiscano e se ne vadano! Faccio pulizia nella mia coscienza, nella mia anima, chiamala come ti pare. E allora... Per favore, non ridere di quello che sto per dirti. Quando medito io... parlo con gli Esseri di Luce, Mati, comunico con loro, ricevo i loro insegnamenti, le loro indicazioni. Parlo di te, gli dico che mi preoccupi, che vivi nelle Tenebre e desidererei che tu vedessi la luce, se non in questa vita, in un'altra».

«Ma lasciami perdere! Non voglio saperne niente dei tuoi esseri luminosi! E ti proibisco di parlargli di me. Brutta pettegola!».

Sente nostalgia di quei pomeriggi, di quelle serate mitiche, quando era la star della discoteca e alla fine, benché con i vestiti normali e senza il trucco fantasia, veniva riconosciuta sulla pista dai suoi ammiratori, che le chiedevano l'amicizia su Facebook, cosa fai il prossimo sabato?, posso offrirti da bere? Quando fai la cubista becchi un sacco, diceva Alba, perché non ne approfitti? Perché la bambina è fedele a Óscar, anche se non è sicura che Óscar pensi a lei o la consideri la sua ragazza, pur essendosi comportato come se lo sentisse, che la bambina era sua e che gli apparteneva, la sera che lo aveva rivisto, o era stato lui a vederla e l'aveva seguita fin sulla porta del bagno e l'aveva presa per un braccio e le aveva chiesto spiegazioni per certe effusioni là sopra con i ragazzi immagine, due armadi tutti muscoli, con i pettorali spalmati d'olio. «Sei una svergognata» le aveva detto Óscar, «gli metti il culo sul pacco, è un po' troppo!», e lei non gli aveva detto, come avrebbe dovuto, «e a te cosa importa? Sei forse il mio ragazzo?», l'aveva colta così alla sprovvista, era così grande il piacere e la sorpresa di incontrarlo lì dopo tanti giorni passati a sognarlo, che si era fatta prendere dalla timidezza, «ma sono gay!» si era giustificata, «non te ne sei accorto?», e avrebbe voluto dirgli sono molto contenta di vederti, sei molto bello con i capelli come li porti adesso e... Non ho più l'apparecchio!, puoi baciarmi con la lingua, ma non aveva avuto il coraggio, si era limitata a guardarlo con quello che credeva uno sguardo languido, sexy, intrigante, e lui le aveva chiesto: «E adesso cos'hai? Sei incazzata?». E prima che Mar potesse chiarire il malinteso, si era girato, aveva borbottato: «Vado a prendermi da bere», e l'aveva piantata lì e non ha più rivisto Óscar, non ha più avuto il coraggio di tornare in discoteca per paura che Alba abbia sparlato e raccontato cose su sua madre, la conosce bene, è una linguaccia.

Perciò, proprio perché la conosce, la bambina le raccontava molti segreti ma non tutti. Per esempio, Alba non sa che lei Cari la pagava trenta euro per ogni esibizione mentre ad Alba dava al massimo dei buoni per un paio di consumazioni, quando andava bene. Ma la bambina era pronta a dividere con Alba tutti i suoi guadagni, i trecento euro che ha messo da parte (contando quelli che gli deve suo padre), per quando sarebbero andate insieme a Ibiza, a fare le cubiste al Pachá o all'Amnesia. E là, a Ibiza, dove vanno in vacanza le celebrità, qualcuno (un attore, un cantante, un dj o un regista) la scoprirà (è probabile che s'innamorerà di Mar e forse lei lo ricambierà. Óscar capirà, troppo tardi, di essersi lasciato sfuggire l'amore della sua vita). La bambina farà il gran salto in tv! E diventerà famosa, passerà le giornate a firmare autografi ai fan con un sorriso (ma in privato confesserà agli amici: «Non ne posso più, mi fa male la mano a forza di firmare!»), e porterà un cappellino a visiera per non essere riconosciuta quando andrà al ristorante, ma invano, perché troverà ad attenderla uno sciame di paparazzi. Al braccio del suo meno famoso fidanzato, uscirà dal locale a testa bassa, una mano davanti alla faccia, per evitare di essere abbagliata dai flash. «Non rilascio dichiarazioni» avvertirà i giornalisti e scongiurerà i fotografi: «Foto no, per favore! È una cena privata». Anche se pensarci adesso è un sogno.

La primavera è arrivata
al braccio di un capitan
Cantate bambine, in coro:
Viva Fermín Galán.

Non c'è città spagnola che non abbia il suo viale, il suo parco, la sua piazza o la sua via dedicata a Fermín Galán, ritratti suoi adornano le scuole, i ministeri, i comuni repubblicani, la sua tomba, visitatissima, trabocca di mazzi di fiori che non appassiscono mai. Nemmeno in sogno avrebbe potuto immaginare la sua gloria postuma il bizzarro capitano Galán, della cui amicizia si gloria Luis Duch. «E io ho telefonato a Galán e gli ho detto... E Fermín mi ha risposto: "sono con te, Luis, ti sono grato per come organizzi tutto tanto bene"...» si vanta Luisito davanti alla rispettosa e galvanizzata compagnia del bar Galán. A nessuno sfugge che, a suo modo, anche lui è un eroe. Era valsa o no la pena quella ribellione tanto criticata? Se non fosse stato per i valorosi che si erano riversati per le strade e avevano dato il loro sangue per la causa, ora ci sarebbe la Repubblica in Spagna?

«Non possono essere martiri» pensa José María Lacruz, «tutto, ma martiri no, e poi: per essere martire devi credere in Dio e morire per lui, Galán e García Hernández sono morti invece proprio per darci un taglio con Dio, i cardinali, i vescovi e i frati, con tutte le sottane!».

«E con il re, i banchieri, i latifondisti... E tutti i cacicchi!» sottolinea Luis Duch, mentre saluta con il cappello suo zio Juan, il cacicco del paese che passeggia in compagnia del canonico della cattedrale. «Però hai ragione, Galán e García Hernández non sono martiri: sono di più. Il martire non rischia niente o poco e niente, qualche anno di vita in cambio dell'eternità, morire per la fede non è un sacrificio ma un affare, un contratto, "io ti offro, Signore, il mio corpo perituro, e tu mi premi con le prebende del cielo". Solo chi non crede nell'aldilà è un vero eroe, offre la propria vita, tutto quel che ha, in cambio di...». Luisito non sa come proseguire: in cambio della polvere, la putrefazione, l'oblio? No, l'oblio no, Galán e García Hernández non potrebbero essere più ricordati di così! Ma non ci sono più; la gloria postuma, vale qualcosa? In cambio di niente, pensa, ecco cos'è il valore, questo, è essere un eroe: dare tutto quel che hai, le uniche cose che hai, in cambio di niente!, ma non lo dice, per orgoglio, per inerzia, dice invece: «In cambio della libertà della Spagna!».

È un vero oratore. E un politico, aspirante deputato. Stamattina ha accompagnato la madre in plaza de Biscós, dove è stata celebrata la festa mistica della venerazione dei resti di Santa Orosia. Nel pomeriggio, si è recato nella stessa piazza con uno scopo diverso. Ha tenuto un comizio con i suoi compagni della Candidatura dell'Insurrezione: Francisco Galán, fratello di Fermín, il capitano (o ex capitano) Salinas e l'ingegnere Cárdenas. Domani donna Eulalia potrà leggere la cronaca dell'evento sul *Pireneo Aragonés*, dove si attesterà la veemenza di suo figlio e si affermerà che «la sua oratoria radicalissima» è stata ascoltata avidamente e approvata con molti applausi. Quale madre non si sentirebbe orgogliosa di avere un figlio tanto brillante? Suo fratello Juan, che prima rimproverava a Luisito la sua abulia, ora gli rimprovera l'attivismo incessante a favore della causa dei più radicali, l'importante è criticarlo!

In veste di quasi deputato, Luis Duch comincia a credere ai suoi stessi discorsi. Si ricorda del caporal Rodríguez e gli dispiace che non sia lì per potergli rinfacciare: «Visto che non è morto invano il tuo capitano García Hernández?». Rodríguez ha lasciato l'esercito e la città di Jaca il giorno stesso della sua liberazione. È tornato nel suo paese di Huelva, al suo lavoro di bracciante e dai suoi ulivi, deciso a non aver più niente a che fare con militari e insurrezioni, ma l'omarino con le labbra rosa e i seni blu (e se ci aggiungo una vulva pelosa?, si chiede la bambina, una domanda retorica, perché si è già messa a disegnarla con un pennarello verde proprio nel punto dove finisce la fusciacca), ha altri programmi per l'ex caporale e per tutti gli spagnoli.

Alejandro Lerroux vinse le elezioni provinciali con 27.180 voti. Luis Duch fu votato da 4.402 cittadini! Non divenne deputato, ma la notizia che più di quattromila votanti gli hanno concesso la loro fiducia lo rende euforico. Gli piacerebbe conoscerli tutti, uno a uno. Va su e giù per calle Mayor e per paseo Fermín Galán con un altro atteggiamento, non c'è dubbio che è qualcuno, un giovane politico con un grande avvenire. Anche se suo zio non la vede così, gli avvelena la vita con le sue recriminazioni e lo sollecita a cercare un lavoro e a smetterla di far comunella con quei rossi. Luis Duch ha già un lavoro e pure molto importante: ora che c'è la Repubblica, portare la rivoluzione in Spagna. È diventato comunista e si è fidanzato. Lei si chiama Enriqueta ed è la figlia dei proprietari dell'Hotel Mur. Quando non è impegnato con il progetto di un monumento a Galán e a García Hernández (che verrà eseguito dall'artista Ramón Acín, originario di Huesca, il quale, a sua volta, ha partecipato all'insurrezione di Jaca), o non è a Sabiñago, per appoggiare gli scioperanti, Luis Duch gioca a tennis con la promessa sposa o le fa visita nel salotto dell'Hotel Mur, quell'edificio epico dove è stato partorito lo splendido fallimento della rivolta di Jaca e dove Enriqueta Leante continua a ripetergli: «Luisito, tieni le mani a posto!» nelle rare occasioni in cui restano soli, senza terzi incomodi (la madre di Enriqueta o una delle sue zie), e Luis Duch si rassegna a incrociare le mani sul petto e parlarle con passione della Russia, l'unica nazione libera e giusta, egualitaria, del mondo. «Dobbiamo portare i soviet in Spagna!» sostiene con calore, e la fidanzata si spaventa.

Dio non voglia! Enriqueta è una ragazza *comme il faut*, cattolica e di buona famiglia. Ha perso delle amiche a causa del suo amore: Luisito è un proprietario, nipote del conservatore locale più in vista, appartiene per nascita alle forze vive del paese ma... è rosso! Enriqueta spera che quando si sposeranno (in chiesa, lei non si può sposare diversamente) il suo promesso cambierà, diventerà responsabile, troverà un lavoro (o, in mancanza, smetterà di finanziare il partito comunista), si farà uomo, un padre di famiglia, e con il tempo, i figli e i capelli bianchi, chissà se non otterrà l'incarico di console di Francia quando lo lascerà vacante (causa decesso) suo zio e non diventerà, a tutti gli effetti, un pilastro della società locale? Enriqueta posa il cucito sul tavolino del braciere, allunga il braccio e, senza voltare la testa, come estranea all'audace movimento della sua mano, con la punta delle dita scompiglia i capelli castani del fidanzato che la ringrazia della carezza con occhi bovini, per poi abbracciarla a tradimento, e avvicinare il viso al suo con estremo pericolo, quando una tosse, uno schiarirsi di gola forzato, i passi sonori e prudenti della zia Piluca – che è venuta a chiedere se hanno freddo o caldo e se gli va una limonata o una tazza di cioccolata, o forse preferirebbero recitare il rosario? – evitano il peccato. Luis Duch Lacasa, il rivoluzionario che ha pagato con la prigione la sommossa di Jaca, si perde d'animo e si rannicchia davanti a una beghina.

Era arrivata fin lì ma le era mancato il coraggio. Le portava in regalo una trousse per il trucco professionale, che le era costata trenta euro («così non mi chiederai più i miei ombretti», le avrebbe detto, come avrebbe fatto prima che non fossero più amiche, un modo di chiederle di fare la pace senza doverlo dire), si era messa in tiro per la disperazione di sua madre («Vuoi fare il favore di uscire dal bagno? Sei chiusa lì dentro da mezz'ora. Non mi stancherò mai di ripetertelo, più ti trucchi, più diventi brutta. Una bambina di quindici anni non ha bisogno di maquillage!»), aveva previsto tutto, avrebbe suonato al citofono e qualcuno le avrebbe aperto, non Alba, forse Richi o qualche amica, Alba sarebbe stata troppo occupata a ricevere auguri e regali e sarebbe sbiancata vedendola lì, ma non avrebbe avuto il coraggio di farle una scenata: «E tu cosa ci fai qui? Chi ti ha invitato alla mia festa di compleanno?», non davanti a tutti. Mar non l'avrebbe baciata e non le avrebbe buttato le braccia al collo, come avrebbe fatto quand'erano intime, si sarebbe limitata ad augurarle «buon compleanno» e le avrebbe dato il pacchetto; quando Alba l'avesse aperto, un po' per scherzo un po' sul serio le avrebbe detto quel «così non mi chiederai più i miei ombretti» e Alba avrebbe capito che... Non si era azzardata. Era arrivata fin lì. Le porte del balcone dell'appartamento di Alba erano aperte e da lontano, da abbastanza lontano, si sentivano le voci, la musica, il chiasso della festa, tutto era come se l'era immaginato, eppure... Non aveva suonato. Era rimasta in strada e quando era arrivato un gruppo di persone che conosceva, un paio di tipe delle elementari e due ragazzi delle superiori, si era nascosta dietro un furgoncino, come se ne avesse paura, come se stesse facendo qualcosa di male. Il regalo per Alba lo ha riposto in un cassetto, ancora impacchettato, con la carta da regalo, il nastro e un adesivo dorato, cosparso di glitter, che dice: AUGURI.

«Bisogna bruciare altri conventi! Non ne deve restare in piedi nemmeno uno! Dobbiamo disfarci una volta per tutte di quelle carogne in sottana!» sbraita Luis Duch davanti a un pubblico di sostenitori, che applaude e lo incita a ogni frase che pronuncia: «Sissignori, così si parla! A morte la pretaglia!». Il comizio è un successo. Luisito se ne torna a casa gonfio d'orgoglio e di speranza; sono ancora pochi, quattro gatti (ma di livello) i compagni, i comunisti di Jaca. Spera che presto saranno di più e che un giorno si realizzerà il sogno di una Spagna sovietica, in cui il proletariato, i lavoratori, saranno i padroni, i dittatori (la storia della Repubblica e della democrazia si è rivelata un grosso fiasco, tornano a comandare quelli di sempre, i banchieri, i vescovi, i reazionari). Porge il cappello e il soprabito a Sagrario, la domestica, e sale leggero i gradini che lo portano al primo piano, dove l'attende sua madre, preoccupata.

«I rossi stanno bruciando di nuovo i conventi, ora nelle Asturie» lo informa allarmata. «Non faccio altro che pregare la Santissima Trinità! Ho paura, Luisito. Cosa sta succedendo?».

Suo figlio la tranquillizza, le dà la sua parola che a Jaca non brucerà nessuna chiesa, nessuno torcerà un capello a un prete, una suora, un seminarista, «ne rispondo io, madre, non angosciatevi».

La bambina piange di nuovo, ma stavolta ha i suoi buoni motivi, è angosciata: perché non ha amiche, perché è sola, perché non ha più visto Óscar, perché perderà il concorso di cubista, perché sua madre non le permette di farsi bionda, l'ha costretta a cancellarsi da Facebook e se sapesse che fa la cubista, le proibirebbe anche quello... È una tiranna! In quel momento si ricorda di chi era Franco, e si arrabbia, perché le viene in mente sua madre e la sua reclusione e tutto ciò che la mette in crisi, colora con il pennarello nero il ritratto di quel buffone e anche il testo intorno alla foto, presto l'intera pagina non è che una macchia scura, umida di lacrime che non si cura di asciugare e che cadono a piombo sul libro aperto, le piace l'idea della sua faccia rossa, gonfia per il pianto, come quell'attrice (come si chiamava?, chi era?) che versava fiumi di lacrime in quel film quando il fidanzato le aveva detto di avere il cancro, la vera immagine della disperazione, è quello che vuole catturare con il suo iPhone. Si fa la foto senza alzare lo sguardo (sarà brutta con gli occhi rossi) e poi lancia un'occhiata allo schermo mentre tira su con il naso, rimane delusa e cancella la foto.

«Ragazzo, sinceramente sono rimasto deluso» confida Juan Lacasa a suo cugino. «Non sono né giovani né francesi. Si fanno chiamare Cocò e Fifì, ma sono di Cuenca o di Calatayud. Ad altri la daranno a bere, ma io conosco il francese, più di loro! Ci sei stato?».

Luisito scuote la testa. Il suo parente gli ha dato appuntamento con aria misteriosa al Casino de Jaca, il circolo dei ricchi, e pur essendo anche lui ricco e di buona famiglia, si sente sempre addosso gli sguardi di rimprovero che gli altri frequentatori gli lanciano apertamente. Lo mettono a disagio, cosa che gli capita di rado, e gli piacerebbe che il cugino avesse scelto per il loro incontro un posto meno ostile. Sa che Juan non ha chiesto di vederlo per parlargli del nuovo lupanare di calle Mayor e aspetta stoicamente il momento in cui la pianterà di girarci intorno e gli farà la paternale.

«Tua madre va a dire in giro che ha ospitato la Pasionaria a casa vostra. È prodiga di lodi! L'ha colpita la sua educazione e i modi compiti, che vesta a lutto e che non abbia bestemmiato né rotto nessuna statuina di santo o vergine... E afferma che hanno recitato insieme il rosario! È vero?».

«Non hanno recitato il rosario, che io sappia» risponde Luisito diplomaticamente.

«Cosa ti salta in mente di portare la Pasionaria a casa di mia zia! Non hai nemmeno un po' di decenza?».

Luisito ha il sospetto che tutti i retrogradi del circolo aguzzino le orecchie per non perdersi la sfuriata che sta per propinargli il cugino, ma comunque non si scompone né perde il leggero sorriso. Capisce che suo cugino (e suo zio, e l'intera famiglia) si sentano umiliati (indignati) per la sua scelta di essere comunista, ma no, non gli basta essere solo socialista, le sue idee sono più radicali, non può forse avere idee personali senza gettare discredito sulla famiglia? E non ci vede nessuna contraddizione tra l'essere ricco e comunista, o tra non aver nessun lavoro noto e propugnare la dittatura dei lavoratori, il marxismo è più complicato di così. Ha letto, suo cugino, *Il Capitale*? «Certo che no!» (Luisito non è andato oltre pagina 25, ma è un segreto persino per Enriqueta). E il *Manifesto del Partito Comunista*? Non lo ha nemmeno sfogliato? «Mi offendi, Luis, anche solo pensandolo!». Luisito ritiene che il cugino non dovrebbe sentirsi offeso, lui, un ateo, può recitare a memoria il catechismo di padre Astete e non crede che sia un male per lui, per poter mettere in discussione idee opposte o diverse bisogna prima conoscerle a fondo. Engels era ricco e borghese, Marx non lavorò mai in vita sua e dipendeva da Engels, come lui da donna Eulalia. Il materialismo dialettico (che deriva da Hegel, un filosofo tedesco molto borghese e molto serio) spiega l'evoluzione della storia con una teoria... Risparmia al cugino particolari sull'Alienazione dei lavoratori, la Sovrastruttura, l'Infrastruttura, il Plusvalore e la Prassi, la faccia funerea di quello e il tamburellare delle sue dita sul tavolo lo spingono a essere conciso. Il cambiamento è razionale, spiega, si sviluppa sulle basi di una legge che può essere così sintetizzata: prima viene la tesi, che è l'affermazione di una realtà, poi l'antitesi, che nega la realtà precedente, a cui segue la sintesi, che integra o concilia le due realtà precedenti, vale a dire: «la negazione della negazione: questo sono io».

Non si poteva negare che avesse migliorato moltissimo, era una vergogna che nessuno potesse vederla, che dovesse confinare nello spazio ridotto della sua cameretta, con i vecchi peluche come unico pubblico, le sue straordinarie doti di cubista. Non si stancava di guardarsi nello schermo dell'iPhone, malgrado il video fosse tagliato: la videocamera riusciva a riprendere solo fino all'angolo destro del tavolo e metà del calendario della banca sulla parete sinistra, per cui parte della sua elaborata coreografia era andata perduta; tuttavia, si sentiva più che soddisfatta, stupita di se stessa, quei giri, quei movimenti delle braccia, quelle rotazioni veloci delle natiche erano proprio da cubista professionista, nessuno a Sagunto era in grado di emularla. Con tenacia e sforzo, esercitandosi (non senza fatica) nella sua stanza, studiando nei minimi particolari i video su YouTube delle ragazze dell'Amnesia e del Ministry of Sound, aveva raggiunto un alto livello; sinceramente, non sfigurerebbe in una discoteca di Londra o Ibiza. O di New York. Se si presentasse al concorso del Costa Breve vincerebbe alla grande (sempre se c'è una giustizia in questo mondo; l'anno prima c'era stato un papocchio spudorato, avevano fatto vincere la cameriera del bar del privé, ma quest'anno non potrà gareggiare: l'hanno licenziata perché sgraffignava dalla cassa e aveva una storia con il proprietario, anche se questo, noto a *everybody*, Cari non lo ha mai ammesso). Seicento euro! Un bel malloppo. Sommati ai suoi trecento (se suo padre la pagasse, ovviamente), farebbero novecento, una fortuna che le permetterebbe di andare a Ibiza l'estate prossima (da sola, senza Alba: non importa, avrà già sedici anni) e essere consacrata in campo internazionale.

«Ti sono grato della visita, Luisito» gli dice lo zio Juan con la voce costipata. «Guardami come sono ridotto, in un letto di dolore! Ho una bruttissima influenza, che se non curo può sfociare in polmonite, come ha detto il dottor Ramón. Mi secca perché oggi pomeriggio dovevo partecipare al comizio di Gil Robles. Don José María mi ha chiesto di presentarlo, ha insistito molto, ma non potrò farlo! Lo presenterà il canonico, Fumaral. Luis, figliolo, voglio chiederti un favore».

«Tutto quel che volete, zio. Se posso, ci mancherebbe altro. Voi siete come un padre per me, provo per voi un grandissimo affetto» risponde il devoto nipote.

Quel che don Juan chiede a Luisito è di non ostacolare il comizio di Gil Robles. Lui, don Juan è l'uomo della CEDA, la confederazione delle destre autonome, a Jaca. Sarebbe un dispiacere enorme per lui se suo nipote andasse alla manifestazione con i suoi amici bolscevichi per fischiare gli oratori. Luisito sbarra i suoi grandi occhi ingenui e con sincera commozione promette allo zio che non deve temere nulla da lui né dai suoi accoliti. Lui ha le sue idee, suo zio le sue, che sono opposte, ma la dissidenza cordiale, il rispetto prima di tutto! Il legame familiare che li unisce è più forte delle velleità politiche di ciascuno. Augura allo zio una pronta guarigione, si rende disponibile per qualsiasi cosa gli serva, si congeda dal malato e si precipita in teatro dove sta per cominciare il comizio di Gil Robles. Dieci minuti dopo, Luis Duch e i suoi compagni di partito fischiano, sbattono i piedi e insultano a gran voce il leader della destra.

«Fascista! Borghese! Vaticanista!». Prima che alcuni energumeni della CEDA li sbattano fuori a spintoni, fanno in tempo a mettersi in piedi e, con il pugno alzato, a cantare, stonando con entusiasmo, le prime strofe dell'*Internazionale*.

È forte quella canzone, allegra, con un buon ritmo e un testo fantastico. *Votando per la sinistra, voterete contro la guerra, contro la fame, contro il lavoro a giornata abrutente, contro i ladri e i loro complici, contro l'usura e contro il cacicchismo!* Luisito Duch si sgola per chiedere il voto a favore del Fronte Popolare, e insieme a lui Julián Borderas, Alfonso *l'Orologiaio*, Francisco Lacasta, Manuel Navarro, Manuel Sender e Florentín Ara, socialisti, comunisti e repubblicani di sinistra uniti in un unico progetto: farla finita con il Biennio Nero, scalzare la destra, portare la rivoluzione in Spagna... *Let's paint the town / We'll shut it down! Let's burn the roof! And then we'll do it again!*, la bambina se la cava bene, imita alla perfezione le piroette delle ballerine nel video di *The Black Eyed Peas*, ma aggiunge del suo, delle faccette buffe, la balla così, un po' da pagliaccia, fisso che le ragazze che si presentano al concorso stanotte opteranno tutte per il *reggaeton*, e se c'è una latina, una domenicana o una colombiana o giù di lì, non c'è niente da fare. Imparano a dimenare il culo appena nate. Se lei partecipasse, sceglierebbe *I gotta feeling* e stravincerebbe, magari Óscar stanotte andrà al Costa Breve, forse è già là, immaginandosi che la bambina parteciperà, magari va per questo, solo per vederla, e poi, quando lei scenderà dal palco con il suo premio (i soldi e... dei fiori?, una coppa?, entrambe le cose?) e si mescolerà con il pubblico sulla pista, lui si farà largo tra la folla che la inghiottirà per congratularsi, dirle quant'è brava e farsi delle foto con lei, e la allontanerà, se la porterà via tenendola per le spalle come se fosse sua, come se gli appartenesse, e le darà un bacio, stavolta sì, con la lingua... *I gotta feeling that tonight's gonna be a good night / That tonight's gonna be a good, good night! / Tonight's the night, let's live it up! / Let's do it, let's do it, let's do it, let's...* Il dubbio è sempre più assillante, meno dubbio, più possibilità e tentazione e impulso irresistibile e perché no?

Sotto la macchia nera che lo copre e nasconde sul libro di storia, il generale Franco («Franquito», come lo chiama il generale Mola) soppesa la situazione, l'opportunità, le garanzie che gli offrono e mette da parte i dubbi: lo farà.

Andrà al concorso da cubiste: ha ancora mezz'ora per truccarsi e vestirsi e scendere, di corsa, a Puerto Ocio. Sua madre, quando tornerà, non entrerà in camera sua e se lo fa e la becca, pazienza, domani non la vedrà, sua madre andrà in banca molto presto e la bambina passerà a prenderla suo padre e per quando sarà di ritorno... che la punisca pure! Tanto è già in castigo, per cui cambia poco e, d'altra parte, chi è sua madre per sgridarla perché esce di sera? Dov'è lei, sua madre? In giro, con un uomo, con cui sta per farsi una scopata, o forse stanno già scopando, la fa ridere e le fa pena, non riesce a immaginarsi sua madre che scopa, non ce la vede.

Jump off the sofa, let's get, get off
Look at her dancing, just take it off
Let's do it, let's do it, let's do it again
Party every day, p-p-party every day
Monday, Tuesday, Wednesday and Thursday
FRIDAY

L'insurrezione militare contro il governo repubblicano del Fronte Popolare era prevista per sabato 18 luglio 1936, ma a causa di una fuga di notizie venne anticipata di un giorno. Il pomeriggio del 17 luglio, gli ufficiali di Melilla insorsero contro il governo di Santiago Casares Quiroga (che ogni volta che scoppiava una rivolta militare crollava dal sonno. Informato della sommossa disse: «Se loro si sono sollevati, io vado a stendermi» e se ne andò a letto). L'insurrezione fu fatta in nome del comandante in capo del Protettorato del Marocco, il generale Francisco Franco, che si trovava alle Canarie con la scusa di assistere a un funerale e alle prime luci di sabato 18 si diresse a Tetuan a bordo di un aeroplano Dragon Rapide. Nel libro di storia della bambina sono elencati tutti questi dati (il modello d'aeroplano, chissà perché, è stampato in inchiostro azzurro), che la bambina dovrebbe aver memorizzato per la verifica di lunedì, ma che non solo ignora, visto che non ha letto la lezione, ma che difficilmente imparerà, dato che ha pasticciato talmente tanto la pagina che le righe del testo sono diventate illeggibili. Ci pensa con un sentimento simile alla compunzione ma si consola ripromettendosi di copiare (si siederà vicino a Ruth, la sua amica intelligente) o di cavarsela in qualche modo se se la vede brutta, mentre si trucca con i colori della trousse che aveva comprato per Alba (era ora che li usasse) e avrebbe voglia di un bicchiere di cacaolat e vodka, le tremano i polsi per la paura e l'eccitazione e ha già dovuto rifare tre volte la riga sotto l'occhio sinistro, come se avesse molto tempo!

Il 18 luglio, tutta la Spagna era ormai informata che la Legione e l'esercito si erano sollevati in Marocco «per salvare la Repubblica» dal governo del Fronte Popolare.

Quel sabato pomeriggio si era tenuta una riunione nel Comune di Jaca, che subito dopo il suo inizio venne sospesa dal sindaco, Julián Mur, allarmato dalle notizie. Non sapeva, il sindaco, né lo sapevano i consiglieri, che quella seduta sarebbe rimasta sospesa per sempre e che non è stata ancora chiusa.

A Jaca (e nella Spagna intera) tutti stanno con l'orecchio incollato alla radio, nei caffè, nei bar, uomini inquieti commentano l'accaduto. Una folla si raduna sulla porta del comune, reclamando armi per difendere la Repubblica da coloro che vogliono salvarla.

«Julián, armi! Julián, armi!».

Ormai a notte fonda, Julián Mur, il sindaco, chiama la caserma della Victoria; il colonnello gli assicura che sia gli ufficiali sia i soldati del reggimento sono fedeli al governo repubblicano.

«Tutto per la Repubblica!» dice Julián Mur.

«Tutto per la Repubblica!» si congeda il colonnello.

Ore dopo, Julián Mur riceve una telefonata dalla polizia, la quale lo informa che a Huesca è stata indicata un'ora per l'insurrezione militare: le sei del mattino. L'attività è febbrile quella notte; prima dell'ora fatidica, il sindaco ha requisito armi e munizioni dai negozi di caccia, sono stati rastrellati cinquanta fucili del comando dei Carabineros ed è stato dato ordine, per telefono o con un telegramma, ai carabineros e alla Guardia Civil della regione di presentarsi, armati, a Jaca.

È ancora buio fitto. Il sindaco telefona di nuovo al colonnello.

«Parla il sindaco. Il reggimento è ancora al servizio del governo della Repubblica, come ci ha detto lei, signor colonnello? L'avverto che abbiamo circondato la caserma per difendere la Repubblica».

«Io sto con tutti, ma lei è destituito!».

Albeggia. Luis Duch, seduto a un tavolo nell'atrio del comune, tiene il registro della distribuzione delle armi: con una calligrafia pulita annota su dei fogli il numero dei fucili e il nome dei cittadini che li ricevono. Ogni volontario ha a disposizione cinquanta pallottole. I difensori della repubblica, che si apprestano a scontrarsi con i suoi salvatori, sono in tutto ottanta uomini, i volontari sono molti di più delle armi a loro disposizione.

In una delle due fazioni – l'esercito – era stato tutto preparato in anticipo; nell'altra, improvvisato; l'offensiva non cambiò di campo nemmeno un solo momento. Nella prima fazione, un esercito ben equipaggiato, che si muoveva con facilità nelle mani dei suoi generali; nell'altra, alcuni capi che avanzano loro malgrado, spinti dall'impeto di un popolo male armato. Sono riflessioni di Karl Marx sul colpo di Stato militare del generale O'Donnell nel 1856, che varrebbero anche per quello dei generali Mola, Sanjuro e Franco nel 1936, e se don Carlo non fosse impegnato in altro, si congratulerebbe con se stesso per il proprio azzeccato giudizio, per la propria preveggenza, ma la bambina lo ha stregato. Bakunin se ne è andato già da un pezzo e Marx è rimasto lì, nella stanza, a guardare Mar che si veste e si sveste rapidamente, godendosi la visione fugace dei suoi piccoli seni, del suo giovane fondoschiena. Nessuno dei vestiti che si sta provando convince la bambina, nemmeno la minigonna di pelle nera (vera pelle, non ecopelle) di sua madre, le sta grande... Marx si sforza di trasmetterle un messaggio, riprovevole in un rivoluzionario: «Non andare, non uscire, resta qua», si è affezionato alla bambina, vuole scongiurare la tragedia, ma Mar non ci fa caso, non lo sente nemmeno (e se potesse sentirlo, non gli darebbe retta), infila prima un piede poi l'altro nei collant a rete (*Round and round, up and down, around the clock!*), e in realtà non ha importanza quel che si mette purché lasci ben in vista un bel pezzo di scollatura, la pancia e le gambe, si ferma un attimo per abbassare il volume della musica, sarebbe un casino se la vicina si presentasse proprio ora.

Luis Duch non uscì, restò in comune. Alcuni pensavano che fosse una follia cercare di resistere. «Si farà quel che si può», decisero gli altri, e capeggiati dal sindaco, Julián Mur, il deputato provinciale, Custodio Penarrocha, *l'Esquinazau*, comunista nuovo di zecca, e Julián Borderas, per i socialisti, i cittadini armati andarono ad appostarsi nelle strade di Jaca. Luis Duch rimase perché non voleva uccidere nessuno e, soprattutto!, aveva una madre.

I Carabineros li abbandonarono. La Guardia Civil li imitò. A metà pomeriggio si sentirono i primi spari. Il comune pullulava di operai ansiosi di impugnare un fucile, una pistola, uno schioppo da caccia, ma non erano stati i difensori della Repubblica a sparare, bensì i complici dei suoi salvatori: gli spari provenivano dal seminario conciliare, dal campanile della chiesa del Carmen... Era il canonico, Luis Fumaral, che sparava, e un procuratore di destra e l'amministratore di un aristocratico... Cercavano di convincere i soldati che erano «gli altri» a far fuoco, per costringerli a uscire dalla caserma a difendere l'ordine repubblicano.

Nel cortile della caserma della Victoria la compagnia è schierata.

«Attenzione!» grida il colonnello, con i nervi a fior di pelle. Il comandante Pareja, che ha un atteggiamento conciliante (è il contatto a Jaca degli insorti), si appresta a leggere un proclama, vicino a un soldato che inalbera una bandiera repubblicana e a un tenente che sta sull'attenti.

Si odono degli spari, provengono da Jaca.

Il colonnello improvvisa un'arringa frettolosa, «patria», «ordine», «pericolo», sono alcune delle parole che i soldati riescono a distinguere nel suo sproloquio, per concludere con: «La Repubblica è in pericolo. Abbiamo l'obbligo di difenderla!».

E accade l'inevitabile: cittadini e militari si affrontano in uno spazio limitato tra avenida Marcelino Domínguez e paseo Galán. I civili sono in vantaggio; finché non esauriscono le munizioni e fuggono allo sbando. Sono morti dieci uomini, otto sono soldati.

Il nuovo potere militare prende il comune. Convince con le pistole gli abitanti ad aprire finestre e persiane e li costringe ad ascoltare la lettura del proclama che dichiara lo stato di guerra, che culmina negli stentorei evviva la Repubblica e la Spagna. La Guardia Civil e i Carabineros senza indugio si mettono al servizio della nuova autorità. Un sidecar, che trasporta un ufficiale e due guardie civili, scompare rapidamente lungo la strada che conduce alla frontiera del Portalet. Sta inseguendo il sindaco deposto, Julián Mur, e il deputato socialista Julián Borderas, che si sono dati alla fuga dopo aver saputo che anche Huesca è caduta nelle mani dei golpisti e, di nuovo, «non c'è niente da fare».

Tutti i civili che hanno preso parte all'inutile difesa di Jaca si apprestano a fuggire: la Francia è vicina.

Uno di loro, Joaquín Palacio, andò a dire addio al fratello Teodoro, che era in carcere per aver preso parte ai tumulti di maggio e che supplicò il fratello di aprirgli la porta e di lasciarlo fuggire con lui, ma Joaquín si rifiutò: la rivolta sarebbe stata presto sedata e dato che Teodoro non aveva preso parte allo scontro con i militari, sarebbe stato più sicuro in carcere.

Dopo aver lasciato il fratello, Joaquín Palacio andò a cercare il suo amico Luis Duch e tentò di convincerlo a tentare la fuga in macchina.

«No, non me ne vado» disse Luis Duch. «Non ho preso nessun'arma e non ho niente da temere. Se scappo, penseranno che ho sparato anch'io. E poi, mia madre resterebbe sola e sai com'è fatta. Morirebbe di dispiacere».

Teodoro Palacio sarà fucilato. Quanto a Luis Duch... I suoi zii Juan e José María, i suoi cugini Juanito e Generoso, cercarono invano di convincerlo ad accettare il denaro che gli offrivano, a partire con la sua Citroën 15 e a rifugiarsi in Francia.

«Non me ne vado» ribadì Luisito. «Non ho ucciso nessuno. Stavolta sono loro, non io, i rivoltosi. Io sono stato leale, mi sono limitato a difendere il legittimo governo repubblicano. Non ho niente da temere».

Per tutta la notte echeggiarono le scariche. Giovani falangisti e membri dell'ex corpo del Somatén, armati dai militari, non lasciarono dormire la popolazione di Jaca. Gli abitanti passarono la vigilia ascoltando l'emittente Unión Radio, di Siviglia, dalle cui frequenze il generale Queipo de Llano sollecitava gli insorti incoraggiandoli «a uccidere come un cane chiunque osi fare pressione su di voi!».

Seguendo le istruzioni del generale Mola, intenzionato ad «andare fino in fondo, fino a schiacciare l'avversario» e a condurre una guerra senza quartiere, «che deve concludersi con lo sterminio dei nemici della Spagna» (e che definì l'arte della guerra «un modo per mettere venti uomini contro uno e, se possibile, spararagli alla schiena»), il governo militare di Jaca appena insediato arrestò tutti gli abitanti che avevano compiuto il sedicesimo anno di età, sospettati di aver collaborato con il precedente governo repubblicano o con i sindacati.

Luis Duch no. Se ne stava mezzo nascosto, ma non lo cercarono: era un signore. In Spagna, ai potenti, ai ricchi, ai signori non succede mai niente. E forse fu per questo, perché si credeva invulnerabile, protetto dalla fitta rete di rapporti familiari, dagli interessi e dalle alleanze tra baroni, che si presentò di sua spontanea volontà, in comune, per consegnare la lista dei cittadini a cui aveva consegnato le armi la notte del 19 luglio. Ma la lista era falsa: Luisito aveva sostituito i nomi dei civili incarcerati con quelli di altri che erano riusciti a fuggire. Cercava di salvare i detenuti, e forse anche di salvarsi: lo misero in prigione.

Mezza Jaca era in carcere: cinquecento detenuti erano distribuiti tra la prigione e il forte di Rapitán, altri trecento vennero rinchiusi nel Seminario Conciliare. Di quegli ottocento uomini, quindici furono i prescelti, tra cui Luis Duch: la sera del 27 luglio furono tradotti dal carcere al forte di Rapitán, che si erge sul monte con lo stesso nome, a nord della città. (Luis Duch lo conosceva, lo avevano distaccato lì da soldato, ai tempi di Alfonso XIII. Si conserva ancora l'uniforme, che entrò a far parte, molti anni dopo – o molto prima, se Flor non si sbaglia e il passato, il presente e il futuro sono un guazzabuglio inestricabile – della mostra «Uniformi di ieri», nella Cittadella di Jaca).

Luis Duch non era ingenuo o sciocco come certuni pensavano; quando si era deciso ad andare in comune con la lista rimaneggiata, era consapevole del rischio che correva, aveva messo in conto che avrebbero potuto arrestarlo, ma sperava che la rivolta dei militari di destra non avrebbe vinto. Nel peggiore dei casi, gli avrebbero inflitto una reclusione temporanea, che sua madre avrebbe alleviato con le ceste quotidiane di vivande. E quando lo chiamarono, insieme agli altri prigionieri, pensò che lo avrebbero liberato. Solo nelle celle del forte di Rapitán, cominciò a preoccuparsi. Dei quindici trasferiti, solo due erano militari: il tamburo maggiore, capitano Sánchez, il sergente di Fanteria, Julio Caujapé, gli altri erano civili, come lui. «A te non faranno niente» gli dicevano i suoi compagni di cella. «Noi ci fucileranno, ma con te non oseranno». Luisito fingeva di non essere d'accordo, «mi aspetta il vostro stesso destino» assicurava, «non accetterò nient'altro»; forse ricordava la figura di Galán e voleva emularlo, ma in cuor suo concordava con loro: lui, don Luis Duch Lacasa, proprietario, non lo avrebbero fucilato.

Suo zio Juan Lacasa Sánchez Cruzat appoggiava il colpo di Stato, era un uomo d'ordine, ma la notizia dell'arresto di suo nipote lo buttò nella disperazione. Stavolta era diverso, si trattava di qualcosa di cui lui stesso non si era reso conto, stavolta la faccenda era grave. Si presentò alla caserma della Victoria, chiese un incontro con il colonnello:

«Luisito ha commesso un'imprudenza» ammise, «ma è una brava persona. È figlio unico, viziato dalla madre, mia sorella Eulalia, che lo adora e gliele dà tutte vinte. È debole di carattere e non è stato capace di scegliersi le amicizie, radicali, bolscevichi, rossi!, ma mio nipote non ha impugnato nessun'arma, non ha debiti di sangue. Ne rispondo io: se lo libererete, colonnello, gli terrò il guinzaglio corto, non farà altre scemenze».

Il colonnello lo invitò a seguirlo. Lo condusse in una stanza dove Juan Lacasa vide allineate otto bare: dentro, i militari uccisi il 19 luglio dalle pallottole delle armi distribuite da Luisito. Con un movimento della mano, il colonnello indicò le bare e disse:

«Mi chiede una cosa che non posso darle».

Ma Juan Lacasa continuò a insistere e la sera del 27 luglio un carceriere chiamò Luis Duch: aveva visite. I suoi compagni di cella gli dissero addio, davano per scontato che il signorino comunista sarebbe stato scarcerato. Il carceriere lo portò in un ufficio, dove lo aspettava il suo visitatore:

«Avemaria Purissima, figlio mio. Che Dio ti protegga».

Don Juan Barberá, un sacerdote amico di famiglia, lo accolse con un'aria cupa. Luis Duch era sconcertato: pensava di trovare suo zio o uno dei suoi cugini, non quel prete per cui non provava nessuna simpatia.

«Mio zio Juan sa che sono qui? E mio zio José María? Lo sanno i miei cugini?».

Tre volte chiese Luis Duch dei suoi parenti. Don Barberá non soddisfò la sua curiosità, era venuto con un proposito serio, trascendente. Gli fece capire che la sua situazione era difficile. Non poteva aspettarsi la salvezza in questo mondo, perciò era urgente che ottenesse la benevolenza di colui che deteneva la prerogativa di concedere la salvezza eterna. Lo esortò a confessarsi, a recitare il Paternostro, a fare per l'ultima volta la comunione.

«Se ne torni da dove è venuto!» lo cacciò, furibondo, Luisito.

Li condussero fuori dalla cella che era ancora buio. Li schierarono sul piazzale, esposti all'umidità notturna, e tremarono di freddo i rei in quell'alba di luglio. Per dare all'esecuzione una parvenza di legalità, in assenza di un processo o di una condanna a morte, un giudice militare, il capitano Fernando Díaz O'Dena, presiedette all'atto, assistito dall'ufficiale medico (che non avrebbe avuto l'opportunità di prestare i suoi servigi, non si curano i morti: il suo compito era firmare i certificati di decesso). Non poteva mancare ai prigionieri il sostegno spirituale della Chiesa cattolica, che venne offerto dal cappuccino frate Hermenegildo de Fustiñana e dal sacerdote Carlos Quintanilla. Furono pochi quelli che ricevettero, con l'estrema unzione, i santi sacramenti. Luis Duch voltò ostentatamente la schiena a frate Hermenegildo quando questi lo chiamò per nome addirittura tre volte: continuò a fumare con espressione tranquilla, quasi insolente.

I soldati del plotone (controllati a vista da un gruppetto di falangisti e miliziani armati, chissà mai che si perdessero di coraggio, rifiutandosi di sparare) si appostarono davanti ai rei. Il capitano impartì gli ordini preliminari. Luisito gettò via la sigaretta, fece un passo in avanti, gridò «Viva la Repubblica!», e prima che il mozzicone smettesse di fumare era morto.

Tre soldati del plotone persero i sensi.

Juan Lacasa telefonò al forte di Rapitán per chiedere del nipote; gli risposero che poteva andare a riprendersi il suo cadavere. Avvolto nelle lenzuola, i cugini se lo caricarono sulle spalle e lo portarono a piedi giù fino al cimitero, dove rimasero a vegliarlo tutta la notte. Tra una preghiera e l'altra, un dubbio li rodeva: Luisito lo sapeva che avevano interceduto per lui? Che avevano cercato di salvarlo? Gli allegri spari dei giovani falangisti che festeggiavano la vittoria per le strade di Jaca s'intercalavano ai dubbi e alle Ave Maria.

Fu di sollievo per la famiglia che, dopo una lunga trattativa, la curia permettesse a Luisito, un ateo convinto, di essere seppellito in terra consacrata. Gli altri giustiziati furono sepolti dentro casse di legno grezzo e nella fossa comune; Luisito, dentro un feretro di prima categoria e in un loculo. Gli fu concesso anche un ulteriore privilegio: quello di essere in testa all'elenco dei fucilati del 28 luglio:

N.	Nome e cognome	Età	Data	Altri dati
1	Luis Duch Lacasa	30	28-07-1936	Proprietario

Il grosso dei giustiziati erano operai, agricoltori, militari e artigiani.

Don Juan Lacasa protestò con tanta veemenza contro la fucilazione di suo nipote, che, benché fosse «uno dei suoi», l'autorità militare gli impose gli arresti domiciliari.

Nessun altro osò alzare la voce, presentare reclami ufficiali; se avevano ucciso Luis Duch Lacasa, niente e nessuno poteva fermarli.

Luisito aveva lasciato una lettera per la sua fidanzata. Anni dopo (o molto prima, o nel preciso momento in cui Luisito veniva freddato, o in questo stesso istante, il tempo è un vero casino!) la fidanzata/vedova decise di mostrarla a un giovane sottotenente, nipote di Luisito, che alloggiava all'Hotel Mur e che come lui si chiamava Luis ed era alto e corpulento, forse per questo ci si era subito affezionata. Nella lettera, spiegò donna Enriqueta, il suo promesso sposo la informava che sarebbe morto per coerenza con le sue idee e le scriveva altre cose (dichiarazioni d'amore? tenerezze?) che la recluta non scoprì mai. Accampò come scusa la fretta («in caserma passavano in rassegna i reparti») e raggiunse, quasi di corsa, la piazza della cattedrale, dove aveva appuntamento con una francesina.

Enriqueta Leonte non si sposò. Negli ultimi anni della sua vita si fece monaca e quando usciva a passeggio lungo le vie di Jaca, in compagnia di qualche sua nipote, indicava a ogni piè sospinto: «Luisito mi aspettava sempre su quell'angolo...». «Povero Luisito!», diceva, sospirando, la nipote.

Eulalia Lacasa, preoccupata per la lunga assenza del figlio, chiese notizie a parenti e amici. Nessuno se la sentiva di dirle la verità e un medico compassionevole ideò un'astuzia. Le disse che Luis era in esilio sull'isola di Fernando Poo, in buona salute ed eccellente stato d'animo, in attesa del momento propizio per tornare in Spagna. Fino alla morte, tre anni dopo, Eulalia Lacasa ordinò di mettere in tavola tutti i giorni piatti e posate per Luisito. La camera del figlio veniva sempre riordinata, le lenzuola erano lavate di fresco. Tutte le notti gli scaldavano il letto e gli lasciavano un bicchiere di latte su una mensola e un lume sul comodino, nel caso tornasse all'improvviso. Tutta Jaca prese parte alla cospirazione, nessuno ebbe il coraggio, o la crudeltà, di aprirle gli occhi e concordavano con lei che, nel momento più impcnsato, Luisito sarcbbc riapparso.

Il regime del generale (Generalissimo!) Franco sequestrò i beni del giustiziato; le leggi dei governi militari sono talmente giuste e indispensabili che entrano in vigore prima di essere state promulgate (sempre che vi siano un prima e un dopo e che non continuino a essere in vigore anche oggi).

La bambina ispeziona la sua stanza per l'ultima volta. Controlla che dal corridoio, aprendo la porta della cameretta al buio, il fagotto formato dai suoi pelouche dentro le lenzuola ricordi la sagoma di una persona. Perfezionista, il leone che le aveva regalato Flor per il suo quinto compleanno, lo ha messo sul cuscino; nella penombra, la criniera del pupazzo potrebbe essere scambiata per la sua chioma. Solo quand'è in ascensore, si rende conto che ha dimenticato di chiudere il libro di storia; se sua madre entra nella cameretta, la sua collera sarà incontenibile quando scoprirà il suo goffo stratagemma e il danno al libro di storia, la nera pagina.

2

«Quando mi daranno la colazione?».

«Gliel'abbiamo servita poco fa, alle otto come tutti i giorni».

«A me non ha portato niente nessuno! Mi tenete a stecchetto da ieri sera, siete perfide».

«Padre Casimiro! Che lingua! Noi ci facciamo in quattro per lei, l'ho vista con i miei stessi occhi mangiarsi tre merendine con il caffellatte. Non si ricorda più?».

«Io mi ricordo tutto, sorella, ho una buona memoria e se avessi fatto colazione, me lo ricorderei. Lei vuole confondermi: perché sono vecchio e invalido crede di potermi imbrogliare».

«Oggi le toccherà confessarsi, padre. Mi sta dando della bugiarda? Si ricorda solo di quel che fa comodo a lei...».

«*Vještice!*».

«Mi parli spagnolo, non capisco la sua lingua».

«Non capisce il croato? Suor Maria sì che mi capisce. Dov'è andata? Le dica di venire! Suor Maria è simpatica e buona con me, non come lei, *vještice*!».

«Se continua a dirmi delle brutte cose nella sua lingua, le laverò la bocca con acqua e sapone! Suor Maria non può venire perché ci ha lasciati, il prossimo mese saranno due anni da quando è salita in cielo, che Dio l'abbia... non pianga, padre, per carità!».

«Non lo sapevo! Mi tenete nascosto tutto! L'unica compatriota che mi restava! Adesso sono solo...».

«E dai! Tutti i giorni lo stesso dramma. Glielo abbiamo detto centinaia di volte, ma se lo dimentica... Fa che io non perda la pazienza, Gesù mio. Su, padre, apra la bocca, che le do le pastiglie».

Mar disse: «San Bernardino da Siena nacque nel 1380 a Massa Marittima, una cittadina della Toscana, e a sei anni perse i genitori, come me, e venne allevato da una zia, esattamente come me. Bernardino era di origini nobili, suo padre era stato governatore di Siena. Il mio non era né nobile né ricco. È morto in guerra. E mia madre, di parto, dopo aver dato alla luce mia sorella minore. Sono stato un bambino malaticcio, la mia costituzione delicata non era fatta per la vita dura del contadino, io ero attratto dallo studio, avrei voluto dedicarmi alle belle arti, alla poesia, ma ho dovuto rassegnarmi a crescere tra maiali, vacche e galline, a causa della mia condizione di orfano e della ferrea determinazione di mia zia, che voleva fare di me un fattore, un agricoltore, in mancanza di un altro maschio in famiglia. All'epoca io non capivo, mentre ora lo so che le vacche, i maiali e le galline sono creature del Signore e che anche in loro compagnia si può trovare Dio.

«A diciott'anni, san Bernardino s'innamorò di una dama, con la quale si trovava, o almeno così diceva, all'uscita della porta di Camolia. Io avevo già ventidue anni compiuti quando mi sono impegnato con Mihaila, una ragazza di un paese vicino. Mia zia approvava il fidanzamento, era l'unica figlia di un contadino benestante e con quel matrimonio ci sistemavamo per l'avvenire. La mia promessa sposa era, se non bella, certo lavoratrice, allegra e sana, ma, ahimè, poco modesta, troppo sfacciata. Io temevo le occasioni in cui mi trovavo solo con lei, si prendeva con me confidenze indecorose che mi facevano arrossire. Cercavo di scostarla richiamandomi alla sua purezza, ricordandole i nostri reciproci obblighi di castità fino al giorno del connubio.

«La zia di san Bernardino, donna nobile e pia, piissima! ordinò alla figlia Tobia di controllare l'identità della ragazza che aveva infiammato il cuore di suo nipote. E Tobia una mattina seguì i passi leggeri del santo e giunti alla porta di Camolia scoprì che la sua prediletta era... la Santissima Vergine Maria!, la cui immagine campeggiava sull'arco della porta cittadina. A me è accaduto qualcosa di simile. Più si avvicinava la data delle nozze, più mi sentivo turbato e triste; non mi sarebbe stato più possibile evitare le carezze imprudenti di Mihaila, dopo la cerimonia avrei dovuto giacere con lei per il resto delle notti della mia vita. Ricorsi a Dio in cerca di pace, di consolazione e guida. E una sera, pregando nella chiesetta del mio paese, compresi che non potevo sposarmi con Mihaila, perché il mio cuore apparteneva per intero e fino alla morte a un'altra donna: la Vergine Benedetta».

«Padre Casimiro, apra la bocca, mi faccia il favore, deve prendere le pastiglie per la pressione».

«Dopo la colazione».

«Ha già fatto colazione!».

«Non ho ancora recitato le lodi».

«Allora, le reciterà più tardi, non sia disubbidiente! È per il suo bene. Così mi piace, apra bene. E adesso, un sorsetto d'acqua, bravo. Dov'è la Croazia, padre?».

«Non c'è più, sorella. Il mio paese non esiste più! Se lo sono preso i comunisti, ora si chiama Jugoslavia...».

«È nell'Europa dell'Est, vero? Vicino alla Grecia?».

«Era un bel paese, lo Stato Indipendente di Croazia, una nazione cattolica, come la Spagna. La governava un grand'uomo, che mi pregio d'aver conosciuto, Ante Pavelić, il Poglavnik. Ed è questo che mi meraviglia, sorella, anche Franco, il generalissimo, è stato un grand'uomo, non c'è dubbio, e molto cattolico, ma se posso permettermi, piuttosto piccolo, un piccolo grande uomo, con una vocetta acuta, femminea, mentre il nostro Poglavnik era alto, forte, bello, con una voce così potente che non aveva bisogno di microfono durante i suoi discorsi. Io ho avuto l'onore di essere presentato al Caudillo e ho dovuto chinarmi, quasi piegarmi in due, per dargli la mano, eppure lui ha vinto la sua crociata contro i rossi mentre noi croati siamo stati sconfitti dalle orde comuniste e Pavelić è stato costretto all'esilio, come me e tanti altri... Anche Hitler e Mussolini erano dei bravi ragazzi e anche loro hanno morso la polvere. Hitler si è suicidato, Mussolini è stato impiccato... Franco è morto nel suo letto! E a Tito, il comunista, Dio ha concesso una lunga vita. Davvero i disegni del signore sono imperscrutabili!».

«Come parla bene lo spagnolo! È da tanto che vive in Spagna?».

«In che anno siamo?».

«Nel 1988. Si è dimenticato anche di questo?».

«No, sorella, è per fare il calcolo. Io sono arrivato in Spagna nel 1948, molti... molti anni fa».

«La peste si abbatté su Siena nell'anno 1400. Bernardino non fuggì dalla città, come altri nobili, prodigò, invece, le sue cure agli infermi e diresse, con abnegazione ed efficienza, l'ospedale di Nostra Signora della Scala. Quell'esperienza lo trasformò. E sentì la chiamata del Signore. La zia di Bernardino da Siena accolse con entusiasmo la rinuncia al mondo del nipote, che distribuì i propri beni ai poveri per vestire il ruvido saio francescano» disse Mar, e dopo una pausa, aggiunse: «Sua Eminenza il reverendo cardinale di Zagabria, Alojzije Stepinac (che morì martire e un giorno sarà santo), abbandonò la fidanzata per sposare Dio. San Giovanni da Capestrano, discepolo di san Bernardino, ruppe il suo matrimonio non consumato per seguire la sua vera vocazione; sia la promessa di Stepinac sia la castissima sposa di Giovanni da Capestrano accettarono sottomesse la volontà di Dio, mia zia no. "Ti ho allevato come se fossi mio figlio, ho sacrificato la mia vita per te e per la tua povera sorella" mi rinfacciò, "sono rimasta zitella perché nessun uomo avrebbe voluto prendermi in sposa con un simile fardello, e ora che sono vecchia e malata mi abbandoni, e abbandoni anche la tua innocente sorella. Cosa ne sarà di noi senza un uomo che ci assista e ci protegga? Come faremo ad arare i campi e a seminarli e a raccogliere il mais e a trebbiarlo, con le nostre deboli braccia? E le vacche, chi le mungerà?", delle galline non parlò, e nemmeno dei maiali, perché era mia sorella Danica che si occupava di loro. Io le dissi: "Zia, non sta a me disporre del mio futuro, Dio mi ha chiamato, mi ordina di essere pastore delle sue pecore, non di vacche o galline. Non soffrite, non angosciatevi, abbiate fede, confidate nello Spirito Santo, Lui provvederà". E il Paraclito provvide a che io partissi per il monastero francescano di Zagabria e che mia sorella, spinta da una causa di forza maggiore, frutto della negligenza e della sua falsa innocenza, si maritasse con il maestro del paese: un serbo.

«Fu senz'altro il periodo più felice della mia esistenza, le gratissime incombenze della vita monacale, le orazioni comunitarie, la meditazione, le visite al Santissimo Sacramento, la compagnia dei buoni frati e dei miei fratelli novizi, l'assenza di qualsiasi tentazione femminile, della chiacchiera inane delle donne, delle loro invidie, rancori, meschinità... Gli anni, come si suol dire, passarono in un soffio. Fui un allievo dirigente e, mi si conceda un vanto, brillante; il latino, il greco, la filosofia, la logica, la scolastica, la teodicea, le discipline che più grattacapi causavano ai miei condiscepoli, erano le mie materie preferite. Nessuno dubitava e io nemmeno, che fossi destinato al sacerdozio. Spesso, altri seminaristi meno versati in latino e meno portati per lo studio, ricorrevano a me. Uno di loro, un ragazzo di diciannove anni chiamato Andrija, divenne il mio pupillo e il mio miglior amico. Tante erano le doti e le capacità che scoprii di avere, che mi insuperbii: mi credetti superiore agli altri seminaristi. Mi vidi, nella mia peccaminosa immaginazione, non già sacerdote, bensì vescovo, arcivescovo, cardinale... Papa? Dio punì la mia vanità, o fu il demonio, furibondo per la mia purezza e la mia devozione, che decise di mettermi alla prova. E venni tentato».

«*Confido in Domino, quod filia mea, precibus tuis, reddenda sit...* non posso recitare le lodi a stomaco vuoto! Sorella, quando mi portate la colazione?».

«Li conosco i suoi trucchi, lei vuole fare la colazione due volte, pensa solo a mangiare. Quella gola, padre... Mi dica, lei e suor Maria siete arrivati insieme in Spagna?».

«No, io ho conosciuto qui suor Maria, a Quart de Poblet. Io sono venuto in Spagna insieme all'arcivescovo di Sarajevo, il Reverendissimo Ivan Šarić. Sono scappato con lui, con Rozman, l'arcivescovo di Lubiana, e altri sacerdoti e frati quando i partigiani del maresciallo Tito hanno battuto l'esercito croato, nel 1945. Anche la Germania era caduta, e due anni prima l'Italia. Senza alleati, restammo alla mercé dei nostri nemici. Ci accolse per un po' in Austria il vescovo di Klagenfurt, ma lì non ci sentivamo sicuri, per cui ci rimettemo in cammino, malgrado l'età avanzata di Sua Eccellenza, quante pene ha dovuto sopportare negli ultimi anni della sua vita! Scendemmo a Madrid, dove fummo molto ben accolti dal Caudillo. Fu un sollievo vivere di nuovo in un paese d'ordine e cattolico, in cui ci ritrovammo con altri compatrioti esiliati e organizzammo l'Accademia Cattolica Croata. Pubblicavamo una rivista cattolica nella nostra lingua, *Osoba i Duh*, e io aiutai il Reverendissimo a tradurre il Nuovo Testamento in croato. A dire la verità, sorella, lo tradussi io, lui ci mise il nome... Piccola e scusabile vanità del buon vecchio! Qui in Spagna conobbi il Poglavnik. Non mi fraintenda, lo conoscevo già, avevo ascoltato i suoi discorsi per radio, avevo letto i suoi proclami e articoli, avevo visto innumerevoli fotografie e ritratti suoi, ma non lo avevo mai visto di persona. Mi si strinse il cuore quando lo vidi, sorella, come lo trovai invecchiato! E fragile. E avvilito. Le ristrettezze dell'esilio... In Argentina, dove Perón lo aveva accolto, un sicario di Tito gli aveva sparato nella schiena e non si era più ripreso dalle ferite. Franco non lo trattò male, ma nemmeno bene, mi duole dirlo. Concesse asilo e alloggio a Pavelić, ma non gli permetteva di mostrarsi in pubblico, come se si vergognasse di accogliere un ospite tanto illustre, un uomo che aveva governato con mano ferma lo Stato Indipendente di Croazia per quasi cinque anni, che aveva frequentato papa Pio XII, Hitler, Mussolini... Un grande statista. È morto nell'Ospedale Tedesco nel 1959, nel suo letto di morte teneva tra le mani un rosario, omaggio personale del suo caro amico Pio XII. Lo hanno seppellito in San Isidro. Sua Santità Giovanni XXIII gli concesse una benedizione speciale. Come minimo! Durante il governo di Ante Pavelić duecentocinquantamila scismatici ortodossi si convertirono al cattolicesimo, un quarto di milione di pecorelle smarrite tornarono all'ovile, grazie all'abilità del Poglavnik, del reverendo padre Stepinac, allora arcivescovo di Zagabria, e dei missionari cattolici sotto la sua direzione, tra cui quest'umile servitore. Abbiamo fatto un grandissimo lavoro di apostolato! Ma il comunista Tito rovinò tutto, con quanto accanimento perseguitò noi sacerdoti cattolici! Assassinò centinaia di uomini di Chiesa, osò processare, condannare e mettere in carcere quel sant'uomo, Alojzije Stepinac. Non credo di esagerare quando affermo che la Chiesa croata è quella che conta il maggior numero di martiri della cristianità. Io stesso, se non fossi riuscito a fuggire, sarei morto nel martirio. E mi creda, avrei dato di buon grado la vita per il Signore, ma mi dovevo dedicare al mio arcivescovo e alla sua cura, non potevo lasciar solo il povero vecchio. Fatto sta che non so se di pena o di vecchiaia, l'anno della morte del Poglavnik, morì Sua Eccellenza, Ivan Šarić. Seguendo il consiglio di padre Oltra, confessore di Franco e francescano, venni a Valencia e mi ritirai nel convento del nostro ordine a Carcaixent, in calle Santa Ana. Conosce quel convento, sorella? Sorella? Sorella! Mi sente?».

«Sì, la sento, non c'è bisogno di urlare. Ho chiuso gli occhi perché sono esausta, è stata una mattinata molto movimentata, ma non mi ero addormentata, l'ho ascoltata con attenzione e stavo pensando a com'è strano, dimentica cose appena accadute e ricorda per filo e per segno avvenimenti di trent'anni fa».

«Perché trent'anni fa la mia vita era interessante. Io ero un uomo ancora nel pieno delle forze e delle facoltà mentali. Ora sono un vecchio sacerdote che aspetta con impazienza la chiamata del Signore e l'attesa sta diventando lunga... Qui non succede mai niente! Fui molto ben accolto dai miei fratelli francescani. Com'era bello il convento! E com'era ordinata e placida l'esistenza, scandita dalla preghiera e dalle cure dell'orto! A me il mondo non piace, non mi è mai piaciuto. A Carcaixent ritrovai un vecchio amico croato, il generale Maks Luburić, un compatriota esiliato, come me. Si faceva chiamare Vicente Pérez. Aveva una tipografia nella stessa strada del convento, dove stampava pubblicazioni e libelli anticomunisti. Fu un irriducibile, morì sognando una Croazia indipendente e cattolica. Sposò una spagnola e mise su famiglia qui, ma pur occupato com'era tra una cosa e l'altra, trovava sempre un momento per passare a trovarmi e passeggiavamo insieme nell'orto del convento e ricordavamo la nostra amata e sventurata patria. Non fosse stato per lui, sorella, avrei dimenticato completamente il croato. Un giorno di primavera un commando jugoslavo lo uccise. Lo scoprirono nonostante la sua nuova identità, il demonio ha occhi infiniti e infinite lingue. Qualcuno lo aveva tradito, e può star sicura che non ero stato io. In che stagione dell'anno siamo, sorella? È già primavera?».

«Tre volte offrirono un vescovado a Bernardino da Siena e tre volte lo rifiutò!» si meraviglia Mar. «Avrebbe potuto essere vescovo di Siena, di Ferrara o di Urbino, ma non volle rinunciare alla sua missione apostolica. Mentre era guardiano del convento francescano di Fiesole, un novizio gli trasmise l'ordine divino: "Fra Bernardino, va a a predicare in Lombardia". E così fece, ma non predicò solo in Lombardia, bensì percorse tutta Italia, diffuse la parola di Dio e l'amore per Gesù Cristo e sua madre Maria, a Bergamo, Como, Piacenza, Milano, Viterbo, Napoli, Firenze, Verona, Genova, Bologna, Siena...

ovunque! E malgrado la voce roca e flebile, là dove arrivava radunava moltitudini. Fu uno splendido oratore, uno dei grandi missionari della sua epoca, ed io non mi spiego» disse Mar, «come mai non sia ancora stato proclamato Dottore della Chiesa, altri con minor meriti (per non parlare della reputazione) hanno ottenuto questo titolo dalla Santa Madre Chiesa. Perché Bernardino no? Perché era francescano e non domenicano o gesuita...?

«Bernardino predicava nella bella lingua toscana, il suo stile era semplice, diretto, colloquiale, arrivava dritto ai cuori. Come san Vincenzo Ferreri, che lo indicò come suo successore, predicava all'alba. Tale era la sua fama, che le grandi chiese e cattedrali non riuscivano ad accogliere le migliaia di fedeli che radunava, pertanto predicava di solito nelle pubbliche piazze. Bernardino era un oratore munifico, generoso: i suoi sermoni potevano durare tre o quattro ore. Nel 1425 predicò a Siena, la sua città natale, per cinquanta giorni consecutivi! Il suo carisma e la sua eloquenza avevano l'effetto di promuovere roghi spontanei di tutte le vanità, specchi, oggetti preziosi, profumi, unguenti, carte da gioco, dadi, scacchiere, libri di stregoneria e libri eretici, bruciavano in una pira purificatrice sotto il pulpito dal quale Bernardino strappava ai suoi ascoltatori lacrime di compunzione con il suo verbo infuocato... E di cosa parlava il figlio prediletto del Serafino d'Assisi?».

Mar fece una pausa, il viso sereno, lo sguardo dolce, pietoso:

«Dell'amore, ovviamente: dell'amore per Gesù Cristo e la Santissima Vergine Maria». Mar corrugò la fronte, i suoi occhi ora avevano uno sguardo severo. «E della vanità parlava, per disapprovarla. E della stregoneria, per fustigarla. E della cupidigia dei mercanti e dell'usura dei banchieri ebrei, la cui cattiva influenza si diffondeva in tutta l'Europa come un vento malato. Per il sentire di san Bernardino, il popolo ebraico, che aveva ucciso Gesù Cristo (non dobbiamo, non possiamo dimenticarlo), era il principale colpevole della povertà degli onorati cristiani, per cui era bene escluderlo dalla comunità o, come un'erbaccia, estirparlo. Ma a sconvolgere più di tutto il santo figlio di san Francesco era il peccato nefando:

«"Non vi è peccato al mondo che più corrompa l'anima, della sodomia maledetta" predicava. "È un vizio peggiore della pazzia; questo vizio sconvolge l'intelletto, spezza l'animo elevato e generoso; rende pusillanime, iracondo e ostinato chi lo soffre; inoltre, essendo l'animo agitato da insaziabile bramosia di godere, non segue la ragione ma il suo peccaminoso furore.

«"Chi udirete ricordare parole di sodomia, sputate in terra e pulitevi bene la bocca. Se poi non vogliono abbandonare le loro orrende pratiche, forse il vostro pubblico disprezzo potrà ammendarli. Sputate forte! L'acqua del vostro sputo forse spegnerà il loro fuoco...".

«A causa di questa maledizione, la popolazione diminuiva, gli uomini non volevano più giacere con le loro spose, preferivano sollazzarsi con altri maschi. Le spose illanguidivano, inabitate, ripudiate. La peste, le inondazioni, i movimenti tellurici, cos'erano se non un castigo divino, il modo con cui l'altissimo mostrava la sua ira e la sua insoddisfazione per quel vizio immondo? Così ragionava il buon francescano e così rimproverava i suoi concittadini:

«"O Italia, non c'è provincia più contaminata! Udite che bel vanto fanno di voi i tedeschi! Dicono che non ci sono al mondo maggiori sodomiti degli italiani".

«A Verona, spiegava l'apostolo, un sodomita era stato squartato e le sue spoglie esposte sulle porte della città, al pubblico ludibrio e a mo' di monito per i suoi simili.

A Genova, i sodomiti ricevevano il giusto castigo del rogo. A Venezia, un sodomita venne legato a una colonna sotto la quale fu collocato un barile di pece, a cui si appiccò il fuoco. Invece, i fiorentini si mostravano accondiscendenti e persino tolleranti nei confronti dei membri di Sodoma. "Non fate come loro" raccomandò ai cittadini di Siena, "meglio che imitiate i retti veneziani e i genovesi: quando vedrete un sodomita, gettatelo nel rogo più vicino".

«Anche Giovanni da Capestrano fu un eminente apostolo e un grande oratore, non dico di no» dice Mar. «E un frate austero: camminava sempre scalzo, dormiva pochissimo, portava una camicia di crine... era un asceta, sì, ma forse esagerava, si mortificava senza bisogno, come se volesse richiamare l'attenzione dell'Altissimo con i suoi sacrifici. Non si può negare che continuò con efficacia la riforma dell'ordine dei frati minori avviata da san Bernardino ed era ancora più focoso di lui nella sua condanna degli eretici hussiti e dei fraticelli, degli scismatici e degli ebrei. E fu un sacerdote influente, consigliere di nobili, sovrani e papi, vicario generale dei francescani, inquisitore... predicò in Boemia, Austria, Ungheria, Croazia e Polonia; quando non era immerso nel suo apostolato, scriveva trattati contro l'eresia.

«Dicono fosse tale la sua forza evangelica, che a Brescia predicò davanti a una folla di centoventimila anime (mi permetto di dubitarne, saranno state dodicimila, al massimo). Lo chiamavano "il flagello degli ebrei", nelle sue omelie accusava il popolo ebraico di uccidere bambini cristiani e di commettere ogni genere di abominio. Il suo convincente eloquio indusse il duca di Baviera a espellere gli israeliti dalle sue terre e, dietro sua richiesta, il duca di Franconia, il vescovo Goffredo di Würzburg, revocò i privilegi di cui godevano. Laddove il Santo non riusciva a debellare quel popolo impuro, cercava di convincere le autorità, quasi sempre con successo, a costringere gli ebrei a portare una coccarda che li identificasse. Mentre era a Breslavia, gli giunse all'orecchio la notizia che un facoltoso ebreo, un certo Mayer, aveva rubato o comprato un'immagine sacra e l'aveva profanata. Il santo francescano s'impegnò a trovare il colpevole di siffatta eresia e nella sua veste di inquisitore ordinò di bruciare sul rogo quaranta ebrei il 2 giugno 1453. Vi furono semiti che la paura del fuoco spinse al suicidio. Il rabbino capo s'impiccò a un albero. Il resto degli ebrei li cacciò dalla città, ma prima, uomo pietoso, prese la precauzione di separarli dalle loro creature, che battezzò e consegnò ai cittadini di probe famiglie cristiane. Fu un grande missionario, non si discute. E un soldato dell'esercito di Dio, perciò viene rappresentato con una corazza di ferro sul saio francescano. Dopo la caduta di Costantinopoli, papa Callisto III lo incaricò di guidare una crociata contro i turchi, che minacciavano di invadere l'Europa ed erano già arrivati alle porte di Belgrado. Alla testa dell'esercito dei crociati, reggendo una bandiera con una croce ricamata, al grido di "Gesù! Gesù! Gesù! Valorosi credenti, tutti a difendere la nostra santa religione!", il santo soldato sconfisse i giannizzeri. Vittoria di gran merito, non lo metto in dubbio, ma Bernardino da Siena divulgò in tutta la cristianità l'anagramma di Cristo, *IHS*, fondò più di trecento conventi francescani, e la sua forza taumaturgica fu di molto superiore a quella del suo discepolo. Mentre era a Mantova, un barcaiolo si era rifiutato di trasportarlo sull'altra riva del lago. Davanti agli occhi meravigliati di tutti, Bernardino attraversò le acque del lago sul suo mantello. A Verona lo videro resuscitare un morto. A Siena guarì una prostituta scacciando il demonio dal suo corpo... E Giovanni da Capestrano, che miracoli operò? Dicono molti, ma non sono provati. Fra Dragutin, il mio tutore, esaltava la figura eccelsa di Giovanni da Capestrano e cercò di convincermi a dedicare la mia tesi di teologia alla rivendicazione del suo apostolato, ma il mio cuore parteggiava per l'esempio pastorale del suo correligionario e sua guida, san Bernardino, per il quale ho sempre sentito una speciale devozione» confessa Mar. «Ormai vecchio, corteggiato dalla morte, quando riposava dai suoi viaggi e fatiche nel suo amato convento di Capriola, il santo di Siena pronunciò i suoi celebri *Sermoni delle beatitudini*; chiosando *Beati coloro che piangono*, commosse i suoi discepoli evocando con tenerezza colui che fu il suo inseparabile confratello per ventidue anni, il dolce fra Vincenzo, per la cui morte non trovava consolazione. Così Bernardino ricordava Vincenzo: "Debole di corpo, spesso sono stato infermo. Allora lui mi sosteneva, lui mi guidava. Se il mio corpo s'infiacchiva, lui m'incoraggiava. Se mi mostravo avvilito o negligente nel servizio di Dio, lui mi esortava. Io ero imprevidente, smemorato, ma lui vegliava su di me. Perché mi sei stato strappato, oh, Vincenzo? Com'è che mi sei stato tolto tu che eri tanto caro al mio cuore?", si affliggeva Bernardino e io con lui, perché come lui stimava il suo compianto confratello, allo stesso modo io amavo il mio, il mio caro, apprezzato Andrija».

«Com'è possibile che sia primavera, padre! Non sente che freddo che fa? Mancano solo dieci giorni alla vigilia di Natale. In che mondo vive quest'uomo...! Beata ignoranza! E dice che quel suo arcivescovo ha convertito un quarto di milione di pagani? Non è uno scherzo! Com'è possibile che io non lo sappia?».

«Perché lei sì che è ignorante, sorella! Se si esclude Roma, la Chiesa cattolica di Croazia è la più antica d'Europa. La Croazia ha dato tre papi alla cristianità: san Caio, nel secolo II, Giovanni IV, nel secolo VI e Sesto V, nel secolo XVI. E la Spagna, che è stata un impero ed è una nazione assai grande e popolata, quanti papi ha avuto? Uno solo».

«Come uno? Tre, no, quattro!».

«Quali quattro?».

«I nomi non li ricordo, ma sono quattro».

«*Sancta simplicitas!* Adesso tocca a me dirlo... cosa vi insegnano durante la vostra formazione religiosa? A recitare il rosario, l'Avemaria e poco più... c'è stato un solo papa spagnolo: Damaso I, beato (non è riuscito a diventare santo), perché Callisto III e suo figlio Alessandro VI, i Borgia, non sono stati esattamente degli Agnelli di Dio, e Benedetto XIII, il Papa Luna, era scismatico, l'antipapa!».

«Certo, Callisto e Alessandro non contano perché lo dice lei! Staremmo freschi! E la sua Croazia ce l'ha una santa come Teresa d'Ávila? Un santo come... san Giovanni della Croce, sant'Isidoro di Siviglia, sant'Antonio da Padova?».

«Sant'Antonio da Padova è portoghese!».

«Oggi è molto pignolo, sempre a cercare il pelo nell'uovo. E io che sono venuta di mia iniziativa a tenerle compagnia! E quel che ha detto del Caudillo mi ha offesa, devo dirglielo, il generalissimo sarà stato anche basso di statura, ma non per questo è meno degno d'ammirazione e rispetto. E pur basso com'era, incuteva paura. Nemmeno io sono alta e non me ne vergogno. Lei è una pertica e anche suor Maria era una stanga, ma noi spagnoli, per lo più, siamo piccoli. E allora? Non siamo forse tutti uguali agli occhi di Dio?

M'impedisce questo di eseguire i compiti bene quanto la monaca più alta del convento? Se non raggiungo una mensola, monto su una sedia o uno sgabello, dove non arrivano le braccia, arriva l'ingegno, padre Casimiro».

«Non si arrabbi con me, sorella. Lei è l'unica amica che ho in tutto il ricovero!».

«Non è affatto vero, qui dentro è benvoluto, ma se non avesse questo carattere... questi raptus... Dovrebbe controllarsi... Sarebbe più benvoluto, padre. E ora devo lasciarla».

«Non vada via! Resti ancora un po' con me. Perché non recitiamo insieme le lodi?».

«Magari potessi restare con lei il resto della mattina! Oggi non ho tempo per niente, né per pregare, né per mangiare, né per conversare con lei... È per via dello sciopero, sa? Nessun secolare è venuto al lavoro».

«Come? Uno sciopero?».

«Sciopero generale, padre Casimiro! Tutto il paese ha incrociato le braccia».

«Con Franco non succedevano queste cose».

«Da quando è morto, si va di male in peggio. La democrazia è Sodoma e Gomorra. I giovani vanno a vivere insieme, in concubinato, e non fa niente. E le donne abortiscono ogni volta che gli va. E di nuovo non succede niente. E ancor peggio: niente fame, niente vocazione. Dobbiamo portare qui monache latinoamericane, e, cosa vuole che le dica, padre?, non lavorano, sono fiacche, bisogna stargli dietro tutto il santo giorno. È tipico della fame: dà vocazioni, ma poco sincere».

«Nella mia superbia» disse Mar, «mi credevo un giglio di purezza. Potevo posare gli occhi (che sant'Antonio chiamava reti insidiose e sant'Antonio da Padova, ladri dell'anima) sul viso o sul corpo della donna più bella senza scompormi. Non ho mai provato la tentazione di peccare contro il sesto comandamento in compagnia femminile, il mio cuore non accelerava i battiti, né il mio sangue si scaldava quando mi veniva incontro una bella ragazza. Mi credetti libero da tutte le tentazioni per grazia divina, casto, celibe senza sforzo. Ed era così. Ma il demonio non poté sopportare la mia purezza e ordì le sue trame. Andrija aveva un viso da bambino, dai lineamenti dolci, angelicali, i capelli color delle messi mature, gli occhi dell'azzurro più intenso, come quello del cielo dopo la pioggia, che è prerogativa della razza dinarica. E il suo sorriso era franco, allegro, tenero... Che dono di Dio era la sua risata! Era solo un ragazzo, un contadino come me, di una modestia innata, una delicatezza singolare, un'umiltà senza limite... Si fidò di me. Mi confessò che aveva cercato rifugio nella vita religiosa per fuggire da un patrigno spregevole. Amava la madre di un amore sconfinato. Oh, come gli mancava! Io lo consolavo. Gli passavo un braccio affettuoso intorno alle spalle, lo stringevo a me, gli ricordavo che in cielo aveva una madre che lo amava d'infinito amore e nel convento, dei fratelli, noi, che gli portavamo un affetto tenerissimo. Se con le mie povere esortazioni non riuscivo ad asciugare le sue lacrime, prendevo la sua mano tra le mie e lo incoraggiavo a recitare con me: *Ave Maria, gratia plena, Dominus tecum, benedicta tu in mulieribus...*

«E spesso ci accadeva che, dopo la preghiera, rimanessimo così, uniti, la sua mano nella mia, in silenzio, a lungo. E io sentii di aver trovato in Andrija un vero fratello, un compagno amabilissimo, come Vincenzo lo era stato di Bernardino, e resi grazie a Dio e alla Vergine Maria. Ma presto provai una cosa diversa, un'emozione che non conoscevo: la visione del viso puro del mio Andrija che mi si agitava in petto ed eccitava i miei sensi. I miei occhi lo cercavano continuamente, i miei passi mi portavano a lui, solo in sua compagnia mi sentivo in pace, contento e come in preda a un'esaltazione che era spirituale, ma non del tutto... Non del tutto. E mi assalì il dubbio. E chiesi aiuto alla Santissima Madre e a Cristo Re. Prostrato sul pavimento della cappella del convento, baciando con la bocca la polvere e la fredda pietra, ripetei molte volte la preghiera del casto san Giuseppe: *Virginum custos et pater, sancte Joseph...* E poi, in ginocchio, recitai il Credo davanti all'immagine di Cristo Crocifisso e i miei occhi si alzarono sulla sua corona di spine e sul suo volto sereno e seguirono la linea delle sue braccia inchiodate alla croce, e si posarono sul busto pallido, insanguinato, e in un momento di disattenzione da parte mia Barabba ne fece una delle sue e spogliò Gesù Cristo del panno che ne copriva le pudenda e io mi ricreai, con la fantasia godetti della visione del Cristo Crocifisso completamente nudo... che mi si offriva! Pensai di essere impazzito. Disperato ricorsi alla parola di Dio nelle Sante Scritture:

«*I due angeli arrivarono a Sodoma sul far della sera, mentre Lot stava seduto alla porta di Sodoma. Non appena li ebbe visti, Lot si alzò, andò loro incontro e si prostrò con la faccia a terra. E disse: "Miei signori, venite in casa del vostro servo: vi passerete la notte, vi laverete i piedi e poi, domattina, per tempo, ve ne andrete per la vostra strada". Quelli risposero: "No, passeremo la notte sulla piazza". Ma egli insistette tanto che vennero da lui ed entrarono nella sua casa. Egli preparò per loro un banchetto, fece cuocere pani azzimi e così mangiarono. Non si erano ancora coricati, quand'ecco gli uomini della città, cioè gli abitanti di Sodoma, si affollarono attorno alla casa, giovani e vecchi, tutto il popolo al completo. Chiamarono Lot e gli dissero: "Dove sono quegli uomini che sono entrati da te questa notte? Falli uscire da noi, perché possiamo abusarne!".*

«Lot uscì verso di loro sulla soglia e, dopo aver chiuso la porta dietro di sé, disse: "No, fratelli miei, non fate del male! Sentite, io ho due figlie che non hanno ancora conosciuto uomo; lasciate che ve le porti fuori e fate loro quel che vi piace, purché non facciate nulla a questi uomini, perché sono entrati all'ombra del mio tetto". Ma quelli risposero: "Tirati via! Quest'individuo è venuto qui come straniero e vuol fare il giudice! Ora faremo a te peggio che a loro!". E spingendosi violentemente contro quell'uomo, cioè contro Lot, si fecero avanti per sfondare la porta. Allora dall'interno quegli uomini sporsero le mani, si trassero in casa Lot e chiusero la porta; colpirono di cecità gli uomini che erano all'ingresso della casa, dal più piccolo al più grande, così che non riuscirono a trovare la porta.

«E il demonio, l'incubo che si era impadronito di me, diede agli angeli i tratti di Andrija, la sua voce, il suo dolce sorriso, e io mi vidi lì, nella notte di Sodoma, sulla porta della casa di Lot, insieme ai sodomiti, a urlare che volevo i forestieri, per abusarne. Oppure io ero Lot e sentivo la pressione sconvolgente delle mani degli angeli, la forza delle loro braccia che mi tiravano dentro casa e restavamo soli, io e Andrija...

«Oh, perfida, colpevole, velenosa immaginazione! È la causa di tutti i mali, per sua cagione peccò Eva, per suo tramite si introduce subdolamente il Maligno nei nostri pensieri e ci spinge alle più grandi nefandezze. Abbi pietà di me, Signore!, supplicavo io. E rammentavo ciò che dice Dio nel Levitico:

«Se uno ha rapporti con la nuora, tutti e due dovranno

essere messi a morte; hanno commesso una perversione: il loro sangue ricadrà su di loro.

«E mi ripetei molte volte l'avvertimento di san Paolo nell'epistola ai Corinzi: *Non sapete che gli ingiusti non erediteranno il regno di Dio? Non illudetevi: né immorali, né idolatri, né adulteri, né depravati, né sodomiti, né ladri, né avari, né ubriaconi, né calunniatori, né rapinatori.*

«E meditai su tutto ciò e compresi che dovevo reprimere e vincere i miei ripugnanti impulsi. Era una lotta all'ultimo sangue tra me e Satana. E pregai, pregai, pregai, con devozione, con fervore. E digiunai. Feci penitenza, mi mortificai. E i miei fratelli e i miei superiori si preoccuparono per me, mi vedevano pallido, dimagrito, fiacco. Il buon frate Dragutin mi rimproverò la mia eccessiva pietà, le eccessive privazioni. "Dio non vuole sacerdoti malati" mi ammaestrò, "ci vuole sani e forti per divulgare la sua verità eterna". Fratello Andrija soffriva. Non capiva perché fossi scostante, lo evitassi. E una notte bussò alla porta della mia cella. Non avrei dovuto aprirgli, invece gli aprii. Le sue lacrime e la sua voce gemebonda non avrebbero dovuto commuovermi, e invece lo fecero. "Perché mi rifuggi?" mi chiese. "In cosa ti ho contrariato o offeso?". E lo vidi tanto triste e afflitto... che gli aprii le braccia. E quella notte peccai, peccammo.

«Ed era dolce peccare ed era dolce pentirsi e doloroso staccarsi dall'altro e riconquistare la castità e la grazia di Dio, per tornare a peccare ad opera del demonio in un momento di debolezza. E mentre io e Andrija vivevamo la nostra colpa, il nostro vizio, di nascosto dal resto della comunità, grandi cose accaddero nella mia patria».

«Sorella!».

«Non sono una suora, sono la Mari, l'infermiera. Scusi se l'ho svegliata, padre».

«Non mi ha svegliato, stavo pregando. Dov'è andata la sorella?».

«Quale sorella?».

«Quella che era qui un momento fa».

«Suor Teresa?».

«Non so come si chiama, una monaca. Non le distinguo, sono tutte uguali».

«Dev'essere suor Teresa. È lei che mi ha chiesto di venire nella sua camera».

«E questa bambina cosa ci fa qui?».

«È mia figlia. Ho dovuto portarmela al lavoro perché oggi non c'è scuola, c'è sciopero! Non la posso lasciare sola in casa... Si chiama Flor. Saluta padre Casimiro, Florita. È bravissima, non disturba, vedrà. Le piace molto venire qui in ricovero, dice che da grande vuole farsi suora e curare i nonnetti».

«Così vuoi farti suora?».

«Sììì... voglio farmi suora per andare a salvare i negretti in Africa».

«I negretti in Africa sono già a posto! Là le suore non fanno altro che combinare casini».

«Padre! Come può dire questo? Le suorine la curano così bene!».

«Mi fanno patire la fame! Oggi non mi hanno dato nemmeno la colazione... che ore sono?».

«Sono quasi le 11».

«L'ora dell'Angelus! E non ho ancora recitato le lodi... Se ne vada che ho da fare».

«Prima devo lavarla e vestirla, me lo ha ordinato suor Teresa».

«Ma a me mi aiuta sempre Rubén. Dov'è Rubén?».

«Oggi non è venuto, a causa dello sciopero».

«Rubén fa sciopero?».

«Sì, padre. Tutto il personale meno io, mi dispiaceva per le sorelle e... cosa ci faccio a casa? E poi, ho una bambina, i soldi mi servono. Vado a prepararle il bagno».

«Che sproposito! Tu non puoi farmi il bagno. Sei una donna!».

«Non vorrà che le facciano il bagno le sorelle? Sono abituata a vedere gli uomini come Dio li ha fatti, tutti i giorni lavo e vesto tanti anziani, non si preoccupi».

«E la bambina?».

«La bambina aspetterà in corridoio finché non avremo finito».

«Non posso fare il bagno senza aver fatto colazione».

«È quasi ora di pranzo, padre, resista ancora un po'».

«Voglio la colazione! Senza la colazione, non faccio il bagno».

«Certo che... Flor, cocchina, stai con il padre Casimiro mentre vado a prendere la sua colazione?».

«All'inizio furono ombre che si muovevano leggere per i corridoi del monastero. Una notte, io e Andrija scoprimmo in una stanza casse di munizioni, fucili, granate, armi di ogni genere, e quella scoperta ci inquietò, ma non dicemmo niente perché l'oggetto della nostra visita era peccaminoso e per lo stesso motivo tacemmo sulle riunioni notturne a cui partecipavano civili, alcuni in abito talare, e a cui presenziavano anche il guardiano del convento e altri frati, ma presto il segreto cessò di esserlo per la comunità, non per il mondo: quegli uomini clandestini erano eroi croati, gli ustascia, e le armi che il convento custodiva avevano uno scopo supremo, la guerra santa. Ce lo aveva già annunciato l'illustrissimo arcivescovo di Zagabria, nel 1935: "Non sono venuto a portarvi la pace, ma la guerra!".

«In verità la cristianità era minacciata e molteplici erano i nemici della Chiesa di Cristo: i massoni, i comunisti e gli scismatici e, immancabilmente, gli ebrei, principali istigatori della massoneria, propagatori del germe diabolico del marxismo.

«Eravamo come creature che sono state strappate alle braccia della madre per essere consegnate a una spietata matrigna, noi croati. Candidi, innocenti, pieni di speranza e buona fede, dopo la Prima guerra mondiale decidemmo di unire il nostro futuro a quello del popolo serbo nel Regno di Jugoslavia. Ci eravamo dimenticati che i serbi sono per natura "diffamatori della Santa Chiesa, una piaga per la vera fede, ladri di sacerdoti", come ci aveva avvertiti papa Lucio III, "bestie perfide, ribelli, eretici", come ci aveva insegnato Onorio III, e "*pestilentes homines*", nelle parole dell'inquisitore Torquemada? I secolari può darsi, la Chiesa no! "Serbi e croati sono due mondi a parte, come il polo nord e il polo sud, e non potranno mai vivere uniti, se non per un miracolo divino. Lo scisma ortodosso è la più grande maledizione d'Europa, quasi peggiore del protestantesimo. Non vi è morale, non ci sono principi, né verità, né giustizia, né onestà", rammentò opportunamente Sua Illustrissima Eccellenza l'arcivescovo Stepinac, ma nessuno gli diede retta. E pagammo il nostro errore. Il re serbo di Jugoslavia si ripropose di annientare la Croazia, di sterminare la nostra razza, di trascinarci nella trappola della Grande Serbia, di obbligarci ad abiurare la nostra religione e convertirci allo scisma ortodosso. Il popolo croato fu privato delle sue libertà e soggiogato dal dittatore nominato da re Alessandro. La Chiesa cattolica subì una persecuzione atroce, come non era mai accaduto nei suoi milletrecento anni di storia in Croazia, una nazione che papa Leone XII aveva definito "baluardo della cristianità". Non vollero firmare il concordato! Hitler e Mussolini invece lo fecero, ma il reggente jugoslavo no. Mise la chiesa di Roma alle strette. Sua Santità Pio XI, profondamente disgustato, pronunciò allora parole profetiche:

«"Arriverà il giorno in cui molti rimpiangeranno di non aver accettato la generosa benedizione che il Vicario di Dio ha offerto al paese!".

«E quel giorno arrivò, ma prima vivemmo un'epoca di angoscia e incertezza. Tre nostri fratelli vennero arrestati per aver stampato opuscoli ustascia nella Scuola Teologica dell'arcivescovado di Zagabria, il governo serbo ci controllava, accusò l'Azione Cattolica di complicità con i terroristi croati. Se difendere la fede cristiana, l'amore di Dio e dell'Immacolata Vergine Maria è terrorismo, allora sì, eravamo terroristi; se allertare del pericolo bolscevico, vero Anticristo, della rilassatezza morale e dei costumi è terrorismo, allora sì, eravamo terroristi; se amare la patria significa essere terroristi, allora sì, io ero un terrorista, perché divenni membro dell'Azione Cattolica, un'organizzazione ammirevole, fondata da Pio XI, e divenni anche crociato, in parte per senso del dovere e volontà apostolica, in parte per zittire le voci che circolavano in convento sulla amicizia intima che mi univa ad Andrija. Io cullavo un progetto che le circostanze mandarono in malora: divenire dottore in teologia nel Collegio di San Geronimo degli Illirici, a Roma, e portare con me, come compagno e condiscepolo, il mio buon Andrija. Nella Città Santa saremmo stati al riparo da maldicenze e insidie, saremmo stati più vicini al Signore – che, se dimora in qualche posto, questo è il Vaticano –, ci saremmo rifatti gli occhi e rinfrancati i sensi con le bellezze della città immortale e chissà che non arrivassimo (che non riuscissi io) a conoscere il papa, a prosternarmi davanti a lui, a baciargli l'anello... Dio aveva altri progetti», disse Mar e sospirò e incrociò le mani e chiuse gli occhi e li riaprì, umidi di lacrime. «Fui ordinato sacerdote. Andrija divenne ustascia. Prestò giuramento e offrì il suo sacro voto all'Altissimo davanti a un altare adornato con il crocifisso, una candela, una bomba a mano e una daga. Si dichiarò disposto a sopportare penurie e sofferenze, fino all'estremo sacrificio della vita per la sua patria e il Poglavnik. Andrija era giovane e la giovinezza è incline alla passione, all'entusiasmo. Io avrei preferito che prestasse il suo voto davanti all'immagine della Beata Vergine Maria e non davanti a una bomba a mano, dato il suo stato di diacono e frate francescano, e mi sembrò inoltre una mancanza che nel suo giuramento non si fosse offerto di morire per Dio, ma solo per la patria e il Poglavnik, ma lui ribatté che Dio, la Croazia e Ante Pavlić, erano uno e trino».

«Dunque ti chiami Rosa?».

«Mi chiamo Flor».

«Che differenza fa! E quanti anni hai?».

«Undici e mezzo».

«Hai già fatto la comunione?».

«Sì, signore, e anche la cresima, in maggio».

«Vai a messa tutte le domeniche e le feste comandate?».

«Sì».

«E preghi il bambin Gesù la sera, prima di dormire?».

«E la Vergine Maria e lo Spirito Santo; prego per il mio nonno che è in cielo e per mia madre che lavora molto e per mio padre che non so chi sia».

«Lodato sia il Signore! E a scuola sei brava?».

«Be'... Credo di sì, ma la maestra dice che mi distraggo molto».

«Questo non sta bene, devi essere un'alunna diligente, al Signore non piacciono le bambine poltrone. E a castità come sei messa?».

«Mah..., né bene né male, normale».

«Che razza di risposta! Sei casta o no?».

«Non so cosa vuol dire, padre, sono solo in prima media».

«E cosa c'entra! Che educazione religiosa ti danno a scuola? Una bambina della tua età deve sapere molto bene cos'è la castità e a maggior ragione tu, considerando da dove vieni... cosa guardi?».

«Il suo orologio».

«Ti piace?

«Sì, è molto bello. È fermo!».

«Non permetto a nessun orologiaio spagnolo di mettere le sue manacce su questo gioiello. È d'oro! E di fabbricazione tedesca. Non se ne trovano più di orologi così. Me l'hanno regalato molti anni fa. O meglio: l'ho vinto. Quanto ci mette tua madre! Secondo te me la porta la colazione?».

«Sicuro».

«Io non ne sono tanto sicuro, è una donna e delle donne non ci si può fidare... *Mulier est malleus, per quam diabolus et mollit et malleat universum mundum*... Hai capito cosa ho detto?».

«No».

«Meglio».

«E come l'ha vinto?».

«Cosa?».

«L'orologio».

«L'orologio! Vuoi che ti racconti la storia del mio orologio?».

«Dio non ha mai abbandonato la nazione croata e per la nostra salvezza Lui dispose che l'anno in cui celebravamo il nostro Giubileo, per commemorare i tredici secoli di diffusione della Chiesa cattolica in Croazia, nella primavera del 1941, gli insensati militari serbi facessero un colpo di Stato, deponessero il principe reggente, incoronassero il re bambino, Pietro, e rompessero il trattato con l'Asse, mentre le masse serbe, mal consigliate, manifestavano per le strade di Belgrado al grido di: Meglio la guerra che il patto! È preferibile la tomba alla schiavitù!, e fu proprio la divina provvidenza a infondere in Hitler l'ira e la voglia di vendetta: l'esercito tedesco invase la Jugoslavia e le truppe jugoslave, poche e disorganizzate (per volontà di Dio), andarono incontro alla sconfitta e alla capitolazione in meno di due settimane, e noi croati accogliemmo con mazzi di fiori, e strade e viali impavesati di bandiere, il vittorioso esercito di Hitler, che entrò a Zagabria per renderci la nostra libertà. L'indomito colonnello croato Slavko Kvaternik proclamò la fondazione dello Stato Indipendente di Croazia, una grande Croazia, che si estendeva a tutta la Bosnia-Erzegovina (anche se gli italiani ci tolsero la Dalmazia), e il nome di colui che era proscritto, di cui sussurravamo le iniziali tra noi pieni di speranza ed illusione o, rischiando tortura e carcere, scrivevamo provocatoriamente sui muri delle case; colui che i serbi definivano terrorista e a cui attribuivano atrocità di ogni genere, compreso l'omicidio a Parigi dello sventurato re Alessandro; quel buon cattolico e grande patriota, il 18 aprile dell'anno del Giubileo, tornò vittorioso dal suo esilio italiano per prendere le redini del nostro giovane e nuovo Stato, e a quel punto sì che potevamo gridare a pieni polmoni: lunga vita a Ante Pavelić! Che Dio protegga il nostro Poglavnik!

«La Croazia doveva essere un regno, dove si è mai vista una repubblica cattolica? E visto che il Poglavnik rifiutò con encomiabile umiltà la corona di Zvonimir, un nobile italiano, il duca di Spoleto, salì al trono con il nome di Tomislavo II, dietro raccomandazione di Mussolini e del grande imperatore e re d'Italia, Vittorio Emanuele, e con il beneplacito dello stesso Pavelić, dell'arcivescovo Stepinac e di Sua Santità. Tomislavo II non fu un cattivo re, ma nemmeno buono: si cinse della corona, ma non mise mai piede sul suolo croato. Quando fu detronizzato, nessuno protestò né lo rimpianse.

«Germania, Italia, Slovacchia, Bulgaria, Spagna, e altre nazioni ancora, si apprestarono a riconoscere lo Stato Indipendente di Croazia; il Beatissimo Padre Pio XII ricevette in udienza il Poglavnik e ci fece la grazia di inviarci un Nunzio, il buon prelato Marcone, in segno della sua compiacenza e della sua predilezione per la nostra patria.

«Il reverendissimo signor Alojzije Stepinac si incontrò con Pavelić e dispose che venisse celebrato un Te Deum in azione di grazie in tutte le chiese di Croazia. A noi presbiteri indirizzò una bella e commovente epistola pastorale, in cui scrisse con penna ispirata: "È necessario dire che il sangue fluisce più rapido nelle nostre vene, il nostro cuore batte più in fretta nei nostri petti? Non c'è saggio che possa giudicarci, né persona onesta che possa rivolgerci rimprovero alcuno, perché l'amore per il proprio popolo è scritto nell'essere umano dal dito di

Dio ed è un comandamento del Signore! *A dominio factum est istud et est mirabile in oculis nostris*. Dio ha fatto questo e i nostri occhi sono pieni di meraviglia!". Sua Eccellenza, l'arcivescovo di Sarajevo Ivan Šarić (un grande sacerdote ed eccelso poeta, che mi aveva concesso l'onore della sua amicizia e che aveva ritenuto di pubblicare nel periodico diocesano di Sarajevo, *Vrhsbosna*, un paio di articoli miei), compose un bell'inno in onore di Ante Pavelić, che ben presto in tutti i monasteri cantammo in coro: "Oh, Poglavnik, tu sei l'idolo dei croati / di cui difendi gli antichi e sacri diritti / Che la fama eterna sia con te / Oh, divino ustascia! / Più amata di una madre è la libertà per te / Da gigante la difendi ergendoti contro gli avari ebrei con tutto il loro denaro / Desiderosi di vendere le nostre anime / E tradire il nostro buon nome, i miserabili! / Saremo sempre pronti a difendere la patria! / Per la patria con rinnovato zelo, per la nostra amata patria! / Che il re del cielo sia con te in eterno, amato leader Ante Pavelić!".

«E intonavamo anche, sì, benché fosse profano, *La nostra amata patria*, l'inno ustascia:

Fumano le pistole e tuonano i cannoni,
Colpendo come folgori
Per la loro patria croata
Combattono gli ustascia.

«Andrija non poteva cantarlo senza che gli si incrinasse la voce, tanto era il fervore patriottico che lo animava. Camminava persino in maniera diversa, con passo energico, facendo risuonare le suole dei suoi sandali sul lastricato del monastero, come se volesse riprodurre il rumore nervoso dei tacchi degli ufficiali ustascia che entravano e uscivano a loro piacimento dal convento e a me facevano paura. Adottò il nuovo saluto rivoluzionario, il braccio teso allo stile romano e il grido stentoreo: "Per la patria!". Io gli rispondevo: "Pronti!", ricambiando il saluto fascista, anziché stringere con tenerezza le sue mani, sorridere, dire: "Ave Maria, fratello, che Dio ti benedica", perché gli ustascia disapprovavano, considerandoli borghesi, i saluti tradizionali, non potevamo più dire "Buonasera" o "Buongiorno" o "Come sta?". E men che mai "Bacio la mano", ora l'unico saluto permesso era: "*Za dom! Spremni!*". E persino le monache si schieravano davanti le forze ustascia, il braccio in alto, le loro voci angeliche (non sempre, a volte) che ne proclamavano con entusiasmo la disponibilità a morire per la patria. E per il Poglavnik.

«Furono giorni di giubilo e allegria per la nazione croata e io me li godetti, come tutti, anche se un'intima pena offuscava la mia felicità: Andrija mi evitava. Io avrei voluto che fosse il mio Vincenzo, ma lui preferiva essere san Giovanni da Capestrano; si sognava guerriero, virile, ustascia, mi rimproverava la delicatezza dei modi e dei gesti, la dolcezza e il carattere pusillanime, rifiutava adirato la più timida carezza, non mi faceva più confidenze, aveva nuovi amici: altri frati del movimento e gli stessi miliziani ustascia, così belli e maschi nelle loro uniformi... Satana non mi dava tregua, io vedevo quei giovani di bell'aspetto e provavo fitte di gelosia ma anche un acuto desiderio. Mi mortificavo piantandomi le unghie della mano sinistra nel palmo della destra, rievocavo mentalmente il calvario di Cristo, le sue sante piaghe, mi raccomandavo al casto san Giovanni, ma il ricordo del delizioso sfioramento della pelle di Andrija, della sua gota imberbe contro il mio collo, del suo odore, della sua voce, del battito regolare del suo cuore, di cui il mio si faceva eco, s'impadroniva di me, mi sconvolgeva. "Oh, Dio mio, lasciami peccare una sola volta ancora e poi fai di me ciò che vuoi!" supplicavo, "mandami la malattia, la fame, le tenebre, rendimi paralitico, infliggimi la cecità, se questo può placare la tua collera, ma permettimi di stringere ancora contro il mio petto quella testolina amata!". Non era Dio che pregavo, bensì il demonio, ed era il maligno che m'insinuava l'idea che la vita nel Signore è aspra, dura, ingrata, fatta di rinunce e sofferenze, mentre il vizio è caldo, dolce, dilettevole. Che miserie patii! Vagavo per il monastero come un sonnambulo, l'anima sospesa, il cuore sanguinante. "Perché a me, Signore?" rimproveravo l'Altissimo, "perché mi sottoponi a tanta dura prova, me, che sono fiacco e debole, e non il guardiano del convento o frate Dragutin?", e attesi un suo segnale, un segno della sua volontà, ma non arrivò» si lamenta Mar. «Dio non ascoltò la mia preghiera, allora mi rivolsi a mia madre, la Vergine Santissima, e le chiesi di intercedere per me davanti a suo figlio, il mio amato Gesù Cristo, e l'Agnello di Dio ebbe pietà di me, mi diede un'opportunità di redimere il mio peccato, di espiare la mia colpa, di salvare la mia anima: la Santa Crociata.

«Come in Spagna, la Chiesa cattolica (con l'immenso aiuto del generale Franco, di Hitler, di Mussolini e delle forze fasciste) insorse contro il governo del Fronte Popolare, contro l'ateismo e il bolscevismo, noi, i clerici croati, avevamo l'obbligo di appoggiare i valorosi ustascia nella loro lotta contro il nemico comunista, contro i massoni, gli ebrei e i serbi, ma soprattutto dovevamo sforzarci di ricondurre alla vera fede tante pecorelle smarrite, perdutesi nella religione scismatica. Non erano solo i nostri vescovi ad esortarci a intraprendere questo gioioso lavoro di apostolato, ma anche la stampa cattolica, *Katolicki list*, *Vrhbosna*, *Hrvatska Straza*, *Nedelja*, ci incitava a realizzare il vecchio sogno di riconciliazione tra tutti i croati, tra coloro che si credevano serbi (e, errando, continuavano a praticare la religione ortodossa) e i cattolici. *Unum ovile et unus pastor.*

«La posterità è stata ingiusta con il governo di Ante Pavelić. I vincitori, non contenti di aver trionfato, hanno la tendenza a calunniare i vinti e lo stesso accadde con il Poglavnik, la cui figura è stata oltraggiata e paragonata a quelle di Mussolini e Hitler, dimenticando, o scegliendo di dimenticare, che mentre il duce e il Führer erano atei, e quindi immorali, Ante Pavelić era un cattolico da messa quotidiana. Non appena salito al potere, intraprese una rigenerazione morale. Punì l'aborto con la pena di morte, proibì la prostituzione (che promuovono e praticano gli ebrei), l'alfabeto cirillico, il culto ortodosso, le messe e il glagolitico, l'ebraismo... E la sodomia, punita con il campo di concentramento! (Io mi congratulai per quella misura, il timore del castigo terreno avrebbe rafforzato e riaffermato la mia astinenza come e più del timore di Dio, perché il castigo divino ci sembra lontano, mentre quello degli uomini intimorisce e spaventa, perché è immediato).

«La famiglia e la fede cattolica erano i pilastri su cui si fondava il giovane Regno Indipendente di Croazia. L'amore per la patria e la purezza della razza... Noi croati eravamo tutti goti, ariani!, a differenza dei serbi, che discendevano da razze inferiori, gli illiri, gli slavi... Persino in questo ci avevano ingannato! Il governo ustascia promulgò leggi per evitare che svilissimo la razza mescolandoci con serbi, ebrei e zingari, e per poterli riconoscere li costrinse a portare un bracciale: giallo con una stella e la lettera Z per gli ebrei, e blu con la lettera P per i pravoslavi, per gli scismatici (gli zingari non avevano bisogno di distintivi, li si riconosceva subito). Di conseguenza, vennero proibiti i matrimoni misti, vennero allontanati dagli organismi ufficiali i non ariani (la *quinta colonna*) e si limitò la loro libertà di movimento. Non posso negare» ammette Mar, «che nei locali pubblici vennero appesi cartelli che vietavano l'ingresso a serbi, zingari, ebrei e cani, ma (e i nostri detrattori questo non lo dicono mai) dietro diretta raccomandazione del nunzio vaticano Marconi, dello stesso Pontefice e del nostro arcivescovo, Alojzije Stepinac, per espresso desiderio della Chiesa cattolica, il Poglavnik creò una nuova categoria ignota anche ai tedeschi tedeschi: gli Ariani Onorari. E chi poteva diventare Ariano Onorario?» chiede Mar, e si risponde, gioiosa: «Tutti quegli ebrei e serbi che si fossero convertiti al cattolicesimo! Gli zingari no, i cani nemmeno.

«Fin da bambino» dice Mar, «mi affliggeva la certezza che i miei vicini e condiscepoli serbi sarebbero stati privati del Paradiso, di quella vita eterna, dopo la terrena, di cui invece avremmo goduto noi, mia zia, mia sorella, io, e tutti gli altri cattolici del mio paese. Non capivo come potessero, gli scismatici, perseverare nell'errore e condannarsi senza remissione ai tormenti dell'inferno. Perché Dio, che è pieno di bontà e può tutto, permetteva che tante anime fossero perdute alla salvezza? Com'era possibile che i serbi ortodossi dubitassero dell'immacolata concezione della Vergine Maria? O che non comprendessero e accettassero che lo Spirito Santo viene non solo dal Padre, ma anche dal Figlio? Come potevano mettere in discussione l'esistenza del purgatorio? O la supremazia universale del Vescovo di Roma!... Domande senza risposta che avevano turbato le mie notti di bambino. Ora, avvicinandomi al mezzogiorno della mia esistenza, l'Altissimo mi offriva la possibilità di sanare quelle povere anime. Non vi è miglior occasione d'apostolato della Crociata. Né maggior fonte di santità. Io non aspiravo a tale eccelsa condizione, mi accontentavo di essere un bravo missionario e ribattezzare, per lo meno, quattro o cinquemila scismatici. (Se più avanti il mio impegno apostolico fosse stato ricompensato con l'anello episcopale era qualcosa che non mi concerneva, ma nemmeno era il caso di scartarlo). Credetti di capire perché Satana avesse messo tanto accanimento nel torturarmi, perché la mia carne e i miei sensi fossero stati tentati con tanto malanimo: io ero chiamato a una grande missione e il diavolo voleva farla fallire».

«Dove vai?».

«A cercare mia madre perché ci sta mettendo troppo».

«Ti sto raccontando una storia! Non sai che è da maleducati interrompere gli adulti? Rimettiti seduta».

«Ma io... mi annoio».

«Ti annoierai di più in Purgatorio! Se te ne vai, tua madre non tornerà e resterò senza la colazione. Se ti comporti bene, te ne stai zitta zitta e ascolti fino alla fine, ti racconterò qualcos'altro... Ti dirò chi è tuo padre».

«Mi mandarono a convertire i serbi e gli ebrei e così via, in un posto che si chiamava Slavonia» dice Mar, «ed era l'estate del 1941 e faceva un caldo terribile e c'erano soldati dappertutto, tedeschi, italiani, ustascia, *domobrani*... Non eravamo in guerra ma nessuno lo avrebbe detto. Io portavo il saio da cappuccino che non mi toglievo mai ed era diventato stomachevole, e sudavo moltissimo e morivo di sete, e quando arrivai al convento francescano di Našice non mi diedero il tempo né di mangiare né di riposare né di farmi una doccia (in quei tempi nessuno si faceva la doccia); non appena mi vide, il frate guardiano, che era quello che comandava di più, quello che comandava tutti, mi disse di accompagnare fra Sidonije Scholz a convertire un paese intero. Quel frate era famoso perché da solo aveva ribattezzato più di duemila serbi e a me faceva un po' di invidia, ma un'invidia sana, eh?, e anche se ero stanco morto, andai senza protestare con fra Sidonije perché pensai, osserverò come fa e imparerò a convertire i serbi tanto bene che sarà lui a invidiare me.

«E arrivammo in un villaggio che non ricordo come si chiamava, un buco pidocchioso, con case di legno talmente squallide da sembrare baracche e siccome non aveva una chiesa (l'avevano bruciata), i contadini si erano radunati in una specie di piazza e le donne si coprivano il capo con fazzoletti e avevano la faccia da paesane, e anche la faccia spaventata, e la cosa non mi stupì per niente perché con noi venivano degli ustascia che sembravano nazisti croati, con pistole e baionette. Fra Sidonije si vestì con i panni che dovevano indossare i sacerdoti per dir messa, il camice, la casula, il cingolo e tutto l'ambaradan. Io avevo lasciato il mio bagaglio nel monastero e non avevo niente da mettermi, e così, solo con la tunica, non potevo proprio starci a messa, poteva cedermi almeno una stola!, ma fra Sidonije non mi prestò niente, cosa che mi fece una gran rabbia, e in più mi ordinò di mettermi alla sua destra, come se fossi il suo diacono o il suo sagrestano!, mentre io ero sacerdote quanto lui, cosa si credeva? Così gli dissi che non mi andava e a lui girarono le palle e mi disse: "Non era mia intenzione offenderla, padre. La prego, dica lei messa", e si mise alla mia destra, come per farmi capire che non c'era niente che lo disgustasse e questo mi irritò, per cui cominciai a predicare in un qualche modo, ero tanto incazzato e stanco che mi ricordai di parlare alla gente solo del Concilio di Nicea e di quello di Toledo e della Immacolata Concezione e che dovevano perdere la brutta abitudine di segnarsi da destra a sinistra, e non sapevo ormai più cosa dire, sinceramente, e allora ecco che fra Sidonije m'interrompe, con modi scortesi, pessimi: alza le braccia per farmi tacere e si mette a urlare alla gente:

«"Bene, come sapete avete perduto il vostro prete ortodosso, quindi non vi resta che convertirvi al cattolicesimo. Se tra di voi c'è qualcuno che si consideri serbo, dovrà andarsene sull'altro lato della Drina, perché qui non abbiamo posto per gente di quella risma. Questa è una nazione croata e ustascia, chiunque voglia vivere qui deve convertirsi al cattolicesimo, è la sua unica salvezza. Sarà croato e godrà degli stessi diritti degli altri, non dovrà temere per le sue proprietà, né per la sua vita né per quella dei suoi familiari, ma chi insisterà ad aggrapparsi alla fede greco-ortodossa, sarà considerato un nemico del Poglavnik e dell'NDH e verrà espulso dal villaggio. Se è fortunato, gli ustascia lo manderanno nel campo di concentramento di Jasenovac, altrimenti, lo uccideranno, perché questi sono gli ordini che hanno ricevuto. Non c'è tempo da perdere, dovete decidervi subito: chi vuole convertirsi al cattolicesimo?".

«Tutti i serbi alzarono la mano, naturalmente, e fra Sidonije disse che ognuno di loro doveva pagargli centottanta *kuna* e che non potevano mai mancare a messa perché avrebbero fatto l'appello. E poi cantammo un Te Deum e servirono un banchetto (non per i serbi, per noi) e vennero i discorsi e i brindisi, lunga vita al Poglavnik e alla nazione croata e questo e quello, e fra Sidonije che era un po' brillo, si alza e grida – gridava sempre: "Finora, fratelli, abbiamo difeso la nostra religione con la croce e il breviario, ma è giunto il momento in cui dobbiamo divulgare la nostra fede con la pistola e il fucile!", e lo applaudirono fino a spellarsi le mani e lui s'imbaldanzì ed estrasse una pistola e sparò in aria e io mi acquattai, perché non ci ero abituato, e allora tutti dissero: "Che parli il frate di Zagabria!", e io morivo di vergogna ma mi fecero alzare, sentivo che stavo per piangere, mi facevano pena quei serbi, non so perché, perché mi ricordavano la gente del mio paese probabilmente, e mia sorella e il suo peccato, che io non sapevo se fosse maschio o femmina, e non volevo piangere per niente al mondo e aprii la bocca e la sentivo asciutta e non mi venivano le parole, nessuna parola!, ed ero talmente sfinito che ebbi un capogiro e persi i sensi.

«Mi portarono al monastero e lì rimasi due giorni steso a letto da tanto mi sentivo male e per la paura che mi facevano tutti quegli ustascia e ufficiali tedeschi e spie della Gestapo che entravano e uscivano dal convento come se fosse casa loro; ce n'erano alcuni bellissimi, c'erano certi tedeschi e ustascia stupendi, così alti, biondi, aitanti, ma non mi andava di provarci, quando li vedevo mi veniva voglia di scappare di corsa, e pensai non sono più gay, sono guarito, e pregai e resi grazie a Dio e alla Vergine Maria e allo Spirito Santo; stavo sempre a pregare, prima del sorgere del sole e subito dopo e a metà mattina, di pomeriggio e di sera, giù a recitare rosari, novene, giaculatorie, qualsiasi cosa, e tutti i giorni andavo a messa, facevo la comunione e leggevo il breviario, o meglio, lo leggevo quando potevo perché ero superimpegnato con tutti quei battesimi.

«Una volta giungemmo in un paese che si chiamava Jurkovak e fra Sidonije ordinò agli ustascia di portargli Vlajko Popović, un bottegaio, e di ucciderlo lì su due piedi davanti a noi, perché quel Popović diceva ai serbi di non convertirsi al cattolicesimo, ma non lo trovarono perché era scappato. Comunque, i serbi del paese scoprirono cosa era accaduto e vennero di corsa a chiederci il favore di battezzarli. E un'altra volta fra Sidonije fece assassinare un pope ortodosso che si chiamava Djorge Bogić, lo trascinarono fuori di casa, gli tagliarono il naso, la lingua, gli strapparono la barba, gli squarciarono la pancia e gli legarono l'intestino al collo. Fra Sidonije era una belva e io non volevo fare opera di apostolato con lui perché mi stremava, chiesi al guardiano di lasciarmi andare da solo, gli dissi: "Padre, credo di essere ormai pronto", e quando arrivai al villaggio con gli ustascia, scoprii che non c'erano serbi da convertire perché li avevano uccisi tutti. E quella sera nel refettorio fra Sidonije si mise a vantarsi come sempre di tutti gli scismatici che aveva ribattezzato e che lo avevano messo sul giornale e che gli avrebbero dato una medaglia e poi raccontò che aveva un amico, il parroco di Gorica, che aveva detto durante la messa: "Fratelli croati, andate e uccidete tutti i serbi! Prima dovete assassinare mia sorella, che è sposata con un serbo, e poi tutti gli altri, dal primo all'ultimo! Quando avrete finito, tornate a confessarvi in chiesa e io vi assolverò dai vostri peccati", e io pensai a mia sorella Danica e non ce la feci più e mi imbestialii e scoppiai» dice Mar, «scrissi una lettera. *Miserere mei, Deus: secundum magnam misericordiam tuam*» canta Mar. «Pietà di me, o Dio, secondo la tua misericordia; / nella tua grande bontà cancella il mio peccato. / Lavami da tutte le mie colpe, mondami dal mio peccato. / Riconosco la mia colpa, il mio peccato mi sta sempre dinanzi. / Contro di te, contro te solo ho peccato, quello che è male ai tuoi occhi, io l'ho fatto; perciò sei giusto quando parli, retto nel tuo giudizio. / Ecco, nella colpa sono stato generato, nel peccato mi ha concepito mia madre.

«Non potevo portare sandali perché il campo era fangoso e pieno di pozzanghere» dice Mar, «e per non sporcarmi il saio me lo rimboccavo dentro il cordone, ma era comunque ridotto uno schifo. Jasenovac era enorme!, da un lato dava sul fiume Sava, dall'altro sul fiume Una. C'erano torri altissime di legno sulle quali stavano di sentinella degli ustascia in divisa gialla, che tenevano sotto tiro l'interno, non l'esterno, ed era tutto circondato da barriere di filo spinato con spuntoni, come se fosse una gabbia. Era un campo di lavoro per persone non grate e pericolose, ed erano tutti serbi, ebrei, zingari e comunisti. E gay, ovviamente. In realtà non era un solo campo ma tanti: l'1, il 2, il 3, il 4, il 5, il 6, il 7... Dovevano improvvisare sul momento perché continuava ad arrivare gente non grata e pericolosa nonostante molti morissero lungo la strada. Appena entrati, gli toglievano tutto ciò che avevano, li rapavano a zero e li incatenavano. Erano talmente tanti che alcuni non si sapeva dove metterli, e così dormivano alle intemperie, coperti solo da una tettoia, e siccome d'inverno faceva freddo, morivano e liberavano il posto per i nuovi.

«Dalle due ciminiere della fabbrica di mattoni usciva un fumo scurissimo che mandava un odore schifoso. Erano molto preoccupati perché il fetore arrivava fino al paese di Jasenovac, e benché in quel momento tutti quelli che ci vivevano fossero croati, facevano domande e protestavano, e il comandante Pićili disse: bisognerà trovare un'altra soluzione, e Ljubo Miloš disse: i tedeschi li ammazzano prima di metterli nei forni, e Pićili disse: E cosa c'entra, quando li bruci puzzano uguale; sì, disse Miloš, però non gridano.

«Sua Eccellenza Ivan Šarić mi rispose a stretto giro di posta» dice Mar, «cosa che era quasi un miracolo, perché ora eravamo in guerra davvero: i nazionalisti serbi, i diabolici cetnici, e i comunisti del Fronte di Liberazione Popolare, i partigiani (molti dei quali croati, traditori della patria, vergogna del nostro popolo), minacciavano la stabilità della nostra grande Croazia. La missiva del Reverendissimo Padre era insieme severa e cordiale, calorosa e riprovatoria.

«Mi rimproverava l'augusto prelato di essermi preso la libertà di polemizzare sul carisma, sull'azione pastorale di fra Sidonije. Con quale autorità mettevo in dubbio che i suoi catecumeni abbracciassero spontaneamente la fede cattolica, ispirati dalla grazia divina, spinti dal loro libero arbitrio, con assoluta convinzione?

«Non peccavo per caso d'arroganza, di superbia, giudicando così un fratello che metteva tanto impegno nel mietere anime per Nostro Signore, riscattandole dalle tenebre, offrendo loro la gloria dei beati? Cos'è la breve esistenza umana in confronto alla vita eterna?

«Il fiume Sava straripava in continuazione, inondando tutto, e per questo costruivano un argine» dice Mar, «e dal sorgere del sole fino al tramonto, i prigionieri scavavano e riempivano di terra le carriole e poi le svuotavano sull'argine, ma siccome il terreno era bagnato e molti camminavano scalzi, scivolavano, e gli ustascia li colpivano con la frusta, faceva pena vederli, i prigionieri, così magri, alzarsi sudici di fango e riprendere la carriola.

Ma se restavano a terra era peggio, perché li mettevano dentro la carriola e li buttavano nel terrapieno mescolati alla terra. Gli ustascia si ostinavano a pretendere che non spuntasse niente, né una mano, né un piede, né un dito, dalla sabbia appiattita, ma a volte lanciavano in acqua tanti prigionieri che si formavano due argini, uno di terra e l'altro di cadaveri.

«*È la verità, tutta la verità e nient'altro che la verità che dopo mille anni di storia, il popolo croato meritasse di essere padrone del proprio destino, di essere libero e di creare un proprio Stato*, mi scrisse l'arcivescovo di Vrhbosna. *Ed è altresì vero che il nostro Eminentissimo Poglavnik, un autentico martire, ha contribuito alla rinascita del nostro Stato Indipendente. Noi croati non potremo mai ringraziarlo abbastanza per ciò che ha fatto per noi. È un uomo pio, modesto, umile, un modello per tutti. Lei sapeva che ha mandato i suoi figli a convitto dalle Sorelle della Carità, a Zagabria, è ha chiesto alla madre superiora di assegnare loro letti duri, scomodi? Solo un autentico martire dimostra uno spirito tanto spartano. È un Apostolo, un dono di Dio. Dovremmo rendere grazie alla Provvidenza per avercelo inviato.*

«C'era di tutto a Jasenovac, persino un lago!» si stupisce Mar, «e molte officine e botteghe per il lavoro, oltre la fabbrica di mattoni: la fonderia, la falegnameria, la sartoria, il barbiere, un ospedale, un cimitero... Nella fonderia i prigionieri fabbricavano utensili, seghe, asce, i ceppi che portavano alle caviglie e dei coltelli molto speciali, con una forma strana, ricurvi con l'affilatura verso l'interno, che sgozzavano in modo molto rapido e si chiamavano *srbosjek*, *ammazzaserbi*.

«I tedeschi e i *domobrani* e le milizie ustascia non facevano altro che inviare gente pericolosa e non grata a Jasenovac, bambini, donne, uomini... E Pićili si strappava i capelli, era impossibile sorvegliarli tutti. Il giorno di Natale del 1941 arrivarono settantacinque serbi di Lipik e Ljubo Miloš, il vicecomandante, diede in escandescenze:

«"E perché tocca sempre a me ammazzare i serbi? Non ci sono altri campi in Croazia, o cosa?".

«"C'è un giudice tra voi?" chiese ai serbi e uno di loro uscì dalla fila e disse di chiamarsi Vlado Ilić e di essere giudice del distretto di Pakrac. Miloš gli chiese quanti croati avesse condannato a morte e il serbo disse nessuno perché le sentenze di morte non erano affar suo, e a Miloš girarono le palle e gli disse, cosa ne dice se condannassi a morte te?, e il serbo non rispose e rientrò nei ranghi e poco dopo Miloš lo richiamò, che venga il giudice!, e quando lo ebbe davanti gli disse di togliersi il cappotto e la giacca, non so perché, ma fu quel che gli disse, e poi lo portò davanti a una pila di mattoni, strappò il mitra a un ustascia, e ra-ta-ta-tà, ce lo inchiodò contro, ma pare che non lo avesse ammazzato, perché respirava, e quindi gli sparò altre tre volte e poi gli strappò il cuore con un coltello e ce lo mostrò. Bisognava finire il lavoro e un ustascia portabandiera, Matković, chiese al vicecomandante se, essendo Natale, gli permetteva di uccidere un serbo e Miloš disse d'accordo. Matković afferrò un prigioniero e gli cavò il cuore, come Miloš con quell'altro, solo che questo era ancora vivo. E continuò ad assillarlo, per favore, per favore, lasciami uccidere altri dieci serbi, che è Natale, e Miloš gli disse fa come ti pare e io mi feci la pipì addosso ma credo che non se ne accorse nessuno.

«*Sono un ustascia... Cristo e gli ustascia e Cristo e i croati marciano uniti attraverso la storia. Dal primo giorno della sua esistenza, il movimento ustascia sta lottando per la vittoria delle verità cristiane, della giustizia, della libertà, della verità.*

Il Nostro Salvatore veglierà su di noi in futuro come ha fatto sino ad oggi, è per questo che la nostra nuova Croazia ustascia è una con Cristo, Cristo e i croati e nessun altro. Ogni croato onesto e degno ha il dovere di essere ustascia, lei, fratello in Cristo, anche, mi avvertì Sua Eccellenza nella lettera e c'era un velato rimprovero in questa ammonizione, o non tanto velato, come scoprii in seguito» riflette Mar, «e, tuttavia, ero membro dell'Azione Cattolica. E crociato! *Il nostro comune amico, il presidente dei Crociati, padre Felix Niedzielski, è un ustascia eminente e vicegovernatore della Bosnia. Lo stimabile padre Grga Pejnović, direttore di tutti i Crociati, è stato nominato presidente dell'Ufficio Centrale di Propaganda Ustascia. Padre Stjepan Lukić è il comandante aggiunto del campo di Žepče, padre Dragutin Kamber è comandante ustascia del distretto di Doboj... Molti sono i sacerdoti croati che non hanno esitato ad assumersi incarichi di polizia e di governo nella nostra patria. Sono centinaia i presbiteri che affrontano i rigori e il pericolo della guerra, assistendo il nostro esercito come cappellani! Devo ricordarle che Sua Eccellenza, Alojzije Stepinac, è vicario castrense dell'esercito ustascia?*

«Prima che arrivassi io, il 15 settembre 1941, precisamente nel Settenario dell'Addolorata, Pićili ordinò di uccidere tutti i prigionieri che non potevano lavorare. Ammazzare in un colpo solo settecento persone sembra facile e invece non lo è per niente.

«*Sua Santità Pio XII, ha concesso udienza al nostro Poglavnik, al buon arcivescovo Stepinac e a una delegazione di giovani ustascia, ha benedetto la nostra giovane nazione e segue con speranza la grande azione missionaria della nostra Chiesa.* Il Santo Padre ama i crociati![9] *La Conferenza*

[9] In italiano nel testo.

Episcopale di Zagabria, alla quale ho partecipato con gli altri vescovi croati, il 17 novembre di quest'anno, ha ottenuto l'approvazione canonica per la pratica della conversione al cattolicesimo e ha creato un comitato, capitanato dal reverendissimo arcivescovo di Zagabria, Alojzije Stepinac, che veglia sulla sua realizzazione. Più di duecentomila pecorelle sono state ricondotte all'ovile! Questo miracolo non è forse prova e segno della volontà di Dio?

«Li ammazzavano con spranghe d'acciaio, a martellate, a colpi di zappa (i bambini, le donne e i vecchi), a calci, strangolandoli, bruciandoli nei forni, con fruste di cuoio, impiccandoli, sgozzandoli di netto con l'*ammazzaserbi*... Tanti non c'era bisogno di ammazzarli perché morivano da soli, di freddo, di fame, di tifo. E quelli che potevano, si suicidavano.

«La piaga bolscevica cerca di annientarci, di estirpare il grano che abbiamo seminato, di inaridire le sementi cattoliche. Siamo in guerra, padre! Persino i nostri alleati cospirano contro di noi. Gli italiani sono tornati e hanno ristabilito la loro autorità civile e militare. Le chiese scismatiche rivivono in Dalmazia dopo il loro ritorno e i sacerdoti ortodossi che si erano nascosti riprendono a predicare in totale libertà. Gli italiani sembrano favorire i serbi a spese dei cattolici! Persino i tedeschi di Hitler prestano orecchio alle calunnie e le frottole che diffondono i nostri nemici su di noi!

«Mile Budak, il ministro della Cultura e dell'Istruzione, disse: "Il movimento ustascia si fonda sulla religione. Per le minoranze (serbi, ebrei e zingari) abbiamo tre milioni di pallottole. Ammazzeremo una terza parte dei serbi, deporteremo un altro terzo e i restanti li costringeremo ad abbracciare la religione cattolica. In tal modo, la nuova Croazia si sbarazzerà dei serbi e nel giro di dieci anni sarà cattolica al cento per cento".

«E quando ne ebbi notizia, mi venne una voglia pazza di convertire dei serbi» dice Mar, «ma lì non me lo permettevano, a Jasenovac non potevo; Maks Luburić, che era il comandante di tutti i campi di concentramento della Croazia e perciò passava sempre di fretta, lanciava quattro urli, dava ordini a *everybody* e se ne andava subito, aveva deciso che i serbi di Jasenovac bisognava ucciderli tutti... Ma se mi avessero permesso di convertirli invece di ucciderli... Sarebbero andati in cielo o in purgatorio, perché sarebbe stato il colmo che, dopo ciò che gli facevano, finissero dritti all'inferno.

«*Finora Dio ha parlato per mezzo delle encicliche papali... E quelli? Si sono turati le orecchie... Ora Dio ha deciso di usare altri metodi. Organizzerà missioni. Missioni europee. Missioni mondiali. E le dirigeranno non più i sacerdoti ma i comandanti dell'esercito, guidati da Hitler. I sermoni saranno diffusi con l'aiuto di cannoni, mitragliatrici, carri armati, bombardieri... Il linguaggio di questi sermoni sarà internazionale*, mi scrisse l'arcivescovo Šarić. *Dobbiamo impiegare metodi rivoluzionari al servizio della verità! Non è degno dei discepoli di Cristo pensare che questa sarà una lotta in guanti bianchi. Abbiamo iniziato una nuova crociata. Lei sa bene che i crociati di Cristo godono di indulgenza plenaria, che senso hanno le sue critiche, padre?*

«I bambini, almeno, se lo risparmiavano l'inferno» si consola la bambina, «io m'immaginavo il limbo come un posto molto noioso, come galleggiare in una piscina, sul dorso, per secoli, ma è comunque ben diverso da una Geenna sempre in fiamme e dal fuoco divoratore che consumerà tutti i condannati, i cui tormenti non avranno pace né fine in nessun momento, e dal verme che non morirà e dall'essere la feccia del mondo, come gli scribi e i farisei e i serpenti, razza di vipere, e i serbi, i comunisti e gli ebrei, e i gay, certo, ah, lì sarà pianto e stridor di denti!, io non potevo sopportare che uccidessero i bambini, che colpa ne avevano se i loro genitori erano serbi o ebrei, a volte Dio fa cose che nessuno capisce. Nel febbraio del 1942 arrivò una marea di gente, tutti serbi di Korzara, che evidentemente erano comunisti e combattevano contro gli ustascia, e io vedevo i bambini, nudi, scheletrici, e faceva un freddo!, e pensavo magari uno di loro è mio nipote, quindi fui molto contento quando mi dissero che il comandante aveva ordinato di portarli in una baracca e di dargli da mangiare e di vestirli e di insegnargli a essere dei bravi ustascia. Io volevo fargli lezione di catechismo, e, se mi lasciavano, organizzare un coro, che belli sono i cori di bambini!, ma non so cosa accadde, perché dalla sera alla mattina sparirono tutti. Immagino che ora saranno nel limbo.

«*Non le nascondo che condivido le sue riserve riguardo ai musulmani. Stimo molto il nostro ministro della cultura e dell'istruzione, Mile Budak, un uomo di fede, ma dissento da lui sul tema dei maomettani; lungi dall'essere i più puri croati, sono pagani, feccia: quando avremo risolto il problema serbo, convertiremo anche loro al cattolicesimo, ma tenga ben presente che solo i più umili, i più poveri e ignoranti tra gli scismatici verranno accolti nel gregge cattolico. I sacerdoti del culto greco-ortodosso, gli ebrei, gli intellettuali, i mercanti e i borghesi ricchi non trovano posto in seno alla Chiesa romana, come disse Gesù Cristo: "È più facile che un cammello passi per la cruna di un ago, che un ricco entri nel regno dei cieli"*.

«*Francamente, padre*, così si concludeva il rimprovero del reverendissimo vescovo, *mi aspettavo da lei una generosa dedizione alla Crociata, la sua diffidenza, le calunnie che ri-*

volge a un fratello in Cristo come fra Svetozar, un figlio di san Francesco, come lei, un uccellino!,[10] *mi indispongono, la consideravo un bravo sacerdote, mi rendo tristemente conto di essermi sbagliato*, mi scrisse Sua Eccellenza» dice Mar, «e temetti il peggio e non mi ero sbagliato.

«Anch'io ero nel limbo» dice la bambina, «o nel purgatorio, una cosa del genere, non era una prigione ma quasi, mi tenevano sotto controllo. Non mi lasciavano dir messa! Agli altri preti di Jasenovac invece sì, a Zvonko Brekalo e a padre Čulina e a padre Lipovac, sì, loro facevano quel che gli pareva e mi guardavano dall'alto in basso perché erano ustascia e io no, perché io ero stato punito e loro no. Padre Brekalo non si metteva nemmeno la tonaca, andava in giro con la divisa ustascia e portava la pistola e un coltello dentro lo stivale, si capiva che era prete solo perché aveva una croce cucita sulla camicia (sopra c'era scritto "Tutto per il Poglavnik!", e sotto, "Difesa Ustascia"), e quei tre si riunivano nella stanza di Brekalo e si riempivano di vino e alcol e quel che capitava, dicevano cose terribili, io mi turavo le orecchie per non sentirli, e si facevano portare donne, serbe, ebree e zingare, e io pensavo, che pessimo esempio danno ai soldati, e mi veniva voglia di scrivere una lettera all'arcivescovo Šarić e raccontargli tutto ma pensai meglio che lasci perdere e pregai per loro e così facevo, pregavo tutto il tempo.

Altissimo, onnipotente, buon Signore,
tue sono le lodi, la gloria e l'onore
e ogni benedizione.
A te solo, Altissimo, si confanno,
e nessun uomo è degno di te.

[10] In italiano nel testo.

«Mi avevano punito perché non ero né umile né obbediente» dice Mar «e se all'arcivescovo Šarić e all'arcivescovo Stepinac e al Beatissimo Padre stava bene così, io dovevo solo stare zitto, la Crociata è la Crociata e tutto viene perdonato con l'indulgenza plenaria.

Laudato sii, mio Signore,
per tutte le tue creature,
specialmente per messer Frate Sole,
il quale porta il giorno che ci illumina.

«Ma a volte andavo in paranoia e sospettavo che Dio non fosse Dio, ma il Diavolo, infatti se Dio è Onnipotente, perché lascia che accada tutto ciò, perché organizza le Crociate che sono una barbarità e altre volte pensavo Dio non esiste, e se Dio non esiste si può essere gay perché niente è peccato, ma il Demonio invece esiste, questo è chiaro, il Male esiste... E allora Dio...? E andavo in confusione e stavo malissimo e Dio mi spaventava e pregavo moltissimo per entrare nelle sue grazie, per fare il simpatico. Allora arrivò fra Satana.

Laudato sii, mio Signore,
per nostra sora morte corporale,
dalla quale nessun uomo vivente può scampare.
Guai a quelli che morranno nel peccato mortale;
Beati quelli che si troveranno nella tua volontà.

«Si chiamava Majstorović e fu nominato comandante del Campo III di Jasenovac, nel quale si ergeva la fabbrica dei mattoni. Era un uomo alto, tendente al corpulento, con un viso amabile, dall'espressione ingenua, candida, e un sorriso pronto, la voce era dolce, carezzevole» disse

Mar, «la sua era una delicatezza sorprendente in un pezzo d'uomo come lui e in un comandante ustascia, ma quando scoprii che si trattava di un figlio del Serafino di Assisi come me, caduto in disgrazia come me, compresi l'affetto istintivo che mi aveva suscitato, del tutto privo di sensualità, di cattivi pensieri, pura amicizia.

«Tutti sapevano che in realtà si chiamava Vjekoslav Filipović e che era un frate francescano del monastero di Petricevac, solo che gli avevano cambiato nome e lo avevano mandato a Jasenovac perché era tanto bestia che persino i nazisti della Gestapo avevano protestato» dice Mar. «Nel febbraio del 1942, quel Filipović si presentò nella miniera di Rakova, con due battaglioni ustascia, alle quattro del mattino. Separarono i minatori serbi dai cattolici e dai musulmani, uccisero i serbi con picconi e con asce e con tutto ciò che avevano a portata di mano e ordinarono agli altri minatori di scavare una fossa per seppellirli, e poi Filipović e gli ustascia andarono in un paese che si chiamava Drakulić e tirarono fuori la gente dalle case. Filipović, che era il cappellano degli ustascia, afferrò un neonato, lo strangolò a mani nude e disse: "Io ti ribattezzo!". E agli ustascia: "Seguite il mio esempio e ribattezzate questi degenerati in nome del Signore, io vi darò l'assoluzione", e quando se ne andarono da Drakulić non restava più nessuno, solo i morti, e andarono anche in una scuola e tagliarono la testa a sessanta bambini e la maestra, pare, impazzì. E così tutto il giorno e tutta la notte finché non uccisero duemilatrecento serbi, e si alzò un tremendo polverone perché i nazisti della Gestapo dissero che per colpa di Filipović i serbi si stavano incazzando e anche i croati e che avrebbero creato problemi e loro di problemi non ne volevano, per cui Kvaternik lo portò via dalla Bosnia.

«Filipović aveva svolto una straordinaria azione missionaria a Banja Luka, niente meno che settemila anime scismatiche erano ritornate nel seno della Santa Chiesa cattolica in poche settimane!, ma certi disaccordi con i tedeschi e con il console italiano (come aveva ragione Sua Eccellenza Šarić a mettermi sull'avviso riguardo ai nostri alleati!), avevano indotto i suoi superiori a ritirarlo dall'apostolato. Benché con me abbia sempre tenuto un atteggiamento fraterno, addirittura amichevole, e il suo arrivo a Jasenovac sia stato come un raggio di sole che mi rese il calore e l'affetto dei miei confratelli, quando mi ridiede la mia dignità di sacerdote, scegliendomi come diacono (o meglio, come cocelebrante) nei suoi offici religiosi, devo ammettere che il suo comportamento non fu del tutto edificante, come invece ci si doveva aspettare da un presbitero» dice Mar. «Con me era simpaticissimo, faceva il collega, e poiché era tanto a modo e aveva quella voce sottile, quasi da ragazza, all'inizio pensai è della mia sponda, invece no, proprio per niente, e temevo che mi sgamasse, che si accorgesse che ero gay, io non volevo essere gay ma era una croce che Dio mi aveva mandato e che dovevo sopportare ed era una gran porcheria, mi avrebbe potuto mandare un'altra croce, perché lì, se scoprivano che eri gay, ti ammazzavano e una cosa è essere ammazzato per la fede, diventare martire e andare in cielo e magari essere fatto beato o persino santo, e altra ben diversa essere ammazzato perché sei un finocchio, non c'è paragone.

«E da quando arrivò Majstorović divenni più popolare, gli altri preti cominciarono a legare con me, m'invitavano alle loro feste con donne e orchestrine di zingari con i lunghi capelli raccolti in un ciuffo e orsi che ballavano ubriachi, e io stavo in campana, perché da un lato sarebbe sembrato brutto se dicevo di no, no?, ma dall'altro non volevo dare un esempio tanto patetico ai soldati e alle guardie, sentivo gli ustascia che dicevano questi frati ci vengono a dire nei loro sermoni di essere casti e buoni cristiani e poi guardali loro, tutto il giorno a puttane e strafatti, e se Filipović lo chiamavano fra Satana, a me mi chiamavano fra Breviario, perché andavo sempre su e giù con il breviario in mano recitando le mie suppliche e i miei rosari, e non mi importava se ridevano di me, che ridano pure purché non mi ammazzino senza che mi sia confessato.

«Certi giorni Filipović andava a Gradina vestito di una tuta verde, quando tornava la tuta era rossa e lui, così com'era, si infilava il camice con sopra la casula e con tanto di pistola e coltello diceva messa su un altare nell'officina da falegname. "Non dovete preoccuparvi del corpo, ma dell'anima" diceva agli ustascia e ai prigionieri croati, "dovete preservare linda, intonsa l'anima, perché è eterna, mentre il corpo è mortale", e sinceramente male non parlava, ma io vedevo le sue mani e mi faceva impressione portargli le offerte, la patena con l'ostia e il calice con il vino, ancora altro vino!, *Offerimus tibi, Domine, calicem salutarias, tuam deprecantes clementiam*, diceva Filipović alzando il calice con le mani macchiate di sangue e io fingevo che fosse una cosa delle più normali, di non rendermi conto di niente.

«Padre Filipović mi fece l'onore di designarmi suo confessore» si vanta Mar, «un incarico delicato, di grande responsabilità, soprattutto quando il penitente è un fratello presbitero. Il peccato è offesa a Dio e, anche solo per questo, un male grave. Tutte le altre considerazioni sono secondarie rispetto a questa: una donna stuprata, un marito ucciso sono poca cosa a confronto con un Dio vilipeso. Nella povera natura si annidano le perverse predisposizioni all'ambizione, orgoglio, gola, impazienza, invidia, avarizia, pigrizia, lussuria... I movimenti interiori della concupiscenza carnale, retaggio della debolezza della natura, del sangue viziato che scorre nelle vene del genere umano, fin dalla fonte primaria di Eva peccatrice, affliggono noi tutti in parti uguali, nemmeno l'alta dignità del sacerdozio ci libera dalla tentazione.

«"*In nomine Patris et Filii et Spiritus Sancti*... Fratello in Cristo, che peccati hai commesso?".

«Io volevo tirare la tendina per non vederlo, ma fra Satana disse di no, a che pro tutti quei segreti, quando sai benissimo chi sono, con quella faccia da ingenuo che faceva e quella voce così dolce, così sexy, come di spot televisivo, era uno psicopatico, ecco cos'era, ma allora non ne sapevamo niente, non sapevamo nemmeno che esistessero gli psicopatici, eravamo molto arretrati.

«"Con mio grande dispiacere, padre, per ordini diretti di Ljubo Miloš e di Maks Luburić, ieri sera sono dovuto andare a Gradina e sorvegliare personalmente alcune esecuzioni" cominciò a dire con tono compunto. "Ho costretto i prigionieri a scavare una fossa e poi li abbiamo uccisi con le mazze, mi fanno ancora male le mani, li abbiamo gettati nella buca, i morti e i vivi, perché ci siamo stancati di prenderli a mazzate. E io ho ordinato agli zingari di coprire tutto di terra e sassi e di seppellirli per bene. Ad altri abbiamo sparato, facendo attenzione, perché le pallottole sono care, e alcuni li abbiamo sgozzati. Le donne, prima di ucciderle, le abbiamo violentate", mi raccontò quell'animale e io non sapevo cosa dirgli e lui mi guardava con i suoi occhietti grigi, come per dire vediamo come te la cavi, e io gli imposi di recitare due Paternostri e tre Avemaria, *Ego te absolvo, Dominus tecum fili mihi*, e quando si alzò per andarsene dopo che gli ebbi fatto il segno della croce pensai ho esagerato con la penitenza, avrei dovuto dirgli solo un Padrenostro e un'Avemaria e per poco non gli corsi dietro ma mi ricordai della mia dignità sacerdotale e che comunque se ne sarebbe sbattuto altamente, no?

«E nei limiti della contrarietà che significava per me essere stato escluso, a causa della mia disobbedienza e della mia superbia, e di un peccato d'amor proprio, dall'attività missionaria, mi gratificava e consolava poter lavare e purificare con il sangue redentore di Cristo, mediante il sacramento della confessione, quelle povere anime, ascoltarle, ammonirle, consigliarle, perdonare i loro peccati e dire: "Lodiamo il Signore perché è buono, eterna è la sua misericordia. Va in pace e annunzia le grandi opere di Dio, che ti ha salvato". Ciononostante, anch'io devo fare una confessione» confessa Mar, «dimenticavo sempre - ah, il peccato di omissione! - di chiedere a fra Filipović del sesto comandamento, perché l'indulgenza plenaria comprende quasi tutti i possibili peccati in cui possa incorrere il crociato durante la guerra santa, ma non gli atti impuri: la mancanza di castità non può essere perdonata, o ignorata, in nessun caso.

«Davanti alla mensa degli ufficiali ustascia c'era un padiglione all'aperto dove mangiavano i grandi capi» dice Mar. «E un giorno Filipović m'invitò a mangiare con lui nel padiglione, solo noi due, e io volevo proporgli un progetto, cioè di organizzare degli esercizi spirituali, mi sembrava un'idea super e lui cominciò a chiedermi di dove sei e in che seminario sei andato eccetera eccetera, e io gli raccontai della mia tesi di teologia e che se non fosse stato per la guerra sarei andato a studiare a Roma e lui sembrava interessato, e chi era il tuo relatore?, e come mai hai scelto san Bernardino da Siena e non san Giovanni da Capestrano?, sempre la stessa solfa, è incredibile, ed io gli dissi che secondo me san Bernardino da Siena era un santo immenso, molto più santo di... e nel mentre arriva un ustascia, gli dice qualcosa nell'orecchio e fra Satana: "portamelo!", torna l'ustascia con un prigioniero, fra Satana posa forchetta e coltello sul piatto, estrae la pistola, fredda quel poveraccio, mi guarda con il suo solito sorrisetto e dice: "Mi permetta di ricordarle, padre, che san Giovanni da Capestrano era un crociato, morì nella nostra patria e sconfisse gli infedeli nella battaglia di Belgrado".

«Decisi di affrontare l'argomento più avanti, perché compresi che molti erano gli affanni e il daffare che impegnavano i miei fratelli in Cristo a Jasenovac» dice Mar, «alla fine dell'estate, forse, mi dissi, avremo l'opportunità di andare in ritiro, anche solo per un paio di giorni, e meditare, pregare, fare un esame di coscienza. Quanto a me, cercavo di fare in modo che le occupazioni del campo non mi distogliessero dai punti fondamentali della mia vita spirituale: distacco assoluto verso la mia nullità, abbandono totale alla volontà del Signore, desiderio di vivere esclusivamente per l'apostolato e buon servizio per la Santa Madre Chiesa. Obbedienza! Umiltà! Santa indifferenza. Obbedienza e pace. E ricordavo le parole di Tommaso da Kempis: *Sopporta con pazienza se non puoi con allegrezza. Abbi cura di far sempre piuttosto la volontà di un altro che la tua propria. Volontà del papa, volontà di Dio.* Sentivo il cuore gonfio d'amore per la Regina delle Vergini, per il Sacro Cuore di Gesù, per Sua Santità Pio XII e per il reverendissimo vescovo Ivan Šarić che, se mi aveva dato una tirata d'orecchi, era solo e soltanto per il mio bene, adesso lo capivo. Feci mia la supplica del Serafino d'Assisi: *Gesù, abbi pietà di me, peccatore*, e mie le parole di san Francesco di Sales: *sono come un uccello che canta in un bosco di spine*, quella era la mia umile aspirazione.

«La notte del 29 agosto un grande schiamazzo turbò le mie preghiere, ma non permisi al rumore del mondo di impedirmi di concentrarmi sui misteri del Santo Rosario e sull'evocazione di san Giovanni Battista, di cui celebravamo la festa quel giorno» dice Mar. «E il campo era pieno da scoppiare di prigionieri e Pićili disse che bisognava far posto ai nuovi, così venne organizzata una gara tra le guardie ustascia, vediamo chi ammazzava più prigionieri con lo *srbosjek* e il vincitore, che fu Petar Brzica, un francescano che uccise 1.360 persone in un solo turno, ricevette in premio un orologio d'oro, un piatto d'argento e il giorno dopo venne da me un ustascia che si chiamava Mile Friganović, che si voleva confessare, io avrei preferito che si confessasse con padre Brekalo o con Čulina o con chiunque meno che con me, ma cosa ci potevo fare e questo è ciò che disse:

«"Il francescano Petar Brzica, Ante Zrinusić, Sipka e io abbiamo fatto una scommessa e abbiamo cominciato a uccidere prigionieri e nel giro di un'ora io ne avevo uccisi molti di più degli altri e in poche ore avevo sgozzato già millecento persone, mentre gli altri ne avevano uccise, a dir molto, trecento o quattrocento ciascuno. Io ero felice, come in estasi, non mi ero mai sentito tanto bene in vita mia, quando improvvisamente ho notato un vecchio contadino fermo in piedi che mi guardava... con una tale calma e tranquillità mentre io stavo tagliando gole...! E non so perché quello sguardo mi ha lasciato come di ghiaccio, incapace di muovermi. E l'ho raggiunto lì dov'era, mi ha detto che si chiamava Vukašin e che era del villaggio di Klepci, vicino a Čapljina e che gli avevano sterminato quasi tutta la sua famiglia e che lo avevano inviato a Jasenovac dopo averlo fatto lavorare nel bosco. E me lo diceva con una pace che mi ha sconvolto più degli ululati e delle grida dei prigionieri, e ho sentito che non potevo tollerare quella calma, che dovevo torturarlo e farlo urlare e in tal modo recuperare le forze e la mia estasi e la voglia di uccidere.

«"L'ho fatto sedere su un tronco. Gli ho ordinato 'Grida: Viva il Poglavnik! o ti taglio un orecchio', ma non ha detto niente, e gli ho strappato l'orecchio. 'Grida: Viva Pavelić o ti taglio l'altro orecchio', e il serbo niente, zitto. 'Dì: Viva Pavelić! o ti taglio il naso'. Siccome non obbediva, gli ho tagliato l'altro orecchio e il naso. Una cortina di sangue gli colava sul viso; lui taceva. Io ero fuori di me: 'Grida viva Pavelić o ti strappo il cuore!', e allora finalmente ha parlato, mi ha guardato con la sua serenità insopportabile e ha detto: 'Creatura, fa il tuo lavoro'. Gli ho cavato gli occhi, il cuore, gli ho tagliato il collo da orecchio a orecchio e l'ho buttato nel pozzo. Ma qualcosa dentro di me si è spezzato e non sono più riuscito ad ammazzare nessuno per tutta la notte. Brzica ha vinto la scommessa".

«Confessare era davvero una fregatura» dice Mar, «odiavo farlo, odiavo confessare con tutta l'anima, soprattutto i prigionieri croati. Padre Brekalo andava fuori dai gangheri con i croati: "I serbi sono qui perché sono serbi, gli ebrei perché sono ebrei" gli diceva, "ma voi siete venuti a Jasenovac perché siete traditori e comunisti, nemici della Santa Chiesa Romana Apostolica e della Croazia indipendente, perciò, bastardi, carogne, vi farò vedere l'inferno in terra!". I comunisti del campo, che lo sapevano, dicevano ai nuovi arrivati: non dite che siete croati, dite che siete serbi, altrimenti vi uccideranno, e molti croati si facevano passare per serbi e ingannavano gli ustascia, e a Filipović e a Brekalo questo faceva una gran rabbia. E allora diedero ordine che tutti i croati dovevano andare a messa nella falegnameria la domenica alle dieci del mattino, e per attirarli, gli promisero un pasto speciale, e tutti i comunisti croati, benché atei, si presentarono. Ma prima della messa dovevano mettersi in fila davanti al confessionale che avevano installato nella falegnameria, perché senza confessione, niente pranzo. E a noi preti ci ordinarono di strappargli durante la confessione tutti i segreti che riuscivamo e poi dovevamo raccontarli a loro, gli ustascia, e molti partigiani lo subodoravano e non confessavano niente, ma altri cantavano. Io, comunque, non li lasciavo parlare, quando cominciavano a raccontarmi qualcosa, li interrompevo. E la castità? Come sei messo a castità?, e loro, be' restavano basiti, che domande da fare a Jasenovac!, parlami dei tuoi desideri impuri, gli dicevo, non m'interessa altro, ma ogni tanto dovevo denunciare qualcuno perché quelle bestie non sospettassero, che brutta situazione!, i prigionieri mi facevano una pena terribile, io ero fatto così, ero debole, finocchio, mi chiudevo nella mia stanza e continuavo a piangere, pur sapendo che prima o poi li avrebbero uccisi tutti, e che da una certa prospettiva, quei prigionieri erano ancora fortunati, li mandavano a Gradina appena finita la messa, dopo essersi confessati e aver fatto la comunione, e morivano in grazia di Dio, andavano dritti in paradiso, cos'è la vita terrena a paragone della gloria dei beati?, era come se avessero vinto alla lotteria, come se gli si facesse un favore, no?

«E il giorno di san Luca Evangelista, il 18 ottobre, mi alzai con un mal di testa allucinante per colpa di padre Brekalo e di padre Čulina e di padre Lipovac e di fra Satana, che la notte prima avevano fatto baldoria e non mi avevano lasciato dormire, che casotto facevano!, le donne no, le donne non si sentivano, be', sì, le urla, e non mi andava proprio di uscire dalla mia camera, ah se mi avessero lasciato in pace, ma Brekalo e Čulina e padre Lipovac dovevano smaltire la sbornia e qualcuno doveva pur dir messa, e chi ha il coraggio di infischiarsene di un ustascia che viene a buttarti giù dal letto?, e Filipović infatti era lì, ad aspettarmi, nella falegnameria, insieme a una fila di prigionieri croati appena arrivati per farmeli confessare.

«"Fratello in Cristo, hai in qualche modo offeso la nostra Santa Madre Chiesa, di cui fa parte la nostra nazione, la Croazia? Hai peccato contro la nostra indipendenza? Parla tranquillamente, non aver timore, è con Dio che ti stai confessando, non con la polizia".

«Uno mi disse che aveva disertato perché i cetnici gli facevano paura e un altro che si era nascosto dalle pattuglie di reclutamento perché era l'unico uomo che restava nella sua famiglia, io li accusavo di essere antipatriottici, gli ordinavo di dire qualche preghiera e poi li assolvevo. Non li vedevo in faccia, a causa della tendina, ma sapevo che erano lì per via dell'ombra e del respiro e del rumore che facevano mettendosi in ginocchio. "*In nomine Patris et Filii et Spiritus Sancti*", dissi al terzo, e lui rispose "Amen" e io sentii che il sangue mi si gelava nelle vene e pensai non può essere, è impossibile, vedrai che non è così, e gli chiesi, dimmi, figliolo, in cosa hai offeso Dio e lui mi rispose, in niente, padre, non ho commesso nessun peccato di cui debba confessarmi, e io riconobbi la sua voce, quella voce amata, tanto rimpianta, era lui, il mio Andrija, Dio me lo aveva mandato per riportarlo sulla buona strada, per poco non mi prese un colpo, diventai nervosissimo, pensai deve sentirli, i balzi del mio cuore, anche fra Satana deve sentirli, lo redarguii con dolcezza, fratello mio, non vi è essere umano che sia libero dal peccato dai tempi della caduta di Adamo, nemmeno il Santo Padre di Roma!, non lo chiamai per nome, non gli dissi Andrija, quanto tempo senza tue notizie, dov'eri, e lui mi dava del lei e mi chiamava padre, come se non mi conoscesse affatto, ma io ero sicuro che lui sapesse e anche che lui sapesse che sapevo...

«La gioia di ritrovarlo fu offuscata dalle circostanze in cui avvenne» dice Mar. «Andrija non solo era frate francescano e diacono, era anche un ustascia e se si trovava a Jasenovac era perché, mi duole ammetterlo, aveva tradito la sua religione e la sua patria. Il dolore che mi provocò il suo peccato, la sua vigliaccheria!, venne lenito dal giubilo di saperlo vivo e sano e forse anche da una certa intima soddisfazione: lui, il mio Andrija, che si credeva tanto virile, tanto bellicoso, era solo un debole, impressionabile ragazzo, che aveva bisogno della mia ala protettiva.

«Parlò per un'ora senza prendere fiato, io ero in ansia perché avevo in mente la fila, Filipović, la messa, ci diranno qualcosa pensavo, ma non si riusciva a fermarlo, voleva raccontare, che il primo d'agosto era andato a Vrgin Most e a Čemernica con un battaglione ustascia, come cappellano, e che il ministro della giustizia, Mirko Puk, aveva promulgato una legge per i serbi di quella zona: dovevano presentarsi a Vrgin Most, là un delegato della Chiesa cattolica li avrebbe convertiti al cattolicesimo, e quelli che non lo avessero fatto, sarebbero passati a ucciderli nelle loro case uno ad uno. Il 3 agosto c'erano più di tremila serbi a Vrgin Most, ed è toccato a me spiegargli, mi disse Andrija, che il vescovo era in ritardo e che dovevano aspettarlo e il giorno dopo gli ustascia hanno portato dei camion e hanno costretto i serbi a salirci sopra. Li hanno condotti a Glina, dove un sacerdote avrebbe dovuto battezzarli e poi potevano tornare nelle loro case, come gente normale, come croati. La prima notte gli ustascia hanno riempito di serbi la chiesa ortodossa di Glina. Faceva un caldo insopportabile, c'era talmente tanta gente che alcuni serbi erano schiacciati contro le pareti, nessuno poteva muoversi. Il comandante ha ordinato di accendere tutte le candele e i ceri della chiesa e anche il grande candelabro da soffitto che era appeso alla cupola, la chiesa era illuminata come per un matrimonio, con i serbi in piedi, in abito scuro, in file serrate, le donne con i capelli coperti, i bambini in braccio, in attesa che li battezzassero. Il comandante Luburić gli ha chiesto:

«"Credete nel nostro Poglavnik?".

«"Sì, crediamo!".

«"Credete nel grande Stato Indipendente di Croazia?".

«E i serbi hanno risposto di sì, e tre volte glielo hanno fatto ripetere.

«Quando hanno chiuso le porte, è cominciata. Si sono salvati solo quei pochi che avevano con sé il certificato di conversione al cattolicesimo, quelli li hanno lasciati andare. Gli altri li hanno assassinati a pugnalate e ad accettate, dalle dieci di sera fino alle quattro del mattino. Un serbo li ha implorati non ammazzatemi, sono innocente, e io ho visto, mi raccontò Andrija, un ustascia tirarlo per una mano e un altro ustascia dall'altra e così, con le braccia a croce, gli hanno bruciato i baffi con una candela e poi gli hanno bruciato l'occhio sinistro e poi... Avemaria Purissima!, dissi io» dice Mar, «non volevo sapere altro, sapevo abbastanza, ed ero preoccupato che ci stessero ascoltando, c'era sempre qualche ustascia che si aggirava intorno al confessionale. Avrei dovuto chiedergli della sua castità, della gola, dell'accidia, dell'invidia, della cupidigia e di tutto il resto, avrei dovuto chiedergli se si pentiva dei suoi peccati e mi sarebbe anche piaciuto sapere se si fosse ricordato di me in tutto quel tempo che eravamo stati lontani, se mi amava ancora, ma era impossibile, come potevo domandarglielo! "Concepita senza peccato" rispose Andrija; e poi: "Hanno continuato così per diversi giorni di seguito. L'ultima notte, non si sono disturbati a ucciderli, hanno chiuso la chiesa a quattro mandate e hanno appiccato il fuoco, con i serbi dentro. Hanno ucciso più di tremila serbi a Glina quest'estate e a organizzare tutto sono stati Maks Luburić, il ministro della Giustizia, Mirko Puk e fra Ermenegildo, il guardiano del monastero francescano di Cuntic. Perciò ho disertato. E non sono pentito di essere scappato, padre, mi pento invece di essere stato ustascia, mi pento di essere stato frate, mi pento di aver creduto in Dio!", gridò Andrija, e io feci: "Ssshhh!"» dice Mar, «"*Ego te absolvo*, non dire altro".

«Anche Gesù fu tentato» dice Mar, «e tanti santi e padri della chiesa patirono l'agonia del dubbio e dell'incertezza! Andrija era giovane e influenzabile, le perdite della guerra avevano indebolito la sua fede, ci vuole una convinzione saldissima per restare incolumi davanti agli orrori del campo di battaglia, per non lasciarsi convincere dal Maligno, la Crociata non è per i pusillanimi. Mi prefissi di ricondurre alla fede il mio povero amico, di ricordargli che Dio è misericordioso e il suo amore salvifico, di accennare agli atroci omicidi di croati cattolici, di sacerdoti, come me!, commessi dai sanguinari cetnici e dai partigiani. Ma la mia preoccupazione fu la sua salvezza fisica. A Jasenovac, la pena inflitta ai servi di Dio incorsi nel tradimento era la morte, ancora mi pesava sulla coscienza la fine terribile che avevano fatto per mano di Filipović e i suoi ustascia otto sacerdoti sloveni che avevano osato condannare pubblicamente il regime di Pavelić. Non mi avevano permesso di confessarli, di riconciliarli con Dio prima della loro dipartita! Volevo evitare quel destino amaro al mio caro amico.

«Laggiù tutti avevano i loro favoriti, Brekalo, Čulina, Filipović avevano i loro protetti e dicevano alle guardie: questo non toccatemelo, eh?, o questa, più spesso, questa fatela mangiare bene, questa dorme con me nella mia stanza, per questa niente turni di lavoro, e gli altri dicevano OK, e quel prigioniero o prigioniera potevano persino uscire vivi da Jasenovac, e io pensai, d'accordo, ora Andrija sarà il mio favorito. E lo dissi a Filipović, gli dissi questo recluso era un mio condiscepolo nel seminario, un bravo ragazzo, molto pio, ma... un animo sensibile, un po' delicato e... be'... ha avuto paura dei cetnici. A lui si confà la vita contemplativa, ma a quanto ne so ama moltissimo il Poglavnik e lo Stato Indipendente di Croazia, e fra Satana mi disse: "È delicato come lei, padre?", e io sapevo dove voleva andare a parare, cosa voleva dire, e pensai sono perduto, siamo perduti io e Andrija, ma in quel momento arrivò un ufficiale ustascia con un affare urgente e Filipović si dimenticò di me, o si addolcì, vai a sapere! "Faccia come le pare con il frate delicato", mi disse, e io ne fui contentissimo e per prima cosa impedii che mandassero Andrija a costruire l'argine, ottenni che lo assegnassero al barbiere, che era uno dei posti migliori. Andavo a trovarlo tutti i giorni, gli portavo da mangiare, perché era magrissimo, molto diverso con i capelli rapati e la barba lunga e con due buchi al posto delle guance. Lui mi dava ancora del lei e mi chiamava padre e lo strano è che nel confessionale mi aveva spiegato tante cose, mentre ora, faccia a faccia, non mi diceva niente, solo grazie, padre, Dio la benedica, mi guardava come impaurito, con lo stesso sguardo che rivolgeva alle guardie ustascia, e questo mi sconvolgeva: Sono io, Andrija!, volevo dirgli, ma non potevo, non lì nella bottega da barbiere, con gli altri prigionieri davanti e uno di loro, soprattutto, che doveva essere serbo ma aveva la pancia e con le spie bisognava stare molto attenti.

«Aspettavo pieno di speranza l'arrivo della domenica» dice Mar, «quando avrei avuto di nuovo l'opportunità di confessare il mio protetto e di parlare con lui senza testimoni inopportuni. Stavo preparando un piano: convincere padre Brekalo a lasciare che Andrija officiasse come diacono la messa, e in tal modo, toglierlo dalla insalubrità e dalla durezza della baracca dei reclusi, trovandogli una sistemazione nelle nostre stanze. Poteva per esempio dividere la camera con me.

«Ma la prima domenica dopo il suo arrivo non toccarono a me le confessioni, era il turno di Čulina, porca puttana!, e il lunedì passai dalla bottega del barbiere e quel giorno il serbo grasso non c'era, così ne approfittai per parlare un po' con Andrija e lui viene e mi prende per mano, come un tempo, e mi guarda negli occhi con quel sorriso... e mi chiama per nome, finalmente! E mi dice: "Non voglio servire messa, non voglio stare qui. Per favore, aiutami a scappare".

«Mi arrabbiai con lui, mi chiedeva l'impossibile e, ancor più preoccupante, la sua inaccettabile richiesta dimostrava che non aveva cambiato per niente atteggiamento, che perseverava nella sua ribellione, nella scelta di allontanarsi dalla via del Signore e io lo punii, con grande dolore, decisi di dimostrargli la mia delusione per farlo rinsavire: per quattro giorni evitai di passare dal barbiere» dice la bambina.

«Il quinto giorno morivo dalla voglia di vederlo, non ce la facevo più, ma quando arrivai dal barbiere mi dissero che lo avevano mandato con la squadra delle pulizie della caserma, che si trovava dalla parte opposta del campo, e ci si poteva arrivare solo in macchina o a cavallo. E quella notte (una notte tranquilla, Brekalo e gli altri non si sentivano), mi svegliò un soldato, mi disse che Filipović mi aspettava fuori e quando uscii c'erano fra Santana con quattro ustascia, uno dei quali era Petar Brzica. Due degli ustascia portavano un prigioniero, lo tenevano per le braccia, perché lo avevano talmente pestato che non si reggeva in piedi, scivolava in terra. Fra Satana gli sollevò la testa con una mano e gli illuminò il viso con la lanterna. "Lo abbiamo preso mentre cercava di scappare con l'ingegnere Danon e altri ebrei" mi disse. "Gli altri sono già morti, ma questo prigioniero speciale, così delicato, si merita l'onore che sia lei, padre, a dargli il suo castigo". Petar Brzica si tolse l'orologio dal polso e lo fece ondeggiare, come brillava! "Guardi che orologio, padre!" mi disse. "È tutto d'oro, anche il cinturino, d'oro vero e di fabbricazione tedesca. Solo i capi della Gestapo hanno degli orologi buoni come questo. L'ho vinto con una scommessa, ma lo darò a lei, sarà il suo premio, se fa quel che deve fare e si comporta come un vero ustascia", e mi diede la sua pistola, che era caldissima, scottava! Non lo avevo ancora guardato in faccia, ma un secondo prima sì, mi ci caddero sopra gli occhi, lo guardarono per loro conto, e vidi i suoi, i grandi occhi azzurri del mio Andrija, che mi supplicavano, terrorizzati».

«Non pregai per lui, era Satana! E tuo padre è Dio. Quando mi portano la colazione?» dice Flor che aveva detto Mar.

Mati protestò:

«Flor, mia figlia non parla».

3

Era in ritardo («soprattutto, non arrivare in ritardo» gli aveva detto Iván, «puntuale, né prima né dopo»), e l'ansia e la corsa lo facevano sudare, malgrado la notte fosse fredda. Si fermò a pochi metri dalla pensilina all'ingresso dell'hotel e si esaminò nello specchietto retrovisore di una moto, parcheggiata sotto un lampione. Non vedeva quasi niente, si pettinò come poté con le dita e si bagnò il ciuffo con la saliva per tenerlo a posto. Cominciò ad allacciarsi la giacca, ma lasciò perdere perché gli era stretta, Iván e lui non portavano la stessa taglia, anche se il suo amico diceva di sì. Erano alti uguali, ma lui aveva le spalle più larghe e non era magro come Iván, il completo gli stava molto attillato, troppo. Aveva seguito i suoi consigli quasi in tutto, ma non si era messo la cravatta, non sapeva fare bene il nodo e con il completo blu scuro, la camicia bianca e la cravatta a righe azzurre e grigie somigliava a un agente immobiliare, sembrava un coglione. Salì la rampa d'accesso all'albergo trascinando la valigia. Gli andò incontro un portiere in uniforme. Temette che volesse impedirgli di entrare e invece lo salutò affabilmente e fece per prendergli il bagaglio. Non glielo permise e l'uomo si limitò ad aprirgli la porta con lo stesso sorriso educato con cui l'aveva accolto. Con un cenno del braccio lo invitò a dirigersi al bancone della reception, ma lui, stringendo con fermezza il manico della valigia, attraversò la hall dell'albergo diretto al bar.

Aveva tutto davanti agli occhi: il bancone sul fondo, coronato da uno specchio appeso alla parete, i tavoli rotondi, le poltroncine scure, i divani con la fodera dello stesso colore, il pavimento di moquette grigio perla, le luci tenui, il mormorio felpato delle conversazioni, era come se anche il bar vestisse l'uniforme, tutto in quell'hotel sembrava coordinato, persino i clienti. Gli uomini non li guardò nemmeno, non gli interessavano, nemmeno i gruppetti di amici o turisti o famigliari. Vide due donne sole; una, con i capelli scurissimi, quasi neri (caschetto, viso piccolo e tondo, abbronzato o molto truccato), parlava al telefono e intanto, con la mano che le restava libera, scriveva sul computer portatile aperto sopra il tavolino. «José María, fidati di me» diceva, passate le feste, intorno al dieci o al dodici, ti faccio il bonifico». Più si addentrava nella conversazione, più alzava la voce. «Ma José María, non ti ho sempre fatto contento? Quando...? Ascolta, no, ma no!», s'infiammava ogni tanto, come se fosse da sola in casa sua, pensò, o davanti a quel José María anziché nel bar di un hotel, circondata da sconosciuti. La scartò, quella donna stava lavorando. E si sentì sollevato, perché gli era sembrata avanti con gli anni, mentre l'altra, la bionda, non ne avrà avuti più di trenta, trentacinque, molto ben portati. Si rallegrò della sua fortuna: vicino al bicchiere di qualsiasi cosa stesse bevendo la bionda, notò una copia del quotidiano *Levante*. Era come entrare di colpo in un film e scoprire, con una lusinghiera sensazione di meraviglia, e anche con un certo stordimento, che sarebbe stato il protagonista. La donna giocherellava con un cellulare, l'espressione preoccupata e anche un po' annoiata. Alzò la testa e il suo sguardo scivolò, con imparziale indifferenza, su di lui, sui tre uomini in giacca e cravatta seduti sull'angolo del divano, alla sua destra, e sul gruppo di turisti stranieri che giocavano a carte un po' più in là. Lo stava aspettando e non lo sapeva.

«Ciao, sono Héctor, le dici» gli aveva detto Iván, «e le sorridi. Non dimenticartelo, che è molto importante: quando sei con lei, sorridi sempre». In quel momento gli era sembrato semplice, lui ci sapeva fare con le donne, le guardava con quel sorriso malandrino, un sorriso che gli veniva spontaneo, senza doversi sforzare o prepararlo, e le stregava, ma ora si sentiva frenato. Con una birra in corpo sarei più disinvolto, pensò, mi verrebbe meglio, ma mancava il tempo, bastava vedere come la bionda muovesse la testa a destra e a sinistra, nervosa, sul chi vive. Era una scocciatura avere tutte e due le braccia occupate, si sbarazzò dell'impermeabile, che ripiegò sul manico allungabile della valigia, per avere una mano libera e potergliela porgere mentre le diceva, con un gran sorriso: «Ciao, sono Héctor». Aveva fatto già due passi verso di lei, quando la donna agitò la mano per salutare e sorrise; una bambina gli passò vicino come un refolo di vento – seguita da una donna anziana, forse la nonna –, buttò le braccia al collo della bionda e annunciò, esultante: «Mami, ho fatto la pipì! Adesso ho sete».

Non stava aspettando lui. Era arrivato talmente in ritardo che la signora dell'appuntamento se n'era andata. Iván si sarebbe infuriato. E aveva speso una cifra per il biglietto del treno, i due autobus, il panino e la birra in stazione, tutto per niente. Tuttavia non era responsabile della mancanza di puntualità del treno. «E perché non hai preso l'Euromed, come ti avevo detto?» gli avrebbe chiesto Iván. L'Euromed non era mai in ritardo, ma era più caro, ecco perché. E ora che fare? Per il momento, sedersi; non poteva restare in piedi in mezzo al bar, il cameriere del bancone non gli staccava gli occhi di dosso. Quanto costerà una birra qua dentro? Tre o quattro euro, come minimo. Sedette a un tavolino, di schiena al bancone. Notò che la donna mora non stava bevendo niente. Ci si poteva piazzare lì, lavorare al computer e parlare al telefono, senza dover ordinare una consumazione, o almeno così faceva quella donna. Come gridava! «Di fiori di bach non ne voglio. No. Montse, no!». Aveva cambiato tono, non era più persuasivo ma pressante. «Ho uno stock di cinque casse in negozio da un mese, che prendono la polvere. Non vanno, non c'è richiesta... Ma mi ascolti o no? Ne ho fin sopra i capelli dei fiori di bach!» dichiarò, e lanciò un'occhiata incazzata da sopra gli occhiali da presbite; i loro sguardi si incrociarono e lui abbassò gli occhi. Fu allora che scoprì che il braccio sinistro della donna era appoggiato su una copia del *Levante*.

Doveva essere solo una coincidenza, anche la bionda aveva lo stesso giornale, a Valencia lo leggeva senz'altro molta gente, quella signora non aspettava nessuno, comunque decise di fare un tentativo.

«Ciao, sono Héctor. Mi dispiace di essere arrivato...».

«Come dici? Tu saresti Héctor?».

Lo guardò incredula. E con biasimo. Lui si scusò, mi dispiace, mi sono sbagliato.

«No, non ti sei sbagliato. Solo che non sei Héctor. E sei in ritardo di un'ora. Siediti» gli ordinò la donna, indicando con la mano una poltroncina alla sua destra, e lui le obbedì, anche se il suo primo impulso era stato quello di scappare di corsa. In silenzio la osservò armeggiare con il computer, chiudere una finestra, aprirne un'altra, e poi spostare il portatile in modo che lui potesse vedere lo schermo. Glielo mostrò.

«Questo sei tu?» sbottò, e lui guardò lo schermo e ci vide una foto di Iván (ma lì figurava come Héctor), a figura intera, con indosso il completo blu e la camicia bianca che ora portava lui, appoggiato al tronco di un albero, in un giardino o in un parco, guardando verso l'obbiettivo sicuro di sé, senza sorridere (non si doveva sorridere sempre?), sfrontato.

«Tu sei biondo, sei alto uno e ottantotto, pesi settantasette chili e hai gli occhi azzurri?» insistette la donna.

Era la pagina di un sito, *Only for ladies. Accompagnatori di lusso*. Iván gli aveva giurato che la signora non lo aveva mai visto, che non si sarebbe accorta dello scambio, non gli aveva raccontato che la sua foto, con tutti i particolari, era su internet.

«Non mi piace essere presa in giro» disse lei. «Io ho contrattato un servizio con un ragazzo che si chiama Héctor e che è biondo e non sei tu. Sono una persona seria e spero che mi trattino con serietà. Adesso chiamo subito l'agenzia per chiarire» minacciò, e lui si spaventò, «no, per favore», la pregò, «non la chiami, le spiego tutto io», e le spiegò che era un amico di Héctor, che non era potuto venire perché aveva avuto un incidente e gli aveva chiesto di sostituirlo per non «darle buca», un'espressione sfortunata.

«A me nessuno mi ha mai dato buca!» s'indignò la donna. «Se il ragazzo non poteva venire, mi avvertivano dall'agenzia e pace, ma non è possibile che mi mandino un sostituto senza il mio consenso».

Ci pensò su, strizzò gli occhi e all'improvviso gli chiese: «A te, non ti ha mandato nessuna agenzia, vero? Sei venuto per tuo conto!».

Decise di non mentire, o di mentire a modo suo, non in quello di Iván, per non parlare a macchinetta, come se ripetesse una lezione imparata a memoria, ma tessendo una sua rete di inganni e mezze verità. Le disse che era attore e modello, come Héctor, perciò si conoscevano, e non lavorava per l'agenzia, preferiva fare il battitore libero. Non voleva legarsi a un'agenzia «perché non posso andare con una donna che non mi piace, devo sentirmelo». Lei gli chiese se era rimasto in piedi a guardarla per mezz'ora come uno scimunito per quel motivo, e lui annuì e le rivolse un sorriso. In uno slancio di audacia, le confessò che la trovava molto attraente. La signora lo guardò con sospetto. «Niente sviolinate e non ci provare con me, potrei essere tua madre», lo rimproverò. Lui temette che fosse finita lì.

«E in più ti presenti un'ora dopo!».

Non esageriamo, poco più di mezz'ora, il treno era in ritardo e poi l'autobus... La stupì che fosse venuto da Barcellona per l'appuntamento.

«E se io non...? Se ti dico di tornare da dove sei venuto? Ci vuole un bel coraggio...! Tu e il tuo amichetto Héctor! Dovrei scaricarti, ma senti, ti offro da bere!» disse, e lui pensò di averla mezzo conquistata.

La donna chiamò il cameriere. Ordinarono due margarita molto freddi. Lui avrebbe preferito una birra, ma lei insistette per fargli provare il margarita, un cocktail strepitoso, e non volle contrariarla.

«Mi chiamo Mati» lo informò. «E tu come ti chiami? Héctor, di sicuro no!».

Lui rise, lei aveva fatto una battuta.

«Sami».

«Sami da Samuel?».

Non smentì. Il margarita aveva un sapore metallico, acido e salato, scendeva giù bene, ma ebbe l'accortezza di berlo lentamente («bevi poco» gli aveva consigliato

Iván. «Lei, più beve, meglio è, tutto più facile, anche se certe, quando sono ubriache, diventano volgari o scoppiano a piangere, occhio!»). Mati finì il suo cocktail e ne ordinò un altro. Con la sua voce sonora, un po' rauca, gli chiese se fosse di Barcellona, «catalano-catalano», e lui rispose che era nato da un'altra parte, ma viveva a Barcellona da quando era un bambino. Temeva la domanda successiva: E dove sei nato? Mati non gliela fece, preferiva parlare di sé. Gli raccontò che era di Huesca, ma essendo sposata con uno di Sagunto (il suo ex), era andata a vivere in quella cittadina, dove aveva passato «uff!, mezza esistenza, non mi ricordo nemmeno più quanto tempo!». Sagunto era una città stupenda, industriale, piena di attività, bei negozi, spiaggia, mare, insomma, tutto, e delle rovine romane di prim'ordine. Sami conosceva il teatro romano di Sagunto? Doveva andare a vederlo, era unico al mondo. Ma Sagunto rimane pur sempre un paesone, lì si conoscono tutti, e alla fine può essere soffocante, a Valencia, invece, Mati si sentiva più libera, così quando aveva lasciato il suo lavoro in banca (era direttrice di filiale), aveva deciso di trasferirsi a Valencia, un po' per la bambina (aveva una figlia, Mar, di diciassette anni), e anche per... per voltare pagina, mettere ordine, «non so se mi capisci». Lui le assicurò di sì. A Valencia si trovava a proprio agio, viveva con Flor, una amica, amica per la pelle («ma niente di più, eh?»), con cui divideva casa e affari. Dopo aver lavorato una vita intera per gli altri, a quarantatré anni era diventata imprenditrice, una sfida difficile ma appassionante.

«Bisogna crescere come persone e non stancarsi, la vita è questo, fare sempre nuovi progetti...» lo istruì. «Prendiamo un altro margarita?».

«Tu lasciala parlare, di suo marito, del suo ex, dei suoi bambini, suocera, capi, varici» gli aveva detto Iván, accoccolato sul logoro divano verde di casa sua, la gamba ingessata su uno sgabello, il tono scontroso. «In sostanza, vogliono qualcuno che le ascolti, perché nessuno gli dà mai retta e hanno un bisogno disperato di raccontare i fatti loro e di essere ascoltate. Tu la guardi negli occhi, le sorridi, le tieni una mano per dimostrarle tenerezza, e poi in sostanza, questo: la lasci sfogare», ed era ciò che stava facendo, ascoltarla o fingere di ascoltarla, mentre pensava che aveva già quasi passato un'ora in sua compagnia. Il servizio minimo erano quattro ore, seicento euro, con quei soldi avrebbe coperto le spese e avrebbe anche guadagnato qualcosa. Se non c'erano treni notturni, avrebbe dormito in stazione. I margarita non sembrava ma picchiavano forte, soprattutto a stomaco vuoto, e tra l'alcool e la tensione e la stanchezza del viaggio, gli stava calando un abbiocco pericoloso, non poteva addormentarsi mentre lei gli spiegava quanto era stato duro lavorare e studiare e crescere una bambina e sopportare un marito, tutto insieme, per far carriera nel lavoro e arrivare dov'era arrivata, a essere direttrice della filiale di una banca. E senza passare dall'università! Senza studi superiori! Ma con dedizione, talento e poche ore di sonno. Sua madre, quando l'aveva chiamata per dirglielo, non poteva crederci, la sua Mati, direttrice di banca! «Io vengo da una famiglia modesta» gli confessò, «mio padre lavorava alle poste, mia madre faceva la sarta in casa. Eravamo stati ricchi, mio nonno era il cacicco di Ayerbe, un paese della provincia di Huesca, ma la guerra... Ci siamo rovinati, il mio bisnonno cadde in rovina, perse tutto, il suo problema era essere repubblicano... Lo misero in carcere, anche se non lo fucilarono come un suo cugino di Jaca, Luisito Duch, un signorino comunista, pensa che matto!». Mati si confidava, infaticabile, sbarrando gli occhi, e socchiudendoli, o fissandoli nei suoi con sguardo veemente, a seconda di quel che stava raccontando; si esprimeva con tutta la faccia e soprattutto con le mani, che danzavano senza sosta in una coreografia capricciosa che a lui infondeva un sopore ipnotico, ma non doveva sbadigliare, né chiudere gli occhi, meglio concentrarsi sulle cose davvero importanti: quando fosse giunto il momento, sarebbe stato in grado di fare il lavoro? «Ricordati: tutte le fighe sono uguali, un buco è un buco, tutto qui», aveva detto Iván, solenne, saccente, dall'alto dell'autorità che gli conferiva l'esperienza, e in teoria era vero, se ci pensavi a mente fredda, con serenità... Se ci pensava a mente fredda, con serenità, non si sentiva in grado, meglio bersi il margarita, quando fosse stato un po' brillo non avrebbe più avuto importanza che quella donna avesse il doppio dei suoi anni e gli ricordasse sua zia, era pesante come lei quando si metteva a raccontare storie di famiglia, o peggio, una cliente, di quelle che ti inseguono lungo il corridoio per assicurarsi che trasporti con la massima cura il secrétaire e non lo sfreghi contro le pareti appena tinteggiate e poi protestano perché sei in ritardo, s'immaginava Mati durante un trasloco, mentre gli dava istruzioni, ma non a letto.

«Penserai che non sto mai zitta, ma è che sono molto nervosa, non avevo mai fatto prima una cosa così e... non so!, mi vergogno un po'» gli disse Mati e abbassò gli occhi abbozzando un sorriso che voleva essere timido. Quando sorrideva, scopriva le gengive, di un rosa pallido in contrasto con il rosso intenso delle labbra, che si attenuava a mano a mano che una sbavatura carminio si disegnava sull'orlo del bicchiere.

Lei a cena mangiò poco, un consommé e una tortilla. Lui ordinò come primo una paella e per secondo un filetto, aveva fame, e non erano piatti più cari del consommé o della tortilla, che Mati quasi non toccò, impegnata a parlare senza prendere fiato e a scolare un bicchiere di vino dopo l'altro. A un certo punto della serata gli rivelò che era la prima volta che beveva alcolici dopo un anno e mezzo di astinenza e che «sembra incredibile, ma è come se non avessi mai smesso di bere!». «Ho passato un periodo molto complicato» gli confidò, «ma stanotte mi prendo tutte le soddisfazioni!». Così si permise di consigliargli di rinunciare ai suoi sogni di attore, non era una cosa seria, «sai quanti attori fanno la fame?», tutti i ragazzi della sua generazione volevano diventare famosi e andare in televisione, ma era impossibile, non *tutti* potevano essere famosi; invece quel che dovevano fare i giovani, e lui, Sami, in particolare, era studiare e imparare un mestiere, specializzarsi, perché il mondo, la società, erano diventati molto competitivi. E glielo diceva con il cuore, come se fosse sua madre, e non perché lui non fosse dotato: bello era bello, «più del tuo amico Héctor» riconobbe, «a me sono sempre piaciuti i morettoni con i capelli neri, come te, con quell'aria zingaresca», ma questo non significava niente, «non farti illusioni, non ho ancora deciso cosa farmene di te», lo avvertì, come se lui fosse un suo ostaggio o il suo servo e fosse libera di decidere del suo destino. E in un certo senso, era così, non poteva nemmeno chiederle (e tantomeno pretendere) di abbassare il tono di voce. Aveva l'impressione che gli altri pochi ospiti che cenavano in sala da pranzo – due uomini d'affari, ciascuno al proprio tavolo, una coppia di pensionati stranieri, una ragazza sola, e una famiglia spagnola con due bambini – avessero sentito che Mati non si pentiva affatto di aver lavorato in banca, «anche se adesso noi del settore non siamo molto popolari, è la gente che non sa distinguere: una cosa sono i banchieri, che hanno la colpa di tutto, e un'altra i bancari, come me, lavoratori, impiegati, che trattano con il pubblico e si giocano il posto per far credito a un imprenditore che pensano se lo meriti, o che dicono – come ho fatto io – a una vecchietta di non permettere che il nipote avesse la firma sul suo conto, perché lo poteva svuotare, e quando si presenta il nipote con delle minacce – com'è accaduto –, un colosso incazzoso di due metri, o quasi, gli abbiamo tenuto testa...». In fondo, erano un po' come degli assistenti sociali. Essere direttrice di banca le aveva permesso di realizzarsi come persona. «È molto bello quando si fidano di te, sai?, quando i tuoi clienti ti dicono: Mati, cosa ci faccio con questi risparmi, dove li metto, so che mi consiglierai al meglio, o quando viene la ragazza a cui hai concesso un prestito per aprire un negozio da parrucchiera e ti dice che ha triplicato il fatturato e ha già quattro dipendenti? È una sensazione che vale tutto l'oro del mondo!». Gli occhi di Mati luccicavano d'orgoglio. «Tutto l'oro del mondo!» ripeté, e pretese che brindasse con lei, incrociando le braccia. Gli ribadì che era molto bello e fece scivolare una delle sue piccole mani sul suo avambraccio destro, che accarezzò con la punta delle dita. Lui dovette trattenersi per non spostargliela, sapendo che invece doveva prenderla tra le sue e baciargliela, in un gesto galante e audace. Lo squillo del telefono lo tolse dai guai. «Sì, Flor, cosa c'è, cos'è successo» rispose

Mati, e c'era preoccupazione e ansia nella sua voce; si alzò dal tavolo, uscì persino dalla sala da pranzo, senza un cenno, una parola (pagava lei), il cellulare incollato all'orecchio. Quando tornò, il suo passo era incerto, ma non a causa del vino né dei margarita né dei tacchi, altissimi; dall'espressione del viso, dal luccichio degli occhi, capì che Mati aveva pianto o stava per farlo (Iván lo aveva avvertito), ma non lo fece, invece aprì la bocca in un gran sorriso e disse:

«Ragazzo, sto da dio con te».

Ed eccolo lì, ad ascoltare il rumore dell'acqua, e se chiudeva gli occhi poteva immaginarsi disteso su un prato, con Sandra, forse, abbracciati, senza fare niente, solo quello, godersi il calore tiepido e languido del corpo dell'altro e la tranquillità e la mollezza di un mattino di domenica in campagna, ad ascoltare, perché no, gli uccellini, pio, pio, e il mormorio del fiume, ma li aprì perché non ce la faceva a immaginarselo, gli bruciava lo stomaco, aveva la nausea. Quando uscirono dalla sala da pranzo, Mati lo invitò in camera sua: puoi salire da me, gli disse, come se stesse dandogli un premio o un regalo inatteso. Cadde in preda al panico. Uscendo dall'ascensore, Mati lo prese per mano; con l'altra, lui tirava la valigia, e gli venne da pensare che sembrava un bambino con la sua mamma, che l'accompagnava a scuola. Non avrebbe perso tempo: appena in stanza, l'avrebbe abbracciata da dietro, baciandola sul collo e giocando a mordicchiarglielo (era una cosa che le faceva impazzire), e poi... E poi da cosa nasce cosa. Quasi senza rendersene conto, avrebbero scopato e si sarebbe ritrovato Mati distesa al suo fianco, soddisfatta, gratificata. Silenziosa. Ma Mati gli sgusciò via. Non appena in stanza, gli lasciò la mano e uscì sul balcone.

«Avevo una voglia di fumarmi una paglia...! È un anno e mezzo che non fumo, ci credi?».

Lui la guardò fumare avidamente, come se temesse che qualcuno andasse a strapparle la sigaretta. Una corrente d'aria fresca irruppe nella stanza; non si azzardò a chiudere la porta del balcone, e nemmeno a socchiuderla, non si permetteva nessuna iniziativa per non innervosirla, ma quando Mati tornò dentro, traballante, e si buttò sul letto, pallida, sconvolta, si precipitò su di lei. Stai bene? Cosa ti succede? Mati non rispose, non poteva, seduta sul bordo del letto, la testa affondata nelle ginocchia. Lui andò in bagno e riempì un bicchiere d'acqua. Mati bevve a piccoli sorsi. Mi è venuto un capogiro, disse, è stato il tabacco. Sedette accanto a lei, le passò un braccio sulle spalle. Stai meglio? Mati rispose di sì e lo mandò a fare la doccia. «Va' a farti una doccia» gli ordinò, come se fosse un bambino. Il suo modo di trattarlo lo irritava, ma le obbedì, pagava lei: si chiuse nel bagno, aprì il rubinetto della vasca, sedette sul coperchio del water e rimase lì, a far passare un intervallo credibile perché la doccia potesse considerarsi conclusa, come faceva da piccolo a casa dei suoi zii. Gli piaceva quella stanza da bagno, pulita, lussuosa. Su di un ripiano sopra il lavabo, dentro un cestino di vimini, trovò un assortimento di saponi, shampoo, crema per il corpo, un kit con rasoio e schiuma da barba, un altro con un pettine e un minuscolo dentifricio. Li avrebbe portati via prima di partire. E anche l'accappatoio (perché c'erano due accappatoi bianchi, piegati sopra un portasciugamani), poteva metterlo in valigia, anche se non era facile, ci stava poca roba nel bagaglio a mano di suo fratello. Aveva sonno. E si sentiva lo stomaco pesante. Iván gli aveva raccomandato di portarsi un paio di pastiglie di Viagra; gliele aveva offerte con insistenza, ma lui le aveva rifiutate sdegnoso. Iván era un paraculo. Sul lavoro, quando bisognava portare a spalla un armadio enorme su per una scala pazzesca fino al sesto piano di un palazzo, Iván spariva. Lui era bravo a parlare con le signore, a intortarle con la scusa di organizzare il trasloco, non a spaccarsi la schiena trasportando mobili. E proprio a lui era caduto un comò addosso! Persino in quello lo invidiava, tre mesi di malattia! Era andato a trovarlo per chiedergli indietro i centoventicinque euro che gli doveva, con la segreta speranza di ottenerne di più, «il mese prossimo te li restituisco. È per la cauzione, devo portarla in tribunale prima di mercoledì, altrimenti, mi mettono dentro». Era un argomento di un certo peso, ma Iván l'aveva buttata sullo scherzo, come faceva con tutto. «E perché ti preoccupi? La gattabuia è una figata! Pasti gratis, letto gratis, nuove esperienze... Faranno la fila, un bocconcino come te... Prima di tutto ti sfonderanno il culo. Sono al verde, non ho un euro», gli aveva detto, steso sul sofà, la gamba ingessata allungata sulle ginocchia di Jessica, la sua fidanzata colombiana. Gli offrì una birra e mandò Jessica a prendere una lattina in cucina. Jessica era una mulatta paziente e comprensiva, con delle tette magnifiche. «E se avessi duemila euro» lo informò Iván, «non te li darei. Ma farò di meglio per renderti la grana, ti darò l'opportunità di guadagnartela». Si lasciò irretire dalla sua parlantina. Duemila euro per passare un fine settimana con una tipa? Si poteva dire di no a una simile offerta? «Pensa che sono signore» gli aveva detto Iván, «di una certa età, tardone. Se fossero bone non avrebbero bisogno di pagare per farsi sbattere!». Non faceva una grinza. Non aveva discusso l'importo della commissione che Iván aveva preteso per passargli la palla: cinquecento euro (gli avrebbe scontato i centoventicinque che gli doveva). «Non scopare senza preservativo» gli aveva detto Iván, «A volte quelle che sembrano più fini sono le più troie. E portati il Viagra. Non puoi fallire, devi andarci a letto, ti pagano per questo». E ora era pentito di non aver seguito il suo consiglio, aveva paura di non farcela, di fallire. Cominciò a menarselo, svogliatamente. Pensò a Sandra, nuda, a quattro zampe, che gli offriva il culo, poi in ginocchio, che gli sbottonava i boxer, lo sguardo torbido, la bocca spalancata, con la lingua che spuntava... Niente. Aumentò la velocità, la pressione delle dita, cercando quella smania che operasse il miracolo, pensò alla figlia di Mati, che gli aveva mostrato, orgogliosa, sua madre (ce l'aveva come sfondo sul telefono), un'adolescente con grandi occhi scuri e capelli castani, la dotò di seni enormi, mise anche lei a quattro zampe... A forza di masturbarsi, il cazzo gli faceva male. Pensò ai soldi, a quanto ne avesse bisogno.

Uscì avvolto nell'accappatoio. Aveva avuto l'accortezza di bagnarsi le tempie e la fronte perché Mati non sospettasse. Vide il vestito di Mati appeso alla spalliera di una sedia. Le calze, appallottolate sul pavimento, ai piedi del letto. Uno stivaletto vicino al termosifone. Un reggiseno nero, di pizzo, penzolava dal braccio snodabile di una lampada. Le mutandine non si vedevano da nessuna parte. Mati si era infilata nel letto. Russava. Dormiva di traverso sul materasso, come se persino in sogno facesse valere i propri privilegi. Non osò svegliarla (anche se forse era ciò che ci si aspettava da lui, che la stringesse in un abbraccio appassionato, scuotendola dal sonno, e se la facesse); spense la luce e con lievi, appena accennati movimenti delle spalle, dei gomiti e delle ginocchia, si ricavò uno spazio nel letto. Nel cuore della notte, lei lasciò ricadere un braccio sul suo ventre e appoggiò la testa contro il suo fianco; lo svegliò il peso inaspettato e il solletico dei capelli sull'avambraccio. Non seppe come reagire. Era strano condividere il letto con una signora che, a ben vedere, non conosceva affatto. Restò immobile, fingendo di dormire, ma poi prese coraggio e con la mano che il corpo di Mati non imprigionava, cominciò ad accarezzarla. Mati si agitò, si lamentò nel sonno, gli portò via il cuscino e gli girò la schiena.

Si svegliò con i postumi della sbronza e un'erezione. Era solo nel letto. La luce del sole lo aveva destato. Qualcuno aveva raccolto i vestiti che Mati aveva sparso in giro la notte prima. E lei, dov'era? E se lo aveva abbandonato, lasciandogli il conto dell'hotel? Notò con sollievo la borsa marrone, il cappotto e la valigia, impilati vicino alla parete. Pensò che fosse un peccato sprecare l'erezione, se la signora fosse rimasta a letto, adesso avrebbe potuto scoparsela. Aveva il diritto di farsi pagare se non lo avevano fatto? Solo per la compagnia? Decise di chiederlo a Iván, di mandargli un whatsapp. Nudo, con la sua mezza erezione, appena alzato, fu così che lo trovò Mati quando aprì la porta del bagno. Era vestita di tutto punto, con una camicetta a fiorellini, una giacca beige e dei jeans che le stavano stretti e con cui sembrava camuffarsi. Si era data la pena di truccarsi. Era scalza, e senza i tacchi era piccola, come diminuita. Vedendolo, si sorprese, lui notò il suo turbamento, e che Mati distoglieva lo sguardo. «Scusa» disse, «non sapevo... Il bagno è libero!». Lui s'infilò in bagno alla svelta, imbarazzato per la propria nudità, il cazzo duro. Mati gli parlò da dietro la porta: gli disse di lavarsi, vestirsi e fare la valigia. Lei scendeva a colazione, l'avrebbe aspettato nella sala da pranzo. Quella donna era una maniaca della pulizia. E come dava ordini. Iván gli aveva spiegato che ad alcune donne piacevano i giochi erotici, una gli aveva chiesto di frustarla con la cintura e poi si era lamentata perché l'aveva picchiata troppo forte (scusa da cattivo pagatore); altre, invece, erano dominanti, ma lui non aveva pensato che si riferisse a questo: lavati, vestiti, pulisciti i denti! Presto non l'avrebbe più vista, se gli aveva ordinato di fare la valigia era perché pensava di congedarlo. Quanto avrebbe potuto chiederle per una notte intera? Per un fine settimana erano duemila euro: mille almeno. E se Mati tirava fuori la scusa che non avevano scopato, lui avrebbe ribattuto che era stato solo perché lei non aveva voluto. Era arrossita vedendolo nudo! Si fece la doccia e la barba, si vestì, e non dovette fare la valigia perché non l'aveva disfatta la sera prima.

Alla luce del giorno, e malgrado il trucco, Mati sembrava più vecchia. Di notte, le borse che aveva sotto le palpebre e le rughette che formavano una rete intorno alle labbra e agli occhi, erano più sfumate. (Notò anche che portava una catena d'oro appesa al collo con tre lettere: M, A, R, il nome della figlia). La colazione era a buffet e ne approfittò senza imbarazzi. Mati gli chiese come aveva dormito, lui rispose molto bene (il che era falso); lei si lamentò di non essere riuscita a chiudere occhio perché lui russava «come un trombone». Anche lei russava, stava per dirglielo ma ci ripensò. Mati disse che era un sollievo che fosse passato il Natale. Come l'aveva festeggiato? Rispose in famiglia (però non le disse che nella sua famiglia non festeggiavano niente). Lei disse con Flor e sua figlia e nessun altro. Il Natale era una festa triste, secondo l'opinione di Mati. Lui non aveva opinioni al riguardo. Mancavano solo quattro giorni all'ultimo dell'anno. Sami senz'altro aveva qualche progetto. Non rispose, aveva la bocca piena. Se per allora non era in carcere, se fosse riuscito a salvarsi, altro che festa avrebbe fatto! Epica. Mati non avrebbe fatto niente di speciale, per lei era una notte come qualsiasi altra. «Senti un po'» cominciò a dirgli con un tono dolce e pacato, «se tu non lavori con l'agenzia, allora l'IVA...» gli espose alcuni calcoli che non poteva verificare: se lui si faceva pagare in nero e senza IVA, il prezzo delle sue prestazioni, un fine settimana completo non sarebbe stato duemila euro, ma millequattrocento.

«Netti, hai capito?, puliti, tutto pagato: albergo, viaggi, pasti, ed esentasse!».

E solo allora comprese che Mati progettava di passare con lui il resto del fine settimana.

«Milleseicento» disse.

«D'accordo» disse Mati, «milleseicento».

Era sicura che si sarebbe innamorato di Benidorm. «È un posto dove si deve andare almeno una volta nella vita, non ce n'è un altro uguale». Là un'estate aveva conosciuto l'uomo che sarebbe diventato suo marito, Paco, moltissimi anni prima. Era andata con le sue amiche a passare qualche giorno a Benidorm ed era tornata fidanzata. «Così va la vita, quando meno te lo aspetti... zac!, cambia tutto». La famiglia di Paco aveva un appartamento a Benidorm, prima, ora non più, e Mati ci andava a passare un mese tutte le estati, finché non aveva divorziato. Da allora non c'era più tornata. Conservava molti bei ricordi di Benidorm. Anche qualcuno brutto. «Lo yin e lo yang, come dice Flor». Mati guidava veloce e a scatti. «Non è mia, la macchina, è di Flor» si scusò. «La mia è un rottame troppo grande». La macchina di Flor era una Toyota, un vecchio modello. Il sedile di dietro era coperto di opuscoli e scatole e sacchetti di erbe che sprigionavano un odore penetrante, di erboristeria. Erano per l'attività, gli disse Mati. Flor era un disastro, molto disordinata. Da quando era lei a occuparsi del *management*, l'impresa andava meglio, almeno sapevano dove erano in perdita e dove no, o dove erano più in perdita e dove meno. Dopo quasi vent'anni dedicati alla banca, «alle cose materiali, per così dire», le era sembrato interessante puntare su quelle spirituali. Era un campo in cui si trovava di tutto: yoga kundalini, hatha, sivananda, prenatale, per neonati (l'istruttrice era Flor, a lei lo yoga l'innervosiva), terapie manuali ed energetiche, astrologia psicologica, *coaching* d'ayurveda, diete con l'auricoloterapia, aromaterapia, drenaggio linfatico manuale, fiori di bach, reiki, *tapping*... I seminari e i trattamenti li impartiva Flor, Mati era forte nella contabilità e nella vendita. Era sempre stata portata per il commerciale, in banca dicevano che era capace di vendere un frigorifero agli eschimesi, perché lei era così, estroversa, simpatica... Ma il settore spirituale era ancora molto indietro in Spagna, «siamo in ritardo di trent'anni rispetto al resto d'Europa, la gente non si rende conto che proprio ora, con la crisi e la disoccupazione e tanti problemi, è il momento di prendersi cura del proprio lato spirituale, rafforzarsi lì, fare un reset dello spirito e mentale». I corsi e i seminari stavano restando senza allievi e quelli che li frequentavano ancora, non pagavano, «ma a te ti pagherò, non preoccuparti» gli disse Mati, a sproposito, e lui cominciò a preoccuparsi. Superarono una rotonda con al centro una statua orribile e Mati disse:

«Questa rotonda l'ha fatta Paco».

Gli raccontò che Paco aveva una piccola impresa di

costruzioni che aveva lavorato molto, e molto bene, negli anni del boom, poi... Ora Paco abitava a Picassent. Era la prima volta che Sami visitava Valencia? Se gliel'avesse detto! L'avrebbe portato a fare un giro per Valencia prima di partire, gli avrebbe mostrato la Città delle Arti e della Scienza, impressionante! Un progetto che era stato molto criticato, si lamentavano che l'amministrazione cittadina avesse speso una barca di soldi che avrebbe potuto investire in cose più utili, come l'istruzione e la sanità, ma le persone muoiono e le pietre restano. Mati era convinta che quando i faraoni avevano costruito le piramidi d'Egitto, la gente dicesse la stessa cosa, che spreco, a cosa servono? I faraoni pensavano a lungo termine e ci avevano preso: per cosa è conosciuto l'Egitto? Per le piramidi! Perché i turisti vanno in Egitto? Per vedere le piramidi, e tra cinquecento o mille anni, le generazioni future sapranno che una volta era esistita una città chiamata Valencia grazie alle rovine della Città delle Arti e delle Scienze. Non era stata costruita bene e aveva già bisogno di riparazioni? Forse. I politici avevano preso una percentuale? Anche. «Ma in Spagna funziona così» disse Mati, «è sempre stato così e sempre lo sarà. Era così prima di Franco, con Franco e dopo Franco, le stesse famiglie che comandavano a Valencia e a Castellón e ad Alicante all'epoca di Alfonso XIII, continuano a comandare, abbiamo il cacicchismo nel sangue, per farti capire, è qualcosa di idiosincratico» (non capì, ovviamente). E se non fosse per le mediazioni e le bustarelle, saremmo senza strade e senza aeroporti in Spagna, i politici e i governanti, in genere, erano dei perditempo, avevano bisogno di una spinta, di un incentivo, per muovere il culo. E le strade che ora non portano da nessuna parte e gli aeroporti senza aerei, un giorno avranno talmente tanto traffico che li si dovrà ampliare. La sua amica Flor le aveva insegnato a pensare in positivo, a vedere il bicchiere mezzo pieno e non mezzo vuoto.

«Che bestia!» gridò Mati, sterzò di colpo e frenò. Schivò per un pelo un camioncino bianco che le aveva tagliato la strada da destra. Anche lui gridò, non poté evitarlo, vide il muso bianco che stava per schiantarsi contro la sua portiera. Mati ne disse di tutti i colori, agitata, furiosa, protestò che certa gente la patente la prendeva con la raccolta punti, e peccato che non ci fosse in giro nessun vigile per dare la multa a quell'incosciente. Ma la multa se la meritava lei, non il conducente del camioncino, Mati non aveva rispettato lo stop, aveva attraversato senza guardare ai due lati.

«Ti sei spaventato, eh?» disse. «Hai pensato non sarò qui a raccontarlo».

Gli giurò che non aveva fatto mai nemmeno un tamponamento «e guido da più di vent'anni». Quella era la volta in cui era andata più vicino a fare un incidente.

«Da morta valgo molto più che da viva» disse con allegria. «La mia carcassa vale seicentomila euro!».

Aveva un'assicurazione sulla vita di quell'importo, la beneficiaria era sua figlia. Pagava religiosamente le rate da quando Mar aveva due anni. Era stata sul punto di naufragare in barca a vela – non sapeva nuotare – e in quel frangente, l'unica cosa che l'aveva messa in ansia era il futuro di sua figlia, non l'imminenza della morte. Lo spavento l'aveva fatta riflettere e aveva contattato l'assicurazione, questo le permetteva di vivere tranquilla, «se manco io, se quell'imbecille con il furgoncino ci avesse ucciso, ho previsto tutto: l'indennizzo andrà a mia figlia e Flor l'amministrerà. Essere madre è una responsabilità, non fare mai figli. Ma il suicidio non serve» lo avvertì, «non pensare che sia così facile, suicidarsi e intascare, la mia polizza non copre il suicidio, non lo fa quasi nessuna».

Lui pensò e chi è che si suicida per dei soldi che non si potrà godere. Mati gli raccontò che un suo cliente era caduto dal balcone della propria casa, al sesto piano, o si era buttato, non era chiaro, era mezzo depresso, con problemi di soldi, solo che aveva due bambini piccoli e la compagnia dell'assicurazione sulla vita – era stata Mati a combinare, lo aveva convinto che, con due creature, aveva bisogno di una polizza – aveva detto che la causa della morte era il suicidio e non aveva sganciato nemmeno un euro. Lei aveva cercato di mediare, di convincere la compagnia che il povero disgraziato era precipitato in strada inavvertitamente, mentre annaffiava le piante. Non aveva attaccato. «E se ci fosse stato un testimone, un solo testimone che fosse stato in grado di dire che era stato un incidente, la famiglia avrebbe ricevuto l'indennizzo e ora non se la vedrebbero così grigia» sentenziò, e quindi gli chiese: «Senti, tu quanti anni hai?».

Mati disse che non gliene dava più di ventidue, non avrebbe mai detto che ne aveva ventotto, con quella faccia da bambino... Quel commento gli diede fastidio. Gli pesavano le sue chiacchiere incessanti, i suoi giudizi categorici, quasi sempre negativi. Mati disapprovava che i segnali stradali dell'autostrada fossero scritti anche in arabo, «non siamo mica in Africa!». In estate, l'autostrada del sud era piena di auto di famiglie marocchine, cariche da scoppiare; venivano dalla Francia e andavano a passare le vacanze in Marocco, facevano la strada senza fermarsi, o pisolavano un paio d'ore in una piazzola di sosta; perdevano spesso la strada, gli incidenti erano frequenti, per questo mettevano i segnali in arabo. Lei non aveva niente contro gli extracomunitari, però, se volevano vivere e lavorare in Spagna, dovevano adattarsi agli usi spagnoli, perlomeno rispettarli. Che senso aveva portare il burka! Nel loro paese, se gli andava di coprirsi dalla testa ai piedi, liberissimi, ma in Spagna, testa scoperta. Lui le chiese se avesse mai visto una donna con il burka, Mati rispose di sì, in televisione. Lo informò che avrebbero fatto una sosta nella prossima area di servizio, per bere un caffè e fumarsi una sigaretta.

«Mi è sempre piaciuto fumare, devo farmelo piacere di nuovo, è solo questione di abitudine» si difese, come se lui avesse obbiettato qualcosa o le avesse ricordato il capogiro della notte prima.

Ma non fecero in tempo a fermarsi, squillò il telefono di Mati e lei gli chiese di prenderlo dalla borsa, che aveva lasciato sul sedile posteriore, e di darglielo. Teneva il telefono con una mano e il volante con l'altra, ma non per questo rallentò. «Ciao, Flor, come stai? Tutto okay? Io sto arrivando a Jaca, vado a casa di mio fratello Carlos, ci passerò la notte. È andato tutto benissimo a Huesca, mia madre è stata felicissima di vedermi, si è commossa moltissimo... No. Sì. No, ora non posso, ti racconterò, ti chiamo dopo, un bacio». Mentiva con una disinvoltura incredibile. Si sentì in dovere di dargli una spiegazione.

«Non potevo raccontarle che sto andando a Benidorm con un gigolò, non credi?» gli disse. «E tu non ce l'hai un cellulare? I ragazzi della tua età sono sempre attaccati all'iPhone o allo smartphone o come si chiama, a mandare whatsapp o a uccidere marziani».

Sì che ce l'aveva il cellulare, ma se lo era dimenticato a Barcellona, le spiegò. Non sapeva cosa volesse dire *gigolò*, ma se lo immaginò. E non si era dimenticato il telefono. Lo lasciava spento. Aveva sentito dire, o aveva letto da qualche parte (o lo aveva visto in televisione, più probabilmente) che seguendo il segnale ininterrotto emesso dal cellulare la polizia può localizzarti ovunque tu sia, da lì la sua precauzione. S'immaginava il suo telefono che scoppiava di chiamate e messaggi di suo fratello. Dove cazzo sei? Sono venuti a chiedere di te dal tribunale! Ti stanno cercando. O qualcosa del genere. Sperava che suo fratello non scoprisse che gli aveva preso la valigia, il passaporto, l'impermeabile, un maglione, mutande e altre cose. Sperava di poter sistemare tutto al ritorno. Avrebbe dato all'avvocato i milleseicento euro da portare in tribunale, con la ferma promessa di consegnare a breve il resto. Milleseicento euro erano un sacco di soldi, non li avrebbero disprezzati in tribunale. E per un ritardo di pochi giorni non mettevano nessuno in prigione. Gli sarebbe piaciuto potersi confidare con Mati, spiegarle il suo problema, chiederle consiglio, era una donna di mondo, era stata direttrice di banca, ma Mati si era chiusa in un mutismo insolito. D'altra parte, se avesse scoperto la sua situazione, era capace di fermare la macchina e di dirgli di scendere subito, o peggio ancora, di chiamare la polizia.

«Eccoci arrivati. Questa è Benidorm!».

L'albergo gli piacque molto. All'ingresso aveva una specie di piccolo stagno illuminato di verde, sopra il quale scrosciava, perennemente, l'acqua di una cascata, che cambiava colore, passando dall'arancio al viola al giallo. La hall era enorme. Quasi sbatté contro un

Babbo Natale a grandezza naturale, per un momento pensò che fosse un impiegato mascherato e stava per chiedere scusa. Era un albergo allegro, con addobbi natalizi, festoni, palle e altro, che adornavano soffitto e pareti. C'erano un sacco di cartelli che spiegavano molte cose in inglese. Ed erano inglesi, o avevano l'aria di esserlo, i clienti sprofondati sui divani e le poltrone davanti al bancone della reception. L'addetto era uno stronzetto, un ragazzino con pizzetto, camicia nera e cravatta lilla, che controllò sospettoso il suo passaporto: corrugò il naso con aria d'importanza, guardò lui, guardò la foto sul passaporto e lo sottopose di nuovo allo scrutinio dei suoi occhi. Mati gli strappò il documento di mano e lo esaminò senza dire niente. Lo rese all'impiegato e gli chiese la chiave della stanza. La sua padronanza di sé, quella sicurezza che poteva essere scambiata per arroganza (o che era impudenza e arroganza, le due cose insieme), era la caratteristica che più ammirava e, insieme, che temeva di lei. In ascensore, gli disse che quell'hotel era forse un po' pacchiano, ma era in una bella posizione e una suite al Gran Bali le sarebbe costata un occhio della testa. Lei camminava davanti, lui dietro trascinando le due valigie. La stanza non aveva numero, era la Suite Voramar. Non aveva mai visto una stanza d'albergo tanto grande (non poteva fare molti paragoni, era stato solo nell'albergo del giorno prima a Valencia e in nessun altro. Lui, quando viaggiava, stava da amici o da parenti, in pensioni – due volte – e un'altra in un ostello). La suite sembrava un appartamento, con il suo ingresso, ammobiliato con un tavolo e un paio di poltroncine, diverse porte su un corridoio, che dovevano corrispondere al bagno e, dedusse, ad armadi, e un salotto, o una stanza delle dimensioni di una sala, con un enorme letto matrimoniale (poi si sarebbe accorto che erano due letti uniti), e un divano, sedie, due poltrone e un paio di tavoli, uno tipo scrittoio. Le pareti erano di un giallo pallido molto fine e vi erano appese foto incorniciate di paesaggi marini e di una spiaggia al crepuscolo. Spesse tende rosso scuro nascondevano quella che doveva essere una porta-finestra. Mati le aprì, lasciando allo scoperto una terrazza con un tavolo di plastica e due sedie di vimini, una terrazza per loro due soli con la vista sul mare, e di sotto, la mezza luna scura della spiaggia.

«Niente male» ammise Mati e sedette sul divano, si tolse gli stivaletti, rovistò nella borsetta, tirò fuori un accendino e il pacchetto di sigarette, ne accese una, fece un paio di tiri, appoggiò i piedi sul ripiano in vetro di un tavolino e disse:

«Dunque, ti chiami Sulaiman».

Se lo aspettava. Era vero, si chiamava Sulaiman, era nato in Libano, ma era spagnolo, «spagnolo come lei, come te», si vantò.

Mati ribatté che se era nato in Libano, proprio spagnolo come lei non era, anche se aveva il passaporto spagnolo.

«Per me fa lo stesso se sei un marocchino... un arabo» si corresse, «io non sono razzista, ma mi dà fastidio che mi mentano».

Ebbero una piccola discussione, lui in piedi, a giustificarsi, lei fumando adagiata sul divano. Lui negò di averle detto che si chiamava Samuel e, d'altra parte, che importanza aveva? Lui era Sami, spagnolo, catalano, di Barcellona. Era andato a scuola in Spagna, tutti i suoi amici erano spagnoli (quasi tutti), l'arabo non lo parlava nemmeno, solo un po'. E non era arabo, né marocchino. Era fenicio. I suoi genitori erano mussulmani, lui non era niente, uno normale!

«Fenicio? I fenici sono scomparsi secoli fa! Senti, non credo a una sola parola di quel che mi stai raccontando, da quando ti conosco non hai fatto altro che dirmi balle, non ti chiami Samuel, non sei né modello né attore, non hai ventotto anni ma trentuno, ho visto il tuo passaporto, e non hai mai fatto il gigolò, o credi che sia nata ieri? Non so chi sei, né cosa ci faccio qui con te» disse Mati con voce piatta, senza nessuna rabbia, come se stesse constatando un fenomeno atmosferico, o si aspettasse che lui le togliesse il dubbio, le spiegasse che senso aveva stare lì insieme in quella suite, perché c'erano venuti. «Prendimi un posacenere» disse. Lui non ne trovò, era un hotel per non fumatori, ciò che faceva Mati era proibito. Le portò un bicchiere di vetro dal bagno, e Mati ci infilò il mozzicone e prese un'altra sigaretta dal pacchetto; buttava fuori il fumo dal naso e lo guardava in attesa. Lui fece una cosa inaspettata: si mise in ginocchio.

«Alzati!».

«Non voglio».

«Alzati, ti dico!».

Si alzò, sedette sul divano accanto a lei, anche se non l'aveva invitato, giunse le mani davanti alla sua faccia come se si disponesse a pregare o come se stesse riflettendo, socchiuse gli occhi e poi li aprì e li fissò in quelli di Mati, uno sguardo serio, sincero, lo sguardo di uno che si sta mettendo a nudo, pronto alle confessioni intime, dolorose, rischiose.

«Non sono un gigolò» ammise, «né un modello, né un attore. Héctor nemmeno» disse slealmente. E con ogni probabilità nessuno degli uomini che offrivano i loro servizi sul sito dell'agenzia lo erano, ma questo lei, che era una donna intelligente, doveva saperlo o immaginarlo. «La verità... Vuoi sapere la verità?».

Si chiamava Sami (nessuno lo chiamava Sulaiman, nemmeno sua zia). Era arrivato in Spagna a undici anni. Sua madre era rimasta vedova durante la guerra (una delle tante guerre del Libano) e aveva mandato a Barcellona lui e suo fratello minore, a vivere a casa di una zia sposata con uno spagnolo, la quale da allora si era occupata di tutti e due. Viveva a San Adrián del Besós. Aveva un lavoro, un buon lavoro: gestore di un ortofrutta nella zona alta di Barcellona. Dal portafoglio che teneva nella tasca posteriore dei pantaloni prese un biglietto da visita abbastanza consumato e glielo porse. Mati lesse il testo a voce alta e a fatica (era senza occhiali):

Sulaiman Doumany. Encarregat. Fruiteria Lorenzo. Carrer Balmes 242. Barcelona.

«Questi catalani» disse. «Devono scrivere sempre tutto in catalano! Se hai un buon lavoro, prenderai un buono stipendio. Perché sei qui con me, a fare il gigolò?».

Era una lunga storia. «C'entra con Yamil, mio fratello». L'espressione interessata sul viso di Mati gli fece cullare l'insensata speranza che, se riusciva a commuoverla, forse avrebbe fatto un gesto davvero magnanimo, altruista, e gli avrebbe dato in un sol colpo tutti i soldi che gli servivano, senza bisogno di farsela né di stare a parlare con lei. Le spiegò che quando lui e il fratello avevano lasciato la casa di famiglia, a Beirut, sua madre gli aveva chiesto, in lacrime, di prendersi cura e di proteggere il piccolo Yamil, da cui tanto le dispiaceva separarsi. E lui aveva tenuto fede alla sua promessa, anche se, doveva essere sincero fino in fondo, Yamil non gli aveva reso il compito facile: a scuola doveva difenderlo dagli altri bambini che se la prendevano con lui perché era scuro di pelle, o così diceva suo fratello, e lo aveva difeso anche dai professori e dalle madri degli altri bambini che protestavano perché Yamil picchiava i loro figli, infatti suo fratello faceva il bulletto. Aveva il brutto vizio di mettersi in casini da cui lui lo doveva tirar fuori. L'ultimo, il più serio: aveva mollato un pugno al portiere di una discoteca del Maremagnum e per poco non gli fa perdere un occhio. «Che animale!», disse Mati. Lui non prese le sue difese, ma offrì attenuanti: «Marocchino di merda!» (il buttafuori non lo aveva chiamato in nessun modo, in realtà non gli aveva neanche rivolto la parola: lo aveva afferrato per la collottola e lo aveva sbattuto fuori a spintoni perché si era imbucato senza pagare; in strada, gli aveva tirato un calcio nel culo e lui aveva la sua dignità, ma questo Mati non lo avrebbe capito). I Mossos d'Esquadra lo avevano arrestato. Aveva passato due giorni e due notti in questura, il lunedì aveva deposto davanti al giudice, che lo aveva rilasciato dietro una cauzione di duemilacinquecento euro. La scadenza per consegnarli in tribunale era il prossimo martedì, 30 gennaio. Perciò era lì a Benidorm con lei, per evitare che suo fratello finisse in carcere.

Pensò che fosse una storia commovente, ma Mati non sembrava commossa.

«Tu sei scemo» gli disse «e tuo fratello un pezzo di merda che si profitta di te».

Il commento lo irritò. Disse che Yamil, in fondo, era un bravo tipo, ma spesso andava in tilt e diventava una bestia. Quando era arrivato in Spagna aveva solo cinque anni. Non capiva perché sua madre lo mandasse via, aveva pensato che non gli volesse bene, «non l'ha ancora perdonata». Lui, Sami, invece capiva le sue ragioni: la vedovanza, la guerra, il pericolo che significa per i suoi figli maschi, ma un bambino di cinque anni non lo capisce.

«Non capisco, però, perché sei tu che fai il gigolò e non quella faccia tosta di tuo fratello» disse Mati.

«Perché... Yamil è brutto e io sono bello!».

Mati rise, risero insieme. Lei disse: va a vedere se c'è della birra in frigo, lui non sapeva che ci fosse un frigo e invece c'era, dentro a un armadio, e prese due lattine di birra, una per Mati e un'altra per sé. Bevvero tutti e due direttamente dalla lattina, Mati non gli aveva chiesto di portarle un bicchiere, le sue norme igieniche stavano diventando più lasche.

«Le sigarette mi fanno un effetto tremendo» disse. «Come se avessi fumato un cannone! E la ragazza non ce l'hai? Non ci credo che non ti hanno preso all'amo!».

Sì, aveva una ragazza, o meglio l'aveva avuta. Si chiamava Sandra. Era di Santa Coloma de Gramanet. Lavorava nell'ortofrutta e... la solita storia... Lui faceva sul serio, era innamorato, l'avrebbe sposata se... «In maggio un distributore si è messo in malattia, ed io sono riuscito a far assumere mio fratello. E un pomeriggio (era il mio giorno libero, non avrei dovuto essere lì, ma volevo controllare che fosse arrivata la frutta), sono andato in negozio e non ho visto nessuno. La porta spalancata e il negozio vuoto! Sono entrato nel magazzino e li ho scoperti...».

«Tuo fratello e la tua ragazza?».

Adesso sì che Mati lo guardava davvero dispiaciuta.

«Come ha potuto farti una cosa così! Che pezzo di merda!».

Lui disse: l'ho perdonato, dovevo farlo, è mio fratello! (e in effetti suo fratello avrebbe dovuto perdonarlo, il sangue viene prima di tutto, di donne ce ne sono tante ma di fratello uno solo. Invece, non gli aveva più rivolto la parola e quando gli aveva chiesto un prestito per la cauzione, anche se erano cinquanta sacchi, si era rifiutato categoricamente).

«E poi, ho fatto una promessa a mia madre» ricordò. Mati gli strinse la mano, una stretta solidale. Teneva la testa all'indietro, appoggiata allo schienale del divano, gli occhi chiusi, e lui interpretò il suo abbandono come un invito; le accarezzò il collo, glielo baciò, abbassò la mano verso la scollatura, la infilò dentro la camicia, la passò sotto il reggiseno. Lei tremava. Aveva i seni molto molli, gli scivolavano tra le dita, non sapeva cosa farci; le accarezzò i capezzoli, ansimò come se fosse eccitatissimo, chiuse gli occhi per non vederla, le mordicchiò un orecchio, e la cosa strana era che sì, gli tirava, doveva semplicemente trasmettergli un ordine con il pensiero e il cazzo gli si rizzava, l'episodio della notte prima era stato un lapsus, causato dalla stanchezza e dall'indigestione. Con la mano che non le massaggiava un seno cercò di slacciarle la fibbia della cintura, senza successo; ci si mise con entrambe le mani, mentre le sussurrava all'orecchio, *habibi*, *habibi*, piaceva a tutte, con la punta delle dita sollevò l'elastico delle mutande, vinse la ripugnanza e la baciò sulla bocca.

«Lasciami! Non vedi che mi gira la testa?».

Tremava di indignazione. O di vergogna. Lo spinse via e si alzò dal divano, risistemandosi la camicetta, allacciandosi la cintura. Non sembrava che le girasse la testa. Disse che non era il momento, le due e mezzo! Moriva di fame, voleva andare in un ristorante. Si sentì umiliato, aveva voglia di schiaffeggiarla. Aveva bisogno di portarsela a letto per sentirsi di nuovo padrone di sé, dopo che ti sei scopato una donna, non ha più importanza chi paga. Quella signora, a che gioco giocava, cosa voleva da lui, non lo aveva ancora capito e questo lo innervosiva.

Sedettero ai tavolini all'aperto di un ristorante dove servivano «la migliore paella di Benidorm», davanti alla spiaggia di Levante, una spiaggia spettacolare, di sabbia dorata e fine, come pettinata o rastrellata da una macchina pulitrice che aveva lasciato impresse le impronte degli pneumatici. Sdraio blu, allineate con precisione, interrompevano il giallo uniforme della spiaggia. Era una spiaggia da pubblicità, talmente perfetta da sembrare falsa, solo i corpi flaccidi, bianchi, o rossi come i gamberi, e i costumi a fantasie vistose dei turisti che prendevano il sole spezzavano la simmetria. Un lembo di terra che s'inoltrava nel mare separava quella spiaggia da un'altra simmetrica che completava il semicerchio della Baia, la spiaggia di Ponente, che Mati promise di mostrargli. «Bisogna vederla in estate» disse Mati, «c'è un casino che non ti puoi immaginare. C'è talmente tanta gente che non sai dove appoggiare l'asciugamano. E la sera! Cazzo, è il posto migliore di tutta la Spagna, il più matto e divertente». Benidorm aveva circa settantamila abitanti in inverno e mezzo milione in estate, «per darti un'idea». Ci venivano gli stranieri di tutte le parti del mondo, per loro Benidorm era come un pezzetto d'Inghilterra, ma con in più sole, spiaggia, sangria e palme, qui avevano i loro pub, identici a quelli inglesi, le loro discoteche, i loro ristoranti, i loro karaoke, i loro negozi, persino i loro medici e avvocati, «ci sono inglesi che vivono qui da trent'anni e non parlano una parola di spagnolo, e non ne hanno bisogno, a Benidorm puoi vivere senza parlare spagnolo, ma se non parli inglese, sei perduto, questo posto è più cosmopolita di Londra e New York».

Il lungomare era ampio e generoso ed era pulito e curato come la spiaggia. Quasi tutti i passanti erano vecchi e grassi. Molti si spostavano su moto elettriche per invalidi, anche se non erano né paralitici né zoppi. Mati disse che il turismo invernale era costituito soprattutto da pensionati, ma in estate...! Un tempo lì c'erano solo prati e Benidorm era un borgo di pescatori. Ora aveva più grattacieli per abitante che New York. Architetti giunti da ogni angolo del pianeta, avevano espresso la loro ammirazione per il modello di urbanistica verticale di Benidorm, «il più ecologico, anche se non sembra». Come se non bastasse, godeva di un microclima privilegiato, non troppo freddo d'inverno né troppo caldo d'estate, la temperatura ideale tutto l'anno. Lui tremava sotto l'umida brezza marina, ma non osò contraddirla. Mati non la smetteva più di elencargli le bellezze e i vantaggi di Benidorm come se gliela stesse vendendo, come se da un momento all'altro lui le avrebbe chiesto il prezzo. Camminavano piano per il lungomare, lei appesa al suo braccio, come una coppia di pensionati. C'erano meno grattacieli da questo lato della baia e i palazzi erano più vecchi. Mati si fermò davanti a una casa con la facciata deteriorata, il condominio Nettuno, e gli indicò un balcone con un cartello:

IN VENDITA. FOR SALE.

«Quello era il mio appartamento» disse. «Adesso appartiene a una banca».

Lui gli raccontò che suo fratello lavorava per un'impresa di traslochi che effettuava, inoltre, gli sfratti per una banca. Una volta, Yamil era entrato per primo nell'appartamento. Si sentiva odore di rose e cera. Decine di candele illuminavano con le loro pallide fiammelle una stanza ricolma di fiori, fiori sulla moquette, sui mobili, i tavoli, le mensole, ovunque! mazzi di fiori per ricevere gli incaricati dello sfratto. La casa dava l'impressione di essere vuota. Yamil aveva chiamato ad alta voce, segnalato la propria presenza, senza risposta. Aveva cominciato a ispezionare l'abitazione. La prima porta si apriva su un bagno, la seconda, su una stanza da letto, ugualmente stracolma di fiori e illuminata con candele. Sul letto giaceva una donna, l'inquilina. Aveva ingerito diverse scatole di pastiglie. Mati chiese se era morta, lui rispose di no, anche se sembrava, o così era sembrato a suo fratello. L'avevano portata in ospedale, salvandole la vita. Mati disse che era meglio se fosse morta, non si può vivere senza soldi.

«Che meraviglioso tramonto! Fammi una foto qui, davanti al mare, per favore».

Gli passò l'iPhone e lui l'immortalò, a braccia aperte, un sorriso estatico sul viso, di schiena alla grande macchia azzurra del Mediterraneo. Era in controluce, ma non glielo disse, voleva fare alla svelta, batteva i denti, ma Mati, ben coperta dal cappotto marrone, non aveva nessuna fretta: lo riprese sotto braccio, come se fosse una sua proprietà, e lo esortò a godersi il tramonto. «Guarda che luce! E quelle nuvole come di cotone, con gli orli rossastri! E il mare, il mare... che meraviglia! Ti confesso che a me incute molto rispetto, mi sembra tanto grande, tanto... potente, e poi non sai cosa c'è sotto, possono esserci squali, piovre...». Lei non si avventurava mai dove non si toccava, restava a riva. Mar, sua figlia, si divertiva a farla arrabbiare. Nuotava come un pesce, come un'anguilla, e andava al largo, molto al largo, fino a ridursi a un puntolino all'orizzonte e poi nemmeno quello, la perdeva di vista, e diventava isterica, perché non poteva seguirla, perché se la sua bambina aveva dei problemi e annegava, non avrebbe potuto salvarla.

«Sai nuotare?».

Lui disse di sì, ma non era capace, nessuno gli aveva insegnato, poteva restare a galla qualche minuto, allungando molto il collo, sbracciandosi a casaccio, come un disperato, ma nuotare, nuotare come si deve, no. Cominciarono a tornare. Le losanghe della pavimentazione in quella zona del lungomare erano di colori vivaci, giallo, azzurro, viola. A ogni momento, Mati decideva di fermarsi per farsi fare una foto: mentre dava da mangiare (fingeva di dare da mangiare) alle colombe bianche di una piazzetta, seduta su una panchina, appoggiata al tronco di una palma, vicino a un mendicante rumeno vestito da Babbo Natale che suonava (malissimo) un'armonica, sempre sorridente, come se si divertissero un mondo. Le venne il ghiribizzo di farsi ritrarre davanti a un elaborato castello di sabbia custodito da un uomo seduto su una sedia pieghevole, che le disse: una foto, un euro. Mati si scandalizzò. A lui fece pena quell'artefice di castelli effimeri che vigilava la propria opera per proteggerla dagli indifferenti. Volle fare impressione su Mati, mise mano al borsellino e gli diede una moneta. Lei si arrabbiò, è il modo di buttare i soldi! Se lo avesse fatto lui... Ma quello era solo un dipendente dello scultore, un artista professionista che tutti gli anni disseminava le spiagge della Costa del Sol di castelli e statue di sabbia, a cui le cose andavano così bene da potersi permettere una squadra di guardiani. Dichiarò che era stanca di camminare e propose di fare il resto della strada su una di quelle moto per invalidi. Ne noleggiarono una. Mati volle a tutti i costi guidarla lei, lui si faceva portare. Sfrecciavano velocissimi, infastidendo i passanti. Mati rideva felice e suonava il clacson. Erano quasi arrivati all'albergo, quando frenò di colpo e gli chiese di scattarle un'ultima foto. La sfera rossa del sole, che stava sprofondando nel mare da ponente, lo accecava. Pensò: non verrà, non c'è luce, ma comunque indietreggiò di qualche metro per inquadrarla. Mati in sella alla moto, le mani sul manubrio, il viso rivolto verso di lui, sorrideva.

«Mati Oliván, disgraziata!».

Un vecchio le correva incontro, saltellando sulla gamba buona che si trascinava dietro l'altra, rigida, e brandiva minaccioso il bastone, gli sarebbe sembrato buffo se non fosse stato per l'espressione, di rabbia, di odio, e i suoi insulti: «Disgraziata! Ladra! Imbrogliona!». Una vecchia che doveva essere la moglie lo tirava per il braccio, cercando di trattenerlo, ma l'uomo continuava ad avanzare, gridando parolacce. La faccia di Mati si alterò, dal riso passò alla paura; non si mosse dalla moto, sopportò la pioggia di improperi senza ribattere né difendersi. Lui pensò che doveva fare qualcosa, ma non si mosse. L'uomo si fermò davanti a Mati, fuori di sé, il volto paonazzo.

«Sei senza vergogna! Tu qui, a Benidorm, in vacanza! In prigione dovresti essere! Mi hai rovinato! Mi hai gettato sul lastrico!».

«Dai, Emilio, lasciala stare! L'ha già punita Dio, tu lasciala in pace» intercedette la moglie, e lui finalmente reagì: prese Mati per il braccio e la portò via, lasciando lì la moto. La sentì rigida, tesa. Si lasciò guidare docilmente e, anche se aveva gli occhi aperti, dava l'impressione di non vedere e che sarebbe crollata, se lui non l'avesse sorretta. Giunti in albergo, si riscosse con uno scatto brusco. Si appoggiò alla ringhiera dello stagno e restò a guardare l'acqua che cadeva, gli spruzzi colorati.

«Mi capitano queste cose perché sono una brava persona. Gli concedi un prestito, anche se non hanno i requisiti, rischi, perché li conosci, perché ti fanno pena, e poi quando arrivano i momenti bui e la banca reclama le rate, danno la colpa a te, come se oltre a concedergli il prestito dovessi anche pagargli il debito, come se la banca fosse tua e potessi estinguerglielo. Non ci sono i pesci. Perché non mettono dei pesci nello stagno? Gli darebbero un po' di vita».

Disse che era stanca e che le faceva male la testa, sarebbe salita in camera a riposare un momento. Lui fece per accompagnarla ma lei non volle, resta qui, distraiti un po', ordina quel che vuoi, lo metti sul mio conto. E fu quel che fece, gironzolò per le sale dell'albergo; in una, pensionati inglesi e qualche spagnolo, giocavano a carte e a domino, seduti a dei tavoli con il tappeto verde. Un'altra sala gli sembrò più interessante, c'erano bambini, ragazzini e anche adulti, come lui, concentrati sui videogiochi. Le postazioni erano tutte occupate, si stancò di aspettare (praticamente non aspettò) e andò al bar, dove ordinò un margarita, ma non ne facevano e optò per un gin tonic. Si divertì a trattare con superbia il cameriere, dimostrandosi seccato perché non avevano il cocktail che voleva, chiedendo altro limone, altro ghiaccio, dicendo con freddezza: mettilo sul conto della Suite Voramar. Il cameriere gli fece firmare la ricevuta, cosa che lo insuperbì ancora di più. Però si annoiava a bere da solo, senza il telefono. Un cartello appeso alla parete prometteva un Capodanno indimenticabile: CENA SUPERLUSSO. COTILLON. FANTASTICO SPETTACOLO DEL MAGO FOZ CON I CONCORRENTI DI «OPERAZIONE TRIONFO». MUSICA. DANZE. DIVERTIMENTO ASSICURATO! DA' IL BENVENUTO AL 2013 CON NOI! Un altro in inglese diceva probabilmente le stesse cose, i punti esclamativi, le maiuscole, i disegni di calici colmi di champagne, stelle filanti e lingue delle donne, erano identici. Un bambino giocava con le statuette di un presepe che adornava una nicchia della parete, senza che nessuno glielo impedisse. Gli venne voglia di unirsi a lui e di divertirsi a disfare il presepe. Un cartello, che prima non aveva notato, attirò la sua attenzione. Era una tabella con il programma delle attività (LEISURE ACTIVITIES). Per risparmiarsi la fatica di scriverle in due lingue, le avevano rappresentate con dei disegni: arco e frecce, un fucile da sub, un tavolo da bigliardo, una roulette, due racchette da ping-pong, un calcio balilla, una pistola... Gli piacevano tutte, ma in particolare il tiro a segno, che era previsto alle undici del mattino dopo. Decise di salire in camera e chiedere a Mati il permesso di iscriversi. Un'altra idea gli ronzava in testa: se la beccava a letto, non se la sarebbe lasciata scappare, e così avrebbe finalmente concluso. Entrò piano piano, nel caso stesse ancora dormendo, la chiave di plastica non faceva nessun rumore.

«Amore mio, vita mia, la mamma ti vuole molto bene, non piangere, tesoro, non piangere, stella, sai che la mamma ti ama più di tutti al mondo...».

Mati parlava con una vocetta acuta, infantile, come si parla ai bambini e ai cani; tratteneva a stento le lacrime, le scappavano sospiri e singhiozzi. Rimase fermo sulla soglia, al buio, quasi senza respirare, non voleva che si accorgesse della sua presenza. Aprì la porta e la chiuse delicatamente dietro di sé. Uscì dall'albergo come se avesse il diavolo alle calcagna e si mise a vagare per le vie di Benidorm, cercando di calmarsi. Aveva paura, paura di Mati!, non sapeva perché. Era una donna strana. Contrattava un accompagnatore e non appena quello le si avvicinava, si metteva a tremare e lo rifiutava. «Non cascarci» aveva detto Iván, dicono tutte che vogliono solo compagnia, qualcuno con cui parlare o andare al cinema, ma in realtà, quel che vogliono, tutte!, è scopare!». Mati no. Ed era venuta fino a Benidorm con lui senza conoscerlo affatto né avere nessuna referenza. Poteva essere un ladro, un assassino, uno stupratore, ce n'era abbastanza per diffidare di lei. E gli sbalzi d'umore! E quella voce implorante, patetica, quando parlava al telefono con sua figlia, una ragazza di diciassette anni, non certo una bambina. E lo sgradevole incidente con il vecchio sul lungomare, la sua passività davanti agli insulti... Se aveva truffato quell'uomo poteva fare lo stesso con lui. Non poteva ficcarsi in altri pasticci, l'avvocato gli aveva detto che la cauzione era solo il primo passo, anche se lo avevano rilasciato, il processo era ancora in corso. L'avvocato era ottimista, calcolava che se lo condannavano, non gli avrebbero dato più di due anni, per cui non sarebbe andato in prigione: non aveva precedenti, non aveva cavato l'occhio al gorilla dopotutto, e quello non era spagnolo, ma un negro dominicano, di cui al giudice non fregava niente, come di lui, un extracomunitario, un libanese, una rissa tra immigrati, niente di grave. Se Mati non lo pagava, cosa avrebbe fatto?

Di notte a Benidorm la luce si sprecava, forse per compensare la solitudine delle sue strade. I grattacieli erano illuminati come per una fiera, ma negli altissimi palazzi, di venti o trenta piani, tutte le finestre erano buie, tranne, forse, una o due. Benidorm era come un cimitero enorme in cui i morti erano ancora vivi, fu l'idea che gli passò per la testa. Tornò sul lungomare, quasi deserto, ma a cui la vicinanza del mare, con il dolce, ritmico rumore di fondo e le scie bianche delle onde, come leccate di un cane mite, infondeva un po' di vita. Sormontavano il lungomare due file di lampioni che mandavano luci gialle e bianche; camminando si aveva l'impressione di calpestare pozzanghere di luce, di bagnarvisi. Passò di nuovo a fianco del castello di sabbia. C'era ancora, con il collo affondato nel piumino, il guardiano a cui aveva dato una mancia. Si ricordava? Fu tentato di scambiarci due parole, di menzionare di sfuggita l'incontro di poco prima, ma l'espressione cupa dell'uomo lo dissuase. Entrò in una pizzeria con pochi tavoli occupati. Sedette su uno sgabello davanti al bancone e attese che tornasse la cameriera. Era entrato per lei. L'aveva vista dalla vetrina. Le ordinò un gin tonic e considerò di buon auspicio che fosse generosa con il gin. Le chiese come si chiamava. Elena? No, Olena! Di dove sei? Ucraina. Era bionda, gli occhi di un azzurro chiarissimo, il sorriso caloroso. Chiacchierarono. Olena se la cavava abbastanza bene con lo spagnolo. Gli disse che erano due anni che viveva lì e sì, le piaceva Benidorm, soprattutto in inverno, in estate c'era troppo lavoro. Lui disse che era venuto qualche giorno in vacanza con sua madre. Rimasero mezzo d'accordo di vedersi più tardi al Penelope's, una discoteca situata sullo stesso lungomare, poco lontano da lì. Lei ci faceva spesso un salto dopo aver chiuso, se non era troppo stanca. Tornò in albergo di ottimo umore, quel posto gli piaceva sempre di più. Pensò che avrebbe potuto fermarsi qualche tempo a Benidorm. E affanculo il tribunale! Affanculo l'impresa di trasloco! Non avrebbe mai più preso parte a un trasloco (non aveva raccontato a Mati, gliel'aveva risparmiato, che quando l'ambulanza si era portata via l'inquilina, avevano proceduto allo sfratto come se niente fosse:

avevano spento le candele, buttato i fiori nella pattumiera e svuotato l'appartamento, avevano portato via tutto). Benidorm aveva un'aria mafiosa che lo affascinava, a nessuno sarebbe venuto in mente di cercarlo lì. S'immaginava guardiano del castello di sabbia. Olena sarebbe passata a trovarlo, gli avrebbe portato una zuppa calda, un pezzo di pizza. Avrebbero potuto aprire un ristorante ucraino o libanese, o anche ucraino-libanese insieme, Benidorm era piena di possibilità.

Lo aspettava al bar. Truccatissima. Si era messa una camicetta nera, che lasciava intravedere in trasparenza il reggiseno, e una minigonna in tinta; una collana a più giri, luccicante e vistosa, aveva sostituito la catenina d'oro con il nome della figlia. Aveva un dente macchiato di rosso, pensò di dirglielo ma non lo fece, gli sembrò troppo intimo.

«Mi sono messa in tiro. Stanotte ci diamo dentro» gli disse, facendogli l'occhiolino.

Beveva un margarita che le aveva preparato il suo amico Basilio, una gentilezza che le aveva riservato. «Basilio è di Sigüenza», lo informò come se a lui potesse interessare di dov'era quel barman, con cui Mati flirtava spudoratamente. «Che ne dici del mio fidanzato, Basilio? Vero che è bello?». Lui non sapeva dove guardare, cosa poteva pensare di loro (di lui) quel cameriere. Mati insistette perché provasse un margarita fatto da Basilio, lei ne avrebbe bevuto molto volentieri un altro. Prese dalla borsetta un pacchetto di sigarette, bisticciò con Basilio perché non la lasciò fumare, con un'audacia insolita gli accarezzò la nuca e gli affondò il naso nel collo. «Che colonia usi?». Era la colonia di suo fratello, non conosceva la marca, disse che non si ricordava.

«Non mettertela più, non mi piace».

Per tutta la cena ebbe quell'umore capriccioso, imprevedibile, provocatorio. Cenarono in albergo, anche se a mezzogiorno aveva detto che sarebbero andati in uno dei migliori ristoranti di pesce di Benidorm. Lui pensò che la paura di incontrare di nuovo il vecchio arrabbiato l'avesse indotta a cambiare idea. La sala da pranzo era piena. A parte qualche famiglia inglese con i bambini, quasi tutti i commensali erano pensionati, in vacanza con il turismo sociale gli spagnoli, e il resto, sudditi britannici. Ai pensionati portarono in tavola il menù compreso nel pacchetto turistico. Mati chiese quello alla carta. Mandò indietro due bottiglie di vino «perché avevano un retrogusto di tappo». Pretese che le grigliassero di nuovo il rombo, che secondo lei era ancora crudo. E poi non lo mangiò (disse che non sapeva di niente). Per bere, bevve molto. Gli chiese se non avesse altre camicie oltre a quella che aveva indosso (era vestito uguale dal primo giorno). Fece diversi commenti imbarazzanti sui suoi tatuaggi, un'allusione velata (o molto sfacciata) a quando lo aveva visto nudo. Ripeté in diverse occasioni che quella notte ci avrebbero «dato dentro», e ogni volta gli strizzava l'occhio. Camminava molto impettita mentre uscivano dalla sala da pranzo. Era già ubriaca. Sperava che presto sarebbe crollata, vittima dell'alcool. L'avrebbe lasciata in camera e sarebbe andato in discoteca. Ma Mati era ancora ben lontana dal crollo e insistette per tornare al bar a trovare il suo amico Basilio.

C'era stato il cambio di turno. A Mati, il nuovo cameriere, che non sapeva fare i margarita, sembrò asciutto e antipatico. Si accontentò di un mojito.

Nel bar avevano improvvisato una pista da ballo. C'era persino un'orchestrina, o un uomo orchestra, un tizio alto, con delle straordinarie basette nere, un cilindro rosso in testa e indosso un frac bordeaux, ricamato di paillette rosa, che cantava, suonava la chitarra, l'armonica e una tastiera. Malgrado la sua allegra tenuta, aveva una faccia truce, pensò che, come lui, forse era in fuga dalla giustizia. Lo accompagnava una cantante pallida e grassottella, una ragazza bionda che doveva essere inglese, perché cantava in inglese una canzone che, secondo Mati, era dei Beatles. Poi l'uomo orchestra attaccò un paso doble e diverse coppie di pensionati si misero a ballare. L'affluenza era notevole, quasi tutti i pensionati che aveva visto a cena, e altri che stavano arrivando, occupavano i tavoli della sala. I musicisti alternavano canzoni in inglese, per i pensionati inglesi, con paso doble e canzoni di Julio Iglesias per gli spagnoli, ma alla terza canzone le coppie ballavano tutto, paso doble gli inglesi, successi anglosassoni della metà del Novecento gli spagnoli. Come disse Mati, prometteva bene. La cantante si mise a cantare *My Life is brilliant / My love is pure / I saw an angel / Of that I'm sure / You're beautiful. You're beautiful!*, e Mati si commosse.

«Questa canzone l'adoro! Andiamo a ballare».

Mati gli passò le braccia intorno al collo e gli si appoggiò addosso, facendogli portare tutto il peso. Il suo equilibrio era instabile, si muoveva maldestramente; gli pestò un paio di volte i piedi e lo accusò di non saper ballare i lenti. Quando la canzone finì, andò a complimentarsi con la cantante, e poi al bancone lo informò che la ragazza non era inglese ma polacca, «però come canta bene!». Lui si affrettò a ordinare un altro mojito per lei al cameriere antipatico. Mati era dispiaciuta per una signora che era rimasta da sola al tavolo e seguiva il ritmo della musica con le mani e la testa. «Poverina!»

disse, «tutti i vecchietti in pista, tranne lei! Falla ballare» gli ordinò, e lui pensò che scherzasse, invece no. La signora, che era straniera, non capiva cosa diceva. Si piegò verso di lei, tese una mano con il palmo aperto e le chiese: *Dance?* La donna si agitò, spaventata ma anche compiaciuta e, con sua sorpresa, accettò. L'inglese teneva il tempo meglio di Mati e stava alla giusta distanza. Quando incrociarono una coppia di conoscenti di lei, scambiarono saluti, sorrisi complici. Si sentì ridicolo a ballare con quella vecchia per imposizione di Mati, che scorse all'altro angolo della sala, intenta a parlare con un pensionato. Dai gesti, dalla mimica esagerata e dal modo in cui sembrava tirare l'anziano per farlo alzare, capì che aveva deciso di ballare con lui, forse le faceva pena come la signora, ma l'uomo respinse i suoi assalti e non si mosse dalla sedia.

La trovò imbronciata quando finì il ballo, quel posto era una rottura di palle, pieno di rincoglioniti. «Andiamo via di qui» disse, e si precipitarono fuori.

C'era movimento a quell'ora della notte: i neon, i cartelli luminosi, i fasci di luce irradiati dai bar, il Caribbean Club, il Chaplin's Broadway Dancing, The Tropical, Bernie's Billiards, il viavai di inglesi ubriachi, i ragazzi in maglietta e le ragazze in minigonna e sandali, che sciamavano da un locale all'altro in un coro di risate, tutto contribuiva a un'atmosfera festosa. Entrarono in un bar che annunciava un concorso di imitatori di Elvis (Mati lo rimproverò perché non sapeva chi era Elvis Presley), ma saltò fuori che quella notte i concorrenti imitavano i Blues Brothers e lei non volle fermarsi. Poi andarono in un karaoke arredato come un saloon del West. Mati si scocciò perché la cameriera non la capiva. «Siamo in Spagna, non in Inghilterra! È intollerabile che non mi capisca se le parlo in spagnolo!». Di nuovo fuori, lo colse di sorpresa con la decisione di andare al Penelope's.

Mama, Yo paso de todo!
I'm telling to you mama,
there's no need for a drama.
But I don't wanna study.
I just wanna party!

La musica, tanto forte che assordava, le luci stroboscopiche, la cubista che ballava svogliata, o come poteva, issata su quei tacchi da vertigine, *I'm a nini, ma'. You know what a nini is?*, il bar in fondo dove forse lo aspettava l'ucraina, *don't wait for me awake, I'm going home late*, si trovava nel suo elemento, Mati era di troppo. Cosa poteva fare per spedirla in albergo? Non c'era molta gente; a parte Mati, erano tutti giovani, come quei ragazzi marocchini o algerini che giocavano al biliardo, o il gruppo di ragazzine che ballavano in cerchio, facendo le cretine. *Mama*, io me ne frego. *I don't wanna study. I just wanna party!* Mati sembrava un po' sperduta, disorientata, ma si mise subito a ballare senza neanche togliersi il cappotto, la borsa appesa alla spalla, lo sguardo basso, come se seguisse gli sfuggenti riflessi della luce sulla pista. *Monday-party! Tuesday-party! Wednesday-party. Weekend, weekend. Party! Wow!* Ballava in modo strano, muovendo le spalle su e giù, come se facesse ginnastica, lo sguardo assente, un sorriso idiota sulle labbra. *I'm telling to you, mama, therer's no need for a drama.* Le chiese se volesse bere qualcosa, lei gli diede una banconota da cinquanta euro e gli ordinò una vodka e acqua tonica. Al bar approfittò per scambiare due chiacchiere, urlando e gesticolando, con la cameriera, che non era male. Quando tornò in pista con i due cocktail, ci trovò uno dei ragazzi magrebini che faceva il furbo con Mati, le ballava davanti, le diceva cose in un orecchio. Posò i bicchieri su un tavolo e si mise a ballare, marcando stretta Mati, cingendola per la vita, per far vedere che aveva un padrone. Una volta segnato il territorio, e dopo averle consigliato di far attenzione alla borsetta, tornò al bar. Lì lo aspettava Olena. Era con un'amica spagnola di cui non capì il nome, né gli interessava. *And if the world would end tomorrow, we don't care, tonight is the night!* Offrì loro da bere con i soldi di Mati. «È tua madre?» gli chiese Olena, indicando Mati, a cui il ragazzo marocchino stava di nuovo ronzando intorno. Le disse di sì. «Che casinara!», s'intromise l'amica, che non perdeva una virgola della sua conversazione con l'ucraina. Le diede ostentatamente la schiena e concentrò tutta la sua attenzione su quest'ultima. Non aveva tempo da perdere, per cui si ritrovò subito a sondare la possibilità di andare a casa sua (loro due soli), quando la discoteca avesse chiuso. Non c'era da preoccuparsi per sua madre, un altro paio di canzoni, cinque minuti, e l'avrebbe portata in albergo, non c'entrava niente lì dentro, non aveva più l'età per la discoteca. *And if the world would end tomorrow, just put your hands up and feel alright*! L'amica di Olena era pallosa e non si rassegnava alla solitudine, gli dava dei colpetti sulla spalla. «Senti, senti» insisteva.

«Stanno picchiando tua madre» gli disse, quando finalmente lui voltò la testa.

Nessuno picchiava Mati, era lei che pestava furiosamente un uomo. La sua vittima, un colosso sulla trentina, si difendeva dai colpi e dai graffi e dai calci coprendosi la faccia con le mani, e retrocedendo alla cieca. «Delinquente, assassino» strillava Mati. «Lascia in pace la ragazza! Abbi rispetto!». La cubista piangeva tra le braccia di un'amica. Il ragazzo marocchino era scomparso. Un addetto alla sicurezza cercava di calmare Mati, senza successo; passò dalle parole ai fatti, l'afferrò per le braccia e la sollevò di peso da terra. Lei scalciava e si contorceva e minacciò di chiamare la polizia.

«Cos'è successo?» chiese una voce (la sua).

«Quella matta, è diventata una belva perché ho toccato il culo alla cubista!» gli spiegò l'aggredito, mentre si tastava le braccia, i vestiti. «Alla ragazza non dà fastidio, è una mia amica, facciamo sempre gli scemi... Che cavolo vuole? Non l'ha chiamata nessuno. Se fosse un uomo...!».

Con una buona dose di sangue freddo e diplomazia riuscì a convincere l'addetto alla sicurezza, che Mati aveva morso sul polso, a lasciarla libera, senza rappresaglie. Le disse che era sua zia, che non era abituata a bere e quella notte aveva esagerato. Gli chiese scusa a nome suo, gli assicurò che l'avrebbe subito portata via e che non avrebbe più messo piede nella discoteca.

Poté portarla fuori dal Penelope's e condurla su una panchina del lungomare. A sinistra scintillava la vetrina di un minimarket che vendeva solo alcolici, a destra c'era il mare, illuminato dalla luce fioca di una falce di luna, e ai piedi della panchina, la spiaggia, deserta a parte le sdraio impilate e un gabbiano che curiosava dentro un cestino dei rifiuti. Fu gradevolmente sorpreso dalla pace, dal silenzio, dopo il baccano e la violenza della discoteca. Mati piangeva, accasciata contro il suo petto, e mormorava frasi incoerenti, qualcosa sulle cubiste, sul rispetto, «non sono puttane» diceva, «anche se si vestono così». Lui le riparava la schiena con un braccio protettivo.

«Mia figlia era cubista e me l'hanno uccisa» disse Mati quando si fu calmata. Poi si corresse, non le avevano ucciso la bambina, le avevano fatto di peggio. Sua figlia, Mar – che aveva quindici anni al momento dell'accaduto –, faceva la cubista in una discoteca. Mati non lo sapeva, altrimenti gliel'avrebbe proibito, la bambina non era tonta, perciò non gliel'aveva detto. Quella sera l'aveva lasciata a casa, a studiare per gli esami, con la cena pronta. Aveva un appuntamento con un uomo, uno di quegli appuntamenti di internet. Lei e Paco si erano separati da tempo, e le amiche la esortavano a entrare in una chat di incontri e tentare la sorte, e un po' per curiosità, un po' perché la lasciassero in pace, si era data appuntamento con uno. Le era preso un colpo quando lo aveva visto di persona, non assomigliava per niente alla foto che aveva messo sul suo profilo, sembrava il padre di se stesso, «non so se mi spiego», ma comunque era simpatico e aveva accettato di cenare con lui, pensando, mi farò un amico e magari anche qualcosa di più... Quando aveva ricevuto la chiamata della polizia, lo aveva quasi convinto a cambiare banca e ad aprire un conto alla cassa di risparmio. «Mi hanno detto che avevano investito mia figlia a Puerto Ocio e di correre all'ospedale. Subito non ci ho creduto, ho pensato che fosse uno scherzo di... Uno scherzo di qualcuno che mi voleva male». E invece era vero. Mar era scappata di casa per andare a un concorso di cubiste in discoteca. Ma non aveva partecipato, qualcosa era accaduto prima, qualcosa che le avevano detto o che aveva visto, qualcosa che c'entrava con un ragazzo, un certo Óscar, e con la sua amica Alba, qualcosa che l'aveva talmente sconvolta da farla correre spaventata in strada, dove un'auto l'aveva centrata in pieno. Era rimasta un mese in coma. Lei non la lasciava mai, praticamente viveva in ospedale con Mar. Aveva smesso di bere alcolici e di fumare, una punizione che si era imposta, come una specie di sacrificio. Pregava la Vergine Maria, era talmente disperata che si era rimessa a pregare. Aveva promesso alla Madonna che se sua figlia ce la faceva, avrebbe fatto in ginocchio la processione del Venerdì Santo. Non mantenne la promessa, perché piuttosto che sopravvivere in quelle condizioni, sarebbe stato meglio... Era come avere in casa una morta vivente. Mar era uscita dal coma e i medici avevano detto che era un miracolo, bel miracolo! La bambina non riprese l'uso della parola, non camminava più, non era più indipendente, era rimasta paraplegica, bisognava darle da mangiare, da bere, farle tutto! E anche il suo faccino era cambiato. Ora sua figlia, anche se le davano sempre da mangiare, era pelle e ossa e le mani le teneva così, come artigli. Solo rideva o piangeva o si lamentava, o ti guardava con degli occhi tristissimi e non c'era modo di capire cosa pensava, se pensava, cosa voleva... Flor la faceva ridere, in questo era in gamba, alla bambina piaceva di più stare con Flor che con lei. Invece appena vedeva Mati scoppiava in lacrime, disperata. Anche solo sentendo la sua voce al telefono, era automatico: piagnisteo.

C'era una cosa che tormentava Mati, un enigma che non avrebbe mai potuto chiarire. La notte dell'incidente, quando l'aveva salutata, Mar voleva dirle qualcosa, ma lei non l'aveva lasciata parlare perché era di corsa. Secondo Flor, la bambina voleva dirle quanto le volesse bene, «Flor è così, per lei tutto al mondo è amore e felicità». Quella sera, Mar, mentre non studiava, mentre provava e si preparava ad andare al concorso, aveva twittato molto, andava matta per Twitter e lei non se l'era sentita di proibirglielo, qualcosa doveva pur permetterle.

«Sai cosa dicevano i suoi tweet: "Qualcuno mi vuole adottare?", "Odio mia madre!". Questo dicevano!».

Lo schermo si era crepato, ma il cellulare non si era rotto, e neanche l'orologio, solo la bambina. «Questo era l'orologio di Mar», disse, e gli mostrò l'orologino di plastica che portava al polso, il cinturino decorato di cuoricini rossi, che lui aveva già notato, gli era sembrato inadatto per una donna come lei.

La bambina era furiosa con lei perché si sarebbero trasferite a Valencia, ma a Sagunto non potevano più restare! La banca, la sua banca!, avrebbe messo all'asta l'appartamento a causa dei debiti di Paco. E tutti i giorni, quando andava in ufficio, trovava delle manifestazioni di protesta. Non poteva più andare per strada senza essere insultata. L'avevano minacciata di morte. Come avvertimento, le avevano lasciato un topo da fogna morto sullo zerbino di casa. Avevano minacciato anche Mar. Era stata costretta a toglierla da Facebook. Le cose che non le dicevano! A una bambina! E tutto per colpa sua, di Mati. Era una colpa immensa, una colpa talmente grande che non stava da nessuna parte. Non avrebbe mai più potuto liberarsene, si alzava con lei, dormiva con lei e se la sarebbe portata dietro nella tomba.

Flor le diceva di non torturarsi così, le cose succedevano perché dovevano succedere e non bisognava avvelenarsi il sangue, perché nessuno aveva colpa di niente, secondo lei. Un giorno era andata a Barcellona a fare scorta per il negozio e al suo ritorno Flor le disse che aveva passato tutto il pomeriggio a chiacchierare con Mar. «Parlava perfettamente» le disse Flor, «come te e come me», solo che a volte con una voce da uomo e altre con la sua, con la sua voce di bambina. Flor l'aveva sottoposta a una terapia regressiva e Mar aveva rivissuto una vita precedente, in cui era stata un frate orribile, un sacerdote croato che aveva commesso atti atroci in un campo di concentramento. E per Flor, l'incidente della bambina, la sua paralisi, erano vie di purificazione, doveva accettare la tragedia di Mar con gioia, perché stava purgando di brutto i crimini di quel sacerdote e la sua prossima vita sarebbe stata stupenda. E benché sospettasse che Flor si fosse inventata quella panzana perché non soffrisse tanto, riversando la colpa sulla povera bambina per toglierla a lei, tuttavia, pur sapendolo..., aveva chiesto a Flor di rifarlo, di sottoporre la bambina a un'altra seduta, caso mai si ripetesse il miracolo e lei potesse di nuovo sentire la sua voce, anche solo per sentirle dire: «Qualcuno mi vuole adottare? Odio mia madre!».

E sua figlia aveva ragione a odiarla, Flor poteva dire quel che voleva.

Lei, Mati, era colpevole della sua disgrazia.

Lui non sapeva cosa dire, come consolarla, come convincerla a farsi accompagnare in albergo ora che sembrava essersi calmata. Gli pesava la sua confessione, era troppo per lui. Mati gli faceva tanta pena che quasi si sentì tentato di dirle che non c'era bisogno che lo pagasse, ma quella compassione era intrisa di disagio, di un desiderio pressante di stare con altre persone, da un'altra parte. Pensava a Olena, a quanta voglia aveva di tornare in discoteca e provarci con lei. Mati si accese una sigaretta. Una coppia si addentrò sulla spiaggia, li osservò avanzare abbracciati verso la riva, sdraiarsi sulla sabbia e baciarsi.

«Non è colpa tua se tua figlia è scappata» disse. «Poteva scappare anche se eri a casa a dormire».

«Non è per questo!» disse Mati. «È per le azioni privilegiate».

Avevano cominciato a venderle nel 2007. Avevano avuto un gran successo, i clienti in coda si pestavano per comprarle: un prodotto senza rischi, per investitori prudenti, tradizionali – questo diceva l'opuscolo che la banca aveva inviato alle filiali –, e rendevano molto! C'era da prendere il telefono e chiamare tua madre o tuo fratello, era roba da non perdere! Lei stessa aveva investito in azioni privilegiate i trentamila euro che aveva in titoli di Stato, una riserva per i casi d'emergenza. Aveva convinto la madre e il fratello Carlos a vendere le azioni del loro portafoglio e liquidare i fondi vincolati, per comprare le azioni privilegiate... E anche Flor. E tutti i suoi clienti... Non c'era nessun pericolo che andassero male. Erano state approvate dalla Banca di Spagna! E dal Ministero dell'Economia. Tutte le banche concorrenti le vendevano e le casse della sua continuavano a gonfiarsi, erano piene di liquidità, avevano soldi da buttar via.

La pressione era tremenda: a giorni alterni, la chiamavano il direttore di zona, quello commerciale. Persino il direttore territoriale! Due volte in quindici giorni. La settimana prossima la tua filiale deve collocare ventimila euro in azioni privilegiate, le ordinavano, e lei ubbidiva sempre. Aveva motivato tutti i commerciali, persino la cassiera si faceva in quattro per vendere quelle azioni, la sua era una squadra vincente, i capi si congratulavano, la prendevano a modello, le avevano dato un incentivo...

E di colpo tutto andò storto: le code di clienti non erano più per comprare le azioni, ma per venderle, e il direttore di zona e il direttore commerciale e il direttore territoriale divennero molto nervosi: vai dai pensionati, dalle vedove, dagli analfabeti, le dicevano, bisogna piazzarle dove capita!, e il signor Emilio chiedeva: Mati, ma sono sicure? Davvero non corro nessun rischio? E tu gli dicevi: caspita, signor Emilio, le ho mai tirato una fregatura? L'ho mai mal consigliata? Ma a quel punto sapevi già, tutti lo sapevamo, cosa sarebbe successo, ma era come essere su una giostra che girava all'impazzata, inarrestabile. E avevi paura: di perdere il lavoro, i risparmi, di perdere tutto, e pensavi che no, non le faranno crollare, che il direttore generale avrebbe fatto qualcosa, che il governo avrebbe fatto qualcosa, il re, il papa, qualcuno! Non potevano permettere che accadesse quel che accadde: la giostra frenò di colpo e tutti vennero sbalzati fuori. E se lei non fosse stata tanto efficiente, se non si fosse tolta il sonno per la banca, non avrebbe rovinato tanta gente e ora la sua bambina non sarebbe una morta vivente. «Quando la fregatura viene da quelli che fanno le leggi, ce l'hai nel didietro».

Aveva venduto le azioni ai genitori di Alba, la miglior amica di sua figlia. Aveva truffato chiunque aveva incrociato la sua strada... Lei viveva per la banca, aveva sempre presenti i suoi interessi! Mar era rimasta senza amiche e lei non saprà mai cosa accadde quella notte in discoteca, cosa dissero e cosa fecero alla sua bambina, per farla uscire di corsa in strada, mezza nuda, con un reggiseno e una gonnellina hawaiana.

Anche sua madre le aveva detto che l'incidente di Mar era una punizione divina.

Ed era vero. Quel che Dio le aveva fatto era premeditato.

Ma perché Dio non puniva il direttore di zona o il direttore territoriale? O i consiglieri della banca, quei politici che avevano rubato a piene mani, fino ad affossarla? O il governatore della Banca di Spagna! Loro avrebbero dovuto essere in carcere a Picassent, non

Paco! In questo paese, per ottenere un appalto pubblico, devi ungere qualcuno, altrimenti non lavori. È il sistema, funziona così, è come una legge, una legge molto antica. Paco aveva fatto come tutti. Perché l'avevano arrestato? Una volta era andata a trovarlo. Gli aveva portato da mangiare, del vino, vestiti, sigarette. Lui aveva accettato i regali, ma non aveva voluto vederla, anche lui la ritiene colpevole dell'incidente di Mar, nemmeno lui la perdona. L'unica che non le ha mai mosso nessun rimprovero e non solo non le porta rancore ma l'ha addirittura accolta in casa, è Flor. Secondo lei, che Mati la spennasse era scritto nel suo Karma.

«Volevo divertirmi, passare un bel fine settimana, dimenticarmi di tutto. Volevo... lo sai!, dopo tanto tempo... Ma non posso, non me lo merito!».

Insisté perché tornasse in discoteca. Lei sarebbe andata in albergo. Grazie per averla ascoltata. Lui le prese il viso tra le mani e cominciò a baciarla.

Mati non volle far colazione in albergo, disse che la deprimeva vedere tutti quei vecchi. Andarono a mangiare un boccone in un bar del lungomare.

La scopata era stata tesa e rapida, non priva di forzature. Mati aveva protestato perché lui era troppo giovane, aveva detto che non poteva andare a letto con un uomo che stava con lei per soldi, «ma ti pagherò lo stesso, te lo prometto». L'aveva sentita gemere e sospirare sotto di sé, senza riuscire a capire se di angoscia o di piacere o di tutte e due le cose, o se fingeva di essere eccitata perché venisse in fretta. Poi, era scoppiata in lacrime. Gli era parso ingrato, quanto meno scortese. Le aveva detto di non preoccuparsi, tutto si sarebbe sistemato, tanto per dire qualcosa, perché dormisse in pace.

Aveva fatto il suo dovere e questo gli dava sicurezza. Era una giornata stupenda, soleggiata, il Mediterraneo era blu e calmo, un mare per pensionati. Mati l'avrebbe pagato? E se non lo faceva? L'avrebbe minacciata? L'avrebbe presa a botte? Capì che non avrebbe fatto niente di tutto ciò. Se l'aveva scopata non era per soldi, né per amor proprio, ma per compassione. Quel pensiero lo fece sentire puro, virtuoso. Sarebbe tornato a Benidorm. Poteva immaginare un futuro lì, con Olena o un'altra. A Benidorm non aveva importanza se eri ucraino o libanese, lì tutti venivano da qualche altra parte, persino le cantanti inglesi erano polacche. E Mati poteva anche essere una truffatrice, ma non avrebbe mai permesso che si portassero via sua figlia in un altro paese, con la guerra o senza. E se non lo pagava?

Ordinò una colazione all'inglese, uova con bacon e una birra media. Mati, un caffellatte e un cornetto. Era di buon umore, o voleva dare quell'impressione. Le sembrava tutto fantastico, la giornata, il sole, il cornetto. Gli chiese, come hai dormito stanotte? Io come un sasso!, disse, una bugia, perché lo aveva svegliato un paio di volte con il suo pianto, un pianto costante e flebile, come rassegnato. Non era riuscito a vederla nuda, lei gli aveva detto che preferiva scopare al buio (non aveva detto scopare, aveva detto «fare l'amore») e quel mattino, come il giorno prima, era uscita dal bagno vestita e truccata e persino con gli occhiali da sole, che non si era ancora tolta. Lui sì, lui aveva girato nudo per la stanza, esibendo il suo corpo d'atleta o di modello, anche se non lo era, non tanto per vanità quanto per confermare che valeva il prezzo da pagare. E anche di più.

Mati aveva parlato con Flor mentre lui si faceva la doccia, la barba e faceva scorta di campioncini di shampoo e sapone liquido (ne aveva ormai una collezione). Gli raccontò che Flor avrebbe portato la bambina in campagna, avevano un furgoncino modificato per la sedia a rotelle. A Mar faceva bene prendere aria, sole e, a suo modo, si divertiva in queste gite, sembrava contenta. Lei se la viveva male quando portavano fuori di casa la bambina. La gente la guardava, era inevitabile; alcuni la guardavano impietositi, altri schifati, alcuni prevenuti, come se la paralisi fosse contagiosa; i bambini la indicavano con il dito, chiedevano a voce alta: cos'ha quella ragazza, mamma? Si angosciava quando la bambina gemeva, o se le cadeva il moccio, o la bava, in qualche luogo pubblico, pativa per lei, per Mar, magari era consapevole dell'attenzione malsana che suscitava, degli sguardi di commiserazione, per cui era Flor, indifferente a queste cose, che la portava a passeggio. Una volta erano andate a Barcellona con la bambina, per farla vedere a uno sciamano mapuche, amico di Flor, un «machi», un guaritore, un vero indiano americano e vestito da indiano, che le aveva prescritto un beverone di erbe. La povera bambina aveva avuto la diarrea per una settimana.

Avevano provato di tutto, la magnetoterapia (una perdita di tempo), la fototerapia (prendere il sole), la cristalloterapia (Flor stendeva la bambina sul letto e le metteva sulla pancia dei cristalli magici, a Mar faceva bene, rideva), la elettroterapia, lei si era rifiutata, il tocco terapeutico non serviva a niente, ma Flor ci credeva molto e di tanto in tanto imponeva le sue mani su di Mar per infonderle energia.

Se avesse avuto i soldi... Se Mati avesse avuto i soldi avrebbe mollato i rimedi alternativi (so che non sta bene che lo dica, dato che li vendo...) e avrebbe portato la bambina all'Istituto Guttmann, a Barcellona, o in un centro svizzero, specializzato in paraplegici e, volendo sognare a occhi aperti, negli Stati Uniti.

«Quando ci sono i soldi c'è speranza!» disse, e sospirò e si accese una sigaretta.

Non poteva essere più d'accordo. Se Mati gli pagava il dovuto, non sarebbe andato in prigione. Cominciava a innervosirsi. Quando lo pagava? Il fine settimana era passato, o quasi. Gli avrebbe dato i soldi al loro arrivo a Valencia? Nell'intimo si chiedeva se fosse sconveniente toccare l'argomento, dirle, con un po' di tatto, per esempio, preferisco banconote di piccolo taglio, o... Gli sarebbe piaciuto conoscere l'ex marito di Mati, chiedergli se era vero che te lo mettono nel culo non appena ti assegnano la branda, «io prima credevo di sì, che esistesse qualcosa dopo la morte» stava dicendo Mati, «ma adesso sono sicura di no: muori e finisce lì. Flor dice che la morte non esiste, che l'anima si reincarna per espiare le mancanze commesse nella vita precedente, e siccome in ogni reincarnazione qualcosa di male lo hai fatto sicuramente, è una storia infinita. Che orrore rinascere, rivivere tutta l'ansia per i soldi, il lavoro...! Chi può volere una cosa del genere? Invece, a me piacerebbe molto diventare un Essere di Luce, so che è impossibile, che gli angeli non esistono, e come faccio a diventare un angelo io, con il mio curriculum, ma immaginati se dopo morta io potessi essere di nuovo lì, con Flor e la bambina, esserci e non esserci, senza che mi vedano, così Flor smetterebbe di buttar soldi in quella sua attività del cavolo e... Con l'indennizzo della mia assicurazione sulla vita, Flor potrebbe portare la bambina al Guttmann, o in Svizzera, o negli Stati Uniti, e a me piacerebbe vederla questa cosa, solo questo, i progressi di Mar, metti che riuscisse a parlare con una voce da robot, come quello scienziato tanto famoso, metti che riuscisse a camminare...! Ma soprattutto, quel che vorrei è poter entrare nel cervello della bambina, nella sua testa, vedere se mi odia ancora o se mi ha perdonato. Che sproposito, vero?» disse Mati. «Bene! Quel che va fatto, va fatto. È ora di andare».

Pagò il conto, e prima di andarsene chiese al cameriere di fargli una foto insieme, con il suo cellulare. «Non lasciare che si facciano foto con te» l'aveva avvertito Iván, «poi le caricano sui network e non fa figo». Se avesse già intascato i soldi, forse si sarebbe rifiutato, ma non era questo il caso. Posarono sorridenti, allacciati per la vita, nella prima foto; nella seconda, Mati chinò la testa sulla sua spalla. Perché avrà voluto tante foto? Per mostrarle alle amiche, per pavoneggiarsi con loro, guardate che bocconcino mi sono fatta, come mi sono divertita a Benidorm, ma Mati gli aveva detto che non aveva più amiche, le aveva truffate tutte.

L'accompagnò al garage con le valigie e le mise nel bagagliaio. Mati gli disse di tornare in albergo e di uscire dall'ingresso principale, si sarebbero trovati sull'angolo di avenida del Mediterraneo. Se gli chiedevano del conto, «non te lo chiederanno, ma digli che adesso vado io a saldarlo».

Gli sembrò strano. Anche sospetto. Uscì dall'hotel con i nervi tesi, temeva che l'addetto alla reception, vedendolo passare, gli dicesse qualcosa, ma nessuno gli disse niente e lui camminò fino all'angolo su cui la Toyota lo stava già aspettando. Non appena fu salito a bordo, Mati partì. Era seria. Lui capì che se n'erano andati senza pagare l'albergo e temette il peggio. Lo mise ancora di più in allarme notare che, anziché dirigersi all'autostrada, Mati s'infilava in alcune vie per cui non erano passati e prendeva un'altra direzione. Gli disse che lo avrebbe portato in un posto spettacolare, valeva la pena fare una deviazione per vederlo: la Croce di Benidorm!, un punto panoramico in cima alla Sierra Helada, con delle viste spet-ta-co-la-ri sulla baia, dominato da una croce enorme. Ce l'avevano messa in epoca franchista, negli anni Sessanta. La Chiesa aveva protestato perché lasciavano che le turiste facessero il bagno in bikini, cosa molto peccaminosa, tanto che il vescovo di Orihuela aveva minacciato il sindaco di mettere un cartello all'ingresso di Benidorm con la scritta: L'INFERNO. Il sindaco, che la sapeva lunga, s'inventò il «Giorno del Perdono», e da allora tutti gli anni gli uomini del paese si caricavano sulle spalle una croce di legno «che pesava come un macigno» e la portavano in processione fin sulla cima della montagna, e poi, be', la croce era rimasta lì, «quella che vedrai oggi è un'altra, perché la croce di legno se l'è portata via un temporale, la nuova è più grande e di pietra». «I preti sono dei rompipalle» disse. «E in più non pagano le tasse!».

Non arrivarono alla croce, Mati si fermò a una certa distanza e gliela indicò, senza scendere dalla macchina. Gli disse che gli avrebbe mostrato un altro punto panoramico, «una scogliera con una vista...! Fatta per essere fotografata», ed era quel che voleva lei, che le facesse l'ultima foto, quella d'addio, su quel promontorio. Guidò per strade strette e sentieri in terra battuta finché non raggiunsero la scogliera. Mati fermò la macchina, rifletté per un po', fece un profondo respiro, ripeté, sospirando, «Quel che va fatto, va fatto», aprì la borsetta, tirò fuori una busta rigonfia e gliela diede.

«È la prima volta in vita mia che vado via senza pagare» gli disse. «Ma i soldi servono più a te che alla catena alberghiera. Ci sono duemilacinquecento euro. Contali! Ti ho detto di contarli» insistette, «i soldi bisogna sempre contarli. Non so chi sei, il tipo della foto sul tuo passaporto, no di certo, non so nemmeno se è vera la storia della cauzione e del carcere, ma con me ti sei comportato bene, mi sono affezionata».

Si tolse gli occhiali da sole (aveva le palpebre gonfie), lo abbracciò, lo guardò negli occhi e lui sentì che voleva dirgli qualcosa o che gli stava chiedendo qualcosa (di darle un bacio?, di rivedersi?). E invece Mati disse solo: «Buona fortuna!», e aprì la portiera della macchina. «Che aria pulita! Quanto mi piace l'odore dei pini! E la ginestra, non senti anche tu profumo di ginestra? O è timo?».

Avanzava agilmente sul terreno pietroso, oggi non portava gli stivaletti neri con il tacco, ma delle scarpe da ginnastica rosa con le stringhe bianche. Una famigliola di turisti (un uomo alto, una donna e un adolescente spilungone, che doveva essere il figlio) aveva avuto la stessa loro idea e, armati di macchine fotografiche e binocoli, scrutavano l'orizzonte, a distanza di sicurezza dal precipizio. Mati sembrò contenta di vederli, li salutò allegramente con la mano, il padre e la madre ricambiarono il saluto, il ragazzo continuò a osservare gli uccelli con il suo binocolo. Uno steccato circondava l'area. Si affacciarono al precipizio. A lui vennero le vertigini guardando la parete spoglia, a picco, che scendeva in mare, fin là sotto, molto sotto, dove la schiuma bianca s'infrangeva contro le rocce. Mati accese una sigaretta, che le fumò il vento.

«Il mare visto da qui è impressionante! L'acqua dev'essere gelida... Dentro ci sono delle meduse grosse come lepri, spaventose!».

Buttò la sigaretta e disse:

«Sono pronta, facciamo quella foto!».

Gli diede da tenere il suo cellulare e la borsetta e, prima che lui potesse impedirglielo, saltò la recinzione e si piazzò proprio sul bordo del dirupo. Stavolta però non sorrideva. Attraverso la fotocamera, lui vide Mati girargli la schiena di scatto, prendere lo slancio e buttarsi nel vuoto. Non reagì subito, non la vide cadere, ma sentì l'urlo di terrore che si attutiva, coperto dalle esclamazioni e dalle grida dei turisti. Saltò la recinzione e si portò nello stesso punto dove si trovava Mati pochi istanti prima. La superficie del mare era liscia, non c'era traccia di lei, come se si fosse dissolta nell'aria, ma dopo un po' notò un'infiorescenza di schiuma alla base della scogliera, forse una testa, o delle braccia che si agitavano. La schiuma sparì, il mare l'aveva inghiottita di nuovo, ma Mati riapparve, lottando per non affogare. Non stette a pensarci: buttò a terra il cellulare, la borsetta, e fece un passo in avanti. L'obbiettivo del turista lo catturò in volo.

Ringraziamenti

La stesura di questo romanzo ha richiesto un lavoro di ricerca e indagine per il quale ho avuto la fortuna di poter contare sull'aiuto di molte persone, che ringrazio per la loro generosa ed entusiastica disponibilità e tra le quali voglio segnalare in particolar modo Ana Oliván, dell'Instituto de Estudios Altoaragoneses, María Aso, César Arto, José Enrique Arizón Duch, Clotilde Arizón Duch, M.a Ángeles Usón Duch, Carmen di Capua, Tomás Moliner, Adrián Moliner, Pablo Usón, Anne Marie Rafferty, Eva Canto, María del Carmen Chacón Castro, Rosa Sender, Rolf van Uye, Gloria Blazanovic e Gani Jakupi.

Grazie anche alla famiglia Lacasa per l'ospitalità, l'affetto e la simpatia; grazie a Jorge Manzanilla, il mio lettore preferito, e a Teresa Bailach, per il suo impeccabile editing.

E un ringraziamento speciale a Albert Rodríguez per la consulenza giuridica.

Tra la bibliografia che ho consultato, mi sono stati di particolare utilità i seguenti libri:

La insurrección de Jaca. Los hombres que trajeron la República, di Esteban C. Gómez, e *El eco de las descargas; adiós a la esperanza republicana,* del medesimo autore. Sono due opere magnifiche, rigorose ed esaustive, e ne raccomando la lettura a tutti coloro che sono interessati alla rivoluzione di Galán e García Hernández e alle fasi iniziali della guerra civile nella regione aragonese della Jacetania.

La II República en Jaca. Una época diferente, di Enrique Vicién Mañé.

La sublevación de Jaca, di José María Azpíroz e Fernando Elboj.

La sublevación de Jaca: relato de un rebelde, di Graco Marsá.
Fermín Galán Rodríguez. El capitán que sublevó Jaca, di Fernando Martínez de Baños Carrillo.

Le principali opere che ho consultato per documentarmi sulla Seconda guerra mondiale in Croazia sono:
Magnum Crimen: Half a Century of Clericalism in Croatia, di Viktor Novak.
Jasenovac and the Holocaust in Yugoslavia pubblicato da Barry M. Lituchy.
The Yugoslav Auschwitz and the Vatican, di Vladimir Dedijer.
The Vatican's Holocaust, di Avro Manhattan.
Witness to Jasenovac's Hell, di Ilija Ivanovic.
Hitler's new disorder. The Second World War in Yugoslavia, di Stevan K. Pavlowtich.
Visions of Annihilation. The Ustacha regime and the cultural politics of Fascism. 1941-1945, di Rory Yeomans.

C. U.

Indice

Valori

Questo volume è stato stampato
su carta Palatina
delle Cartiere di Fabriano
nel mese di aprile 2016

Stampa: Officine Grafiche soc. coop., Palermo

Legatura: LE.I.MA. s.r.l., Palermo

Il contesto

1 Buket Uzuner. Ada d'ambra
2 Roberto Bolaño. I detective selvaggi
3 Jaime Bayly. Non dirlo a nessuno
4 Alicia Giménez-Bartlett. Una stanza tutta per gli altri
5 Anna Kazumi Stahl. Fiori di un solo giorno
6 Alicia Giménez-Bartlett. Vita sentimentale di un camionista
7 Mercè Rodoreda. La morte e la primavera
8 Sergio Bianchi. La gamba del Felice
9 François Vallejo. Madame Angeloso
10 Pietro Grossi. Pugni
11 Jaime Bayly. L'uragano ha il tuo nome
12 Francesco Recami. L'errore di Platini
13 Alicia Giménez-Bartlett. Segreta Penelope
14 Roberto Bolaño-A. G. Porta. Consigli di un discepolo di Jim Morrison a un fanatico di Joyce
15 Francesco Recami. Il correttore di bozze
16 Marijane Meaker. Highsmith. Una storia d'amore degli anni Cinquanta
17 Nino Vetri. Le ultime ore dei miei occhiali
18 Pietro Grossi. L'acchito
19 Alicia Giménez-Bartlett. Giorni d'amore e inganno
20 François Vallejo. Il barone e il guardacaccia
21 Francesco Recami. Il superstizioso
22 Maria Attanasio, Giosuè Calaciura, Davide Camarrone, Santo Piazzese, Gaetano Savatteri, Lilia Zaouali. Il sogno e l'approdo. Racconti di stranieri in Sicilia
23 Andrea Camilleri, Ugo Cornia, Laura Pariani, Ermanno Rea, Francesco Recami, Fabio Stassi. Articolo 1. Racconti sul lavoro

24 Francesco Recami. Prenditi cura di me
25 Nino Vetri. Lume Lume
26 Jaime Bayly. La canaglia sentimentale
27 Alicia Giménez-Bartlett. Dove nessuno ti troverà
28 Tayeb Salih. La stagione della migrazione a Nord
29 Alicia Giménez-Bartlett. Exit
30 Sylvain Tesson. Nelle foreste siberiane
31 Martin Suter. Il talento del cuoco
32 Bi Feiyu. I maestri di tuina
33 Fabio Stassi. L'ultimo ballo di Charlot
34 Marco Balzano. Pronti a tutte le partenze
35 Clara Usón. La figlia
36 Furukawa Hideo. Belka
37 Tayeb Salih. Le nozze di al-Zain
38 Maria Attanasio. Il condominio di Via della Notte
39 Giosuè Calaciura. Bambini e altri animali
40 Sheila Heti. La persona ideale, come dovrebbe essere?
41 Alain Claude Sulzer. Il concerto
42 Ella Berthoud, Susan Elderkin. Curarsi con i libri. Rimedi letterari per ogni malanno
43 Kyung-sook Shin. Io ci sarò
44 John Jeremiah Sullivan. Americani
45 Xu Zechen. Correndo attraverso Pechino
46 Fabio Stassi. Come un respiro interrotto
47 Benjamin Alire Sáenz. Tutto inizia e finisce al Kentucky Club
48 Yasmina Khadra. Gli angeli muoiono delle nostre ferite
49 Mia Couto. La confessione della leonessa
50 Iván Repila. Il bambino che rubò il cavallo di Attila
51 Radhika Jha. Confessioni di una vittima dello shopping
52 Bi Feiyu. Le tre sorelle
53 Marco Balzano. L'ultimo arrivato
54 Pietro Leveratto. Con la musica. Note e storie per la vita quotidiana
55 Luisa Adorno, Maria Attanasio, Andrea Camilleri, Luciano Canfora, Francesco M. Cataluccio, Alicia Giménez-Bartlett, Ben Lerner, Marco Malvaldi, Andrea Molesini, Salvatore Silvano Nigro, Laura Pariani, Benjamin Alire Sáenz, Leonardo Sciascia, Fabio Stassi, Sylvain Tesson, Sergio Valzania, Piero Violante. Almanacco 2014-2015

56 Francesco Recami. Piccola enciclopedia delle ossessioni
57 Ben Lerner. Nel mondo a venire
58 Alejandro Zambra. I miei documenti
59 Yasmina Khadra. Cosa aspettano le scimmie a diventare uomini
60 Sylvain Tesson. Abbandonarsi a vivere
61 Mia Couto. L'altro lato del mondo
62 Yasmina Khadra. L'ultima notte del Rais
63 Theodore Zeldin. Ventotto domande per affrontare il futuro. Un nuovo modo per ricordare il passato e immaginare l'avvenire
64 Jung-myung Lee. La guardia, il poeta e l'investigatore
65 Martin Suter. Montecristo
66 Alicia Giménez-Bartlett. Uomini nudi
67 Maria Rosaria Valentini. Magnifica